몽테뉴 수상록

몽테뉴 수상록

미셸 드 몽테뉴 | 손우성 옮김

문예출판사

Les Essais

Michel de Montaigne

독자에게

독자여, 여기 이 책은 성실한 마음으로 쓴 것이다. 이 작품은 처음부터 내 집안일이나 사사로운 일을 말하는 것 말고 다른 어떤 목적도 가지고 있지 않음을 말해둔다. 추호도 그대에게 봉사하거나 내 영광을 도모하고자 쓴 책이 아니다.

그런 생각은 힘겹다. 나의 일가 권속이나 친구들의 편의를 봐주려고, 내가 세상을 떠난 뒤에(오래잖아 그렇게 되겠지만) 그들이 내 모습이나 기분의 특징을 몇 가지 이 책에서 찾아보며, 나에 관해 아는 지식을 더 온전하고 생생하게 간직하도록 하려는 것일 뿐이다.

세상 사람들의 호평을 사려는 시도였다면, 나 자신을 좀 더 잘 장식하고 조심스레 연구해서 내보였을 것이다. 모두 여기 생긴 그대로, 자연스럽고 평범하고 꾸밈없는, 별것 아닌 나를 보아주기 바란다.

왜냐하면 내가 묘사하는 것은 나 자신이기 때문이다. 내 결점들이 여기 있는 그대로 나온다. 터놓고 보여줄 수 있는 한도에서 천품 그대로의 내 형태를 내놓는다. 내가 여전히 대자연의 태초의 법칙 아래 감미로운 자유를 누리며 사는 국민 속에서 태어났다면, 나는 기꺼이 나 자신을 통째로 적나라하게 그렸으리라는 것을 장담한다.

그러니 독자여. 여기서는 나 자신이 바로 내 책자의 재료다. 이렇게도 경박하고 헛된 일이니 그대가 한가한 시간을 허비할 거리도 못 될 것이다.

그러면 안녕히.

1580년 3월 1일

드 몽테뉴

차례

인간의 조건

다른 사람들은 인간을 꾸민다. 나는 인간을 이야기하며, 인간을 잘못 만들어진 특수한 모습으로 표현한다. 내가 그를 다시 고쳐 만든다면, 정말 그를 실제와는 아주 다르게 만들어낼 것이다. 그러나 이제는 어쩔 도리가 없다.

그런데 내 묘사의 특징은 잡다하게 변해가기는 하지만 요점을 잡지는 못한다. 세상은 영원히 흔들거릴 수밖에 없게 된다. 모든 사물들이 여기서는 땅이거나, 코카서스의 바윗돌이거나, 이집트의 피라미드거나, 공적인 동요로 또는 사적인 동요로 끊임없이 흔들거린다. 항구성(恒久性)도 여기서는 느리기만 한 동요 이외의 다른 것이 아니다.

나는 내 대상(자기 자신)을 확고히 할 수 없다. 그것도 타고난 술주

정으로 혼미하여 비틀거리며 간다. 내가 대상에 흥겨워하는 이 순간에 있는 그대로 그를 파악한다. 존재를 묘사하는 것이 아니고 추이(推移)를 묘사한다. 한 나이에서 다른 나이로의 추이가 아니라, 또는 평민들이 말하듯이 일곱 해만큼씩의 추이가 아니라, 그날그날, 그 시각 그 시각의 추이를 그려나간다.

내 이야기는 시간에 맞추어가야 한다. 금세 사정이 변할 뿐더러 내 마음이 변할지도 모른다. 나는 내 마음속에서 움직이는 잡다한 생각들이나 무작정한 공상들을 적어간다. 그리고 반대되는 생각들이라도 있으면 있는 대로 적어볼 것이다. 나 자신이 달라지거나, 제재(題材)들을 다른 사정에서 다른 각도로 고찰하게 되거나 그냥 적어간다. 하여튼 모순된 말을 하고 있지만 진리에 관해서는 데마데스의 말처럼 거꾸로 말하지 않는다. 내 심령이 발판을 잡으면 일은 어렵지 않을 것이다. 내가 해결할 것이다. 내 심령은 언제나 진리의 제자로서 시련을 받는다.

나는 비천하고 광채 없는 인생을 드러내놓는다. 그래도 상관없다. 사람들은 모든 도덕 철학을 화려한 옷 입힌 인생에서와 마찬가지로 평민의 사사로운 생활에도 결부시킨다. 인간 각자는 인간 조건의 온전한 형체를 지닌다.

작가들은 어떤 특수하고 색다른 표정으로 평민들에게 자기 의사를 전달한다. 나는 최초로 문법학자나 시인이나 법학자라는 자격으로서가 아니라 나의 보편적인 존재로, 미셸 드 몽테뉴로서 나 자신을 전해준다. 내가 너무 내 말을 많이 한다고 세상 사람들이 불평을 한다면, 나는 그들이 자기 생각조차도 하고 있지 않다고 불평할 것이다.

그런데 일상생활의 교섭과는 아주 외떨어진 내가 내 말을 공중 앞에 터 내놓는다는 것이 옳은 일일까? 세상에서는 모양과 기교를 부리는 것이 권위와 신용을 얻는 터인데, 천성을 내놓는 품이 생소하고 단순하며 성격은 더욱 나약한 내가 생각하는 바를 세상에 내보이는 것이 역시 옳은 일일까? 학문도 기교도 없이 책을 지어보자는 것은 돌 없이 담을 쌓거나, 이런 비슷한 일이 아닐까?

음악가의 환상은 예술의 지도를 받는다. 나의 망상은 운수의 지도를 받는다. 적으나마 내가 기획하는 바는 아무도 나보다 더 잘 이해하거나 아는 자가 없다는 점에서, 나는 격에 맞는 일을 하는 것이다. 그리고 이 점에서는 내가 누구보다도 더 박식한 인물이다.

둘째로, 자기 문제는 나만큼 깊이 침투해 들어가본 자가 없었고, 자기를 더 특수하게 갈기갈기 찢어본 사람은 없으며, 자기가 하고자 마음먹은 일에 이보다 더 정확하고 충만하게 목적에 도달한 사람은 없다. 이것을 완수하는 데 나는 여기에 충실성밖에 가져볼 것이 없었다. 충실성은 가장 성실하고 순수하게 내놓은 것이다. 나는 내 마음에 흡족하게까지는 아니지만 내가 감히 말할 수 있는 데까지는 진실을 말한다. 그리고 늙어갈수록 좀 더 과감해진다.

이 나이가 되면 습관은 횡설수설하며 조심성 없이 자기 말을 하는 자유를 주는 것 같다. 직공과 그가 하는 일이 상반되는 현상은 흔하지만, 여기서는 일어나지 않는다.

"말을 점잖게 하는 자로서 이런 어리석은 글을 쓴 자가 또 있는가?" 또는 "이렇게도 말이 서투른 자에게서 이만큼 박학(博學)한 글이 나온 적이 있던가? 이야기는 평범하게 하는 자가 글은 희귀하게 쓰는구나."

다시 말하면 그의 능력은 재료를 빌려온 곳에 있고 자기에게 있지 않다고 하는 말은 나올 수 없다. 박학한 인물은 어느 때에나 박학한 것이 아니다. 그러나 재간 있는 사람은 어디서나 재간 있고, 무식도 역시 그렇다.

여기서는 한결같이 내 책과 나 자신이 합치되어서 나간다. 다른 데서는 작품을 지은 자와는 별도로 그의 작품을 칭찬하거나 비난하거나 할 수 있으나, 여기서는 못 한다. 하나를 건드리면 다른 것도 건드린다. 이것을 알지 못하고 이 작품을 판단하다가는 내게보다도 자기 자신에게 더 큰 잘못을 저지를 것이다. 이것을 이해해주면 나는 전적으로 만족이다.

— 제3권 2장 〈후회에 대하여〉 중에서

영광과 명성에 대하여

세상에는 이름과 사물이 있다. 이름은 사물을 지적해서 의미를 주는 소리다. 이름은 사물의 한 부분도 그 실체도 아니다. 그것은 사물 밖에서 사물에 붙은 판이한 다른 조각이다.

영광과 명예는 신(神)에게만 속하는 것이며, 우리가 우리를 위해서 영광을 찾는 것만큼 사리에 어긋나는 일은 없다. 왜냐하면 우리의 본질은 내부적으로 무력하고 궁핍하며 그 자체가 불완전하여, 끊임없는 개선이 필요하기 때문에, 우리는 이 점에 노력해야 할 존재다.

우리는 모두가 속 빈 허공이다. 바람과 소리만 가지고 우리의 속을 채워서는 안 된다. 우리에게는 우리를 고쳐가기 위한 더 견고한 실질이 필요하다. 굶주린 사람이 맛있는 식사보다도 좋은 의복을 찾는다면, 아주 어리석은 짓일 것이다. 더 급한 편으로 달려가야만

한다. 우리가 어느 때 하는 기도에, "영광은 그 아무리 위대하다고 상상하기로손, 그것이 영광뿐인 바에야 어쩌하리"라고 말하는 것과 같다. 우리는 미(美)와 건강과 예지와 도덕, 또 이와 같은 근본적인 소질에 굶주렸다. 외부의 장식은 우리에게 필요한 사물들을 갖추고 난 다음에 찾아야 한다.

도덕은 영광이 되기 때문에 권할 만한 일이라고 한다면, 진실로 경박하고 헛된 일이다. 그렇다고 도덕이라는 것을 특히 존중하며 세운(世運)과 떼어서 생각하는 것은 허망하다. 왜냐하면 명성이라는 것만큼 운수에 따르는 것이 또 어디 있는가?

진실로 운수는 모든 사물들에 그 지배력을 뻗는다. 어떤 자에게는 광휘를 주고 다른 자에게는 어두운 그림자를 주며, 그것은 그 가치에 따르기보다는 변덕스럽게 이루어진다.

살루스투스

행동을 남에게 알리고 드러내 보이는 것은 오로지 운수의 농간에 달렸다.

우리가 영광을 얻는 것은 경솔한 운수가 해주는 일이다. 나는 영광이라는 것이 진실한 값어치에 앞장서더니 상당한 거리로 앞서가는 것을 보았다. 영광은 그림자와 같다는 것을 맨 먼저 비유해본 자는 자기 생각보다도 더한 일을 했다. 그런 것은 두드러지게 허황한 일이다.

영광은 때로는 그 본체의 앞에 나아가며, 어느 때는 길이가 본체보다 훨씬 더 길어진다.

귀족들에게 용감한 행위로 영광을 얻으라고 가르치는 자들은,

> 마치 행동이 유명해지지 않으면 도덕적이지 못한 것같이
>
> 키케로

말하는 자들은, 사람들이 보지 않는 데서는 얼마든지 용감한 행위를 할 수 있더라도 사람들이 보아주지 않으면 아무것도 할 생각을 하지 말라고 그들에게 가르치는 것이며, 특히 자기들이 용감하다는 소식을 전해줄 증인이 있을 때를 잘 봐서 일을 하라고 가르치는 것밖에 무슨 소득이 있겠는가? 얼마나 많은 훌륭한 행동이 한 전투 속에서 쓰러져 묻혀버리는 것일까? 이런 전투에서 다른 사람들을 통솔하는 데에 흥겨워하는 자들은 아무도 이런 점에 유의하지 않고, 자기 동료들의 행위에 관한 보고를 자기 공로로 돌린다.

케사르와 알렉산드로스는 운수가 아니고 누구 덕택으로 자신들의 무한히 위대한 명성을 얻었단 말인가? 운수가 나빴기 때문에 얼마나 많은 사람들이 인생의 시초에 사라진 것인가? 그 사람들에 관해서 우리는 아무것도 모르지만, 불운해서 계획의 초두에 생명이 딱 잘려버리지 않았던들 그들도 저 영웅들만큼이나 똑같은 용맹을 떨칠 수 있었을 것이다. 케사르가 그 많은 극심한 위험을 통해서 부상을 입었다는 사실을 나는 알지 못한다. 수많은 사람들이 그가 겪

은 고난 중 가장 변변찮은 고난에 걸려서 쓰러졌다. 수많은 훌륭한 행동이 그중 하나도 효과를 내지 못하고, 증인 없이 사라진 것이다.

사람들은 성벽을 뚫어서 기어오르거나 한 군대의 선두에서 돌진할 때에, 마치 사형대에 올라간 죄수처럼 늘 그의 장군 눈에 뜨이는 것은 아니다. 어떤 사람은 참호와 성책(城柵) 사이에서 기습당하여 사로잡힌다. 닭 등우리 같은 허술한 성새(城塞)에도 운명을 걸고 공격해야 하며, 광 위에 숨은 서너너덧의 병사들을 끌어내려야 한다. 부대에서 뒤떨어져서 혼자서 계획도 세워야 한다. 잘 주의해보면, 가장 보잘것없는 기회가 가장 위험하다는 것을 경험으로 알 수 있다. 그리고 우리 시대에 일어난 전쟁에서 하고많은 훌륭한 사람들이 중요하지도 않은 아주 보잘것없는 기회에, 훌륭하고 명예로운 성을 공격한 것이 아니라 허술한 요새를 공격하다가 생명을 잃었다.

저명한 사건을 겪는 기회에 죽는 것이 아니면 생명을 헛되이 잃었다고 생각하는 자들은 자기 죽음을 혁혁하게 빛내는 것이 아니라 자진해서 자기 인생을 모호하게 흐려놓으며, 그러는 동안에 모험해볼 만한 수많은 기회를 놓치고 만다. 그리고 모든 정당한 위험은 그것만으로 충분히 빛난다. 각자의 양심이 자기에게 충분히 명예를 안겨준다.

우리의 영광은 우리의 양심이 증명해준다.

성 바울

사람들이 자기가 훌륭한 사람임을 알아주고 그것을 알고 나면 더 존경해줄 터이므로 훌륭하게 된 사람, 그리고 자기 덕성이 사람들에게 알려진다는 조건이 아니면 좋은 행동을 하려고 하지 않는 사람, 그런 자에게서 우리가 얻을 바는 적다.

전쟁에는 의무로서 나가야 하며, 자기 공훈이 아무리 비밀 속에 묻혔어도 모든 훌륭한 행동에, 도덕적 사상에까지도 실수 없이 돌아오는 이 보상을 기다려야 한다. 그것은 지조 있는 양심이 착한 일을 함으로써 얻는 만족감이다. 사람은 운명의 공격에 대항해서 견고하고 확실하게 자리 잡힌 용기를 가지고 행동 자체를 위해서 용감해야 한다.

> 용맹과 덕성은 수치스런 실패를 모르고 혼잡 없는 광휘로 빛나며
> 경박한 인민의 손에 집정관(執政官)의 단기를 탈취시키거나 폐
> 지시키지 않는다.
>
> 호라티우스

우리의 심령은 남에게 보이려고 자기 역할을 맡아보는 것이 아니다. 심령은 우리의 눈밖에 어느 눈도 들여다보지 못하는 우리의 내부에서 활동한다. 거기서 우리 심령은 죽음이나 고통이나 수치의 공포에서까지도 우리를 비호해준다. 심령은 거기서 어린아이나 친구나 재산을 잃은 불행에 대해서 우리를 안심시켜주고, 기회가 오면

이익을 위해서가 아니고 도덕에 결부된 명예를 위해서

키케로

우리를 위험한 전쟁에까지 인도해준다.

이 도덕에서 얻는 이득은 명예나 영광보다도 훨씬 더 위대하며 훨씬 더 희구(希求)할 만한 일이다. 명예나 영광은 사람들이 우리를 유리하게 판단해주는 것 말고는 아무것도 아니다.

토지 한 아르팡에 관한 판단을 내리려면 한 나라 전체에서 열두어 사람만 골라내보면 된다. 우리 마음의 경향과 행동을 비판하기는 무엇보다도 가장 어렵지만 중요한 문제인데, 우리는 이것을 무지와 무정견(無定見)과 무절제의 원천인 인민과 군중의 여론에 맡긴다. 한 현자의 인생을 광인들의 판단에 맡겨둔다는 것이 옳은 일일까?

인간들을 개별적으로는 경멸하다가 집단으로는 존경하다니 그보다 더 몰지각한 일이 있는가?

키케로

사람들의 비위나 맞추고자 하는 자는 아무도 자기 일에 성공한 적이 없다. 민중은 형체도, 잡을 곳도 없는 목표다.

군중의 판단보다 더 경멸할 것은 아무것도 없다.

티투스 리비우스

데메트리우스는 인민의 소리를 농담조로 말하기를, 인민은 위에서 나오는 소리도, 아래서 나오는 소리(방귀)도 분간을 하지 못한다고 했다.

이 사람은 더 심한 말을 했다.

　내가 한 일이 수치스러운 일이 아닐지라도, 군중의 청찬을 받으면 수치스러운 일로 보일 것이라고 생각한다.

키케로

어떠한 기술을 가지고 아무리 약삭빠르게 정신을 써보아도, 저렇게까지 도에 넘치게 주책없는 인도자(군중)의 뒤를 따라서 움직이지는 못할 것이다. 속인들의 생각으로 사람들 사이에 떠도는 소문의 허풍 같은 혼란에 밀려다니다가는 아무런 값어치 있는 방향도 잡아볼 수 없다. 그렇게까지 들떠서 헤매는 의견을 목표로 잡지 말자. 언제나 꾸준히 이성(理性)을 좇을 일이다. 공중의 여론을 존중하고 싶거든 그 뒤를 좇아볼 일이다.

그런데 이 여론이라는 것은 순전히 운수에 달렸으니, 그것이 이길을 취할지 저 길을 취할지 바로 잡아볼 가망이 없다. 여론이 옳다고 해도 나는 바르다는 그 길을 취하지 않겠고, 결국 경험으로 그것을 가장 잘 잡았고 유익하다고 생각되면 좋겠다.

신의 의지는 인간에게 정직한 사물이 가장 유리한 길이 되게 하는 혜택을 주셨다.

퀸틸리아누스

저 옛날의 뱃사공은 한심한 폭풍우를 만나서 바다의 신 넵투누스에게 "오오, 신이여, 원하시거든 나를 살리라. 소원이거든 나를 죽이라. 그러나 나는 언제나 내 키를 바로 잡겠노라"고 말했다. 우리 시대의 수많은 사람들이 약삭빠르고, 속이 다르고, 애매하게 지내며, 그들이 나보다 몇 갑절 세상일에 조심스레 대처한다는 것을 아무도 의심하지 않던 터인데, 나는 내가 살아날 때에 그들은 죽어가는 것을 보았다.

나는 계교(計巧)도 실수할 수 있음을 보고 웃었다.

오비디우스

사람들에게 칭찬을 받으면 속이 달콤해지는 것은 우리의 타고난 천성이다. 그러나 우리는 그것을 너무 중요시한다.

나는 남이 나를 어떻게 생각하건 대수롭게 여기지 않는다. 그것은 내가 나 자신에게 어떻게 보이는가 걱정되지 않는 것과 마찬가지다. 나는 남의 것을 빌려서 하지 않고, 나 자신으로서 부유해지려고 한다. 다른 사람들은 밖으로 드러나는 모습과 사건밖에 보지 못한다. 각자 속으로는 열병과 공포심으로 가득하면서 겉으로는 태평한 얼굴을 보일 수 있다. 그들은 내 마음을 보지 못한다. 그들은 내

용모밖에 보지 못한다.

사람들이 전쟁 때에 위계(僞計)를 쓴다고 비난하는 것은 옳은 일이다. 왜냐하면 실질을 찾는 한 남자가 아주 마음이 약해서 못난 본이나 뜨며 위험을 모면하기보다 더 쉬운 일이 어디 있는가. 개별적으로 위험을 피하는 방법은 얼마든지 있으니까, 우리가 위험한 경지에 발을 들여놓기 전에 세상 사람들을 골백번이라도 속여놓을 수 있다. 그리고 그런 때에도 우리가 그런 곳에 휘말려들어서 마음속으로는 떨지만, 일을 당하면 태평한 얼굴과 확고한 언어를 써서 연극을 꾸미며 속마음을 덮어둘 수 있을 것이다.

손가락에 끼고 손바닥 쪽으로 돌리면 자기 몸이 보이지 않게 된다는 그 플라톤식 반지를 사용하는 자 중에는 가장 자기를 잘 드러내 보여야 할 때 몸을 감춰두고, 자기가 아주 영광스런 자리에 있으며 필연적으로 안전하게 처신할 수 있는 것을 보고 속으로 후회하는 자들이 상당할 것이다.

정직하지 않은 사람이나 사기꾼이 아니고 누가 그릇된 칭찬을 즐기며, 악평을 두려워할 것인가?

호라티우스

그러므로 외부에 나타난 것으로 판단하는 이 모든 것들은 매우 불확실하고 의심스럽다. 각자는 자기 자신에 대해서처럼 확실한 증인은 될 수 없다.

전쟁터의 참호 속에서 우리는 영광의 동료로서 얼마나 많은 하인
들을 데리고 있는가? 참호 밖에 몸을 드러내놓고 대언하게 서 있는
자는 하루에 돈 닷 푼을 받고 그의 몸을 막아주며 앞길을 터주는 50명
의 전위병(前衛兵)보다 무슨 나은 일을 하는 것인가?

소란스런 로마의 모든 비난을 상대하지 말라.
그리고 그 부정한 판단을 교정할 역할은 맡을 생각도 말라.
그대 자신의 밖에서 그대 자신을 찾으려 하지 말라.

페르세우스

우리는 우리의 명성을 높이고 이 이름을 여러 입에 전파시켜서
사람들이 이 이름을 좋게 받아주며, 이 명성이 자기에게 유리해지
기를 원한다. 이런 기도(企圖)는 진실로 변명될 수 있는 일이다. 그
러나 병폐가 과하면 어느 방법으로든지 사람들이 자기 말을 하게
시키려고 애쓴다.

트로구스 폼페이우스가 헤로스트라투스에 관해서, 티투스 리비
우스가 만리우스 카피톨리누스에 관해서 말하는 바에 따르면 그들
은 좋은 명성보다 큰 명성을 더 바랐다고 했다. 이런 악덕은 보통 있
는 일이다. 우리는 사람들이 우리의 말을 어떻게 하는가보다는 우
리 말을 해주는 것에 더 관심이 가며, 우리의 이름이 어떻게 세상에
돌건 간에 세상에 돌아주기만 하면 그만이다. 사람이 세상에 알려
진다는 것은 어느 점에선 자기 생명과 존속이 남들의 힘으로 보존

22

됨을 의미하는 것인 듯싶다.

나로서는, 나는 나 자신으로서만 존재한다고 생각한다. 그리고 내 친지들의 인식 속에 깃드는 다른 내 생명을 적나라하게 그 자체로서 생각하면, 허황한 생각의 허영에서밖에 그것에 아무런 성과와 향락을 느끼지 않는 것임을 잘 안다. 그리고 더욱이 내가 죽은 다음에는 그것을 느끼지 않을 것이다. 그리고 우연히 다음에 일어날 수 있는 진실한 효용은 내게는 써먹을 자리도 없을 것이다. 나는 이 명성을 손에 잡아볼 거리가 없으며, 어느 구멍으로도 그것이 죽은 나에게 도달하여 접촉할 길은 없을 것이다.

— 제2권 16장 〈영광과 명성에 대하여〉 중에서

자만심에 대하여

    나는 아주 어릴 적부터 어딘지 모르게 허황하고 어리석은 자만심을 보이는 몸짓과 자세를 가졌다고 주목을 받아왔다. 나는 먼저 우리 자신에게 독특하게 아주 몸에 배어버려서 자기는 느끼고 알아볼 방법이 없도록 어떤 조건이나 경향을 가졌다는 것은 언짢지 않은 일이라고 생각한다. 이런 자연스런 경향에서 우리 신체는 우리가 알지도 못하고 동의한 일도 없이 어느 성벽(性癖)을 갖는 일이 종종 있다.

    알렉산드로스가 머리를 옆으로 갸우뚱하고 있던 것과, 알키비아데스의 말투가 부드럽고 걸직하던 것은 어느 점에선 의식적으로 자기 미모를 뽐내는 버릇이었다. 율리우스 케사르는 손가락으로 머리를 잘 긁었는데, 그것은 괴로운 생각에 잠긴 사람의 태도였다. 그리고 키케로는 콧등을 찌푸리는 버릇이 있었던 것 같은데, 이것은 타고난 조롱꾼임을 의미한다. 어떤 동작은 자신도 의식하지 못하는 가운데 나오는 수가 있다. 어떤 동작은 일부러 꾸며서 하는데, 이 점에 대해선 더 말하지 않겠지만, 인사나 경의를 표할 때에 이렇게 함으로써 대단히 겸손하고 예절 바르다는 명예를 얻는데, 이런 수작은 대개는 잘못이다.

사람은 영광을 받으면 겸손할 수도 있다. 나는 특히 여름에는 모자를 벗고 인사를 잘한다. 그리고 인사를 받으면 내가 부리는 사람 이외에는 누구건 반드시 답례한다. 내가 아는 어느 군주들은 인사를 좀 아껴서 적당히 해주었으면 싶다. 그렇게 조심 없이 남발하다가는 인사에 무게가 없어지기 때문이다. 분별없이 하는 인사에는 효과가 없다.

주책없는 자세 가운데서도 콘스탄티우스 황제의 존대풍(尊大風)은 잊을 수 없다. 그는 공중 앞에서 언제나 고개를 똑바로 쳐들고는 옆에서 인사하는 자들을 돌아보려고 고개를 이리저리 돌리지도 굽히지도 않고, 부동의 자세를 유지한 채 마차가 흔들려도 움직이지 않고, 사람들 앞에서는 감히 침도 못 뱉고, 코도 풀지 못하고, 땀도 닦지 못했다.

나는 사람들이 주목하던 내 자세가 이 첫 번째 부류였는지, 그리고 이것도 있을 수 있는 일이지만, 사실은 내가 내밀하게 이런 악덕을 가진 탓에 몸을 움직이며 대답하지 못한 것인지 알 수 없다. 그러나 마음의 움직임에 관해서는 느끼고 있었다고 여기서 고백하고 싶다.

이 허영에는 두 가지 부류가 있다. 즉 자기를 너무 존중하는 것과 남을 존경하지 않는 것이다. 전자에서 먼저 고려해야 할 것으로 보이는 점은, 내게 불쾌하고 동시에 부당하고 더욱이 괴로운 것이라고 심령의 과오에 내가 압박받고 있음을 느끼는 일이다. 나는 이 점을 고치려고 애써본다. 그러나 이 결함을 제거할 수가 없다. 그것은 내가 가지고 있는 물건은 내가 가지고 있기 때문에 그 값어치를 깎아내리고, 어떤 물건이 내게 없거나 남의 것이거나 내 소유가 아니기 때문에 그 값어치를 올려서 생각하는 버릇이다. 이런 심정은 멀리 확대된다.

권위라는 특권을 가지고 있기 때문에 남편들이 자기 아내를 심술궂은 경멸의 눈으로 보고, 아버지들이 자기 아들을 그렇게 보듯이 나 역시 그러하며, 두 가지 사물을 두고 비교하면 언제나 내 것을 불리하게 평가하려고 한다. 내 것을 더 낮게 잘해놓자는 욕심 때문에 내 판단력이 혼란스러워지며, 내 것에 만족하지 못한다기보다는 도리어 내 것에 대한 권위 그 자체 때문에 내가 가지고 지배하는 것을 경멸하고 싶은 생각이 생겨난다.

먼 나라의 정치나 풍습, 언어 등은 내게 더 좋게 보인다. 그리고 어린아이나 속인(俗人)들 마음같이, 나는 라틴어가 그 권위 때문에 실재의 값어치보다 더 훌륭하게 보이는 나의 마음에 속고 있다. 이웃집의 살림살이나 가옥이나 말(馬)은 똑같은 값어치일지라도 그것이 내 것이 아니기 때문에 내 것보다 더 나아 보인다. 내가 내 집 일을 전혀 모르기 때문에 더하다. 나는 도무지 가질 수 없는 일이며 내가 할 수 있다고 감히 책임지지 못할 일인데, 남들이 자기에 대해 자신과 포부를 가진 것을 보면 감탄하지 않을 수 없다. 나는 미리 그런 일을 할 수 있는 수단이나 방법도 생각해보지 못한다. 결과를 보고 나서밖에는 내 역량을 알지 못한다. 다른 모든 일에도 그렇지만, 나는 나 자신에 대해 확신을 가지지 못한다. 그래서 어쩌다가 내가 하는 일이 잘되는 수가 있으면, 그것은 내 역량이라기보다는 운수가 좋았기 때문이라고 생각한다. 어떻든 나는 모든 일을 되어가는 대로 조마조마한 생각으로 계획한다.

대체로 옛날부터 인간 전체에 통하던 사상들 중에서 내가 가장 애착을 품는 사상은 우리 자신을 가장 경멸하고 천대하고 무시하는 사상이다. 내 생각으론, 철학은 우리의 자만심과 허영심을 공격하며 철학 자체도 아무것도 결단을 내리지 못하며 근거가 박약하고 아는 것이 없다는 사실을 진심으로 인정할 때 가장 잘하는 일로 보인다. 사람이 공적으로나 사적으로나 가장 그릇된 사상을 가꾸게 되는 주요한 요인은 자기 자신을 높이 평가하는 데서 온다고 본다. 메르쿠리우스*의 별자리 위에 앉아서 하늘을 멀리 내다보는 자들, 그들은 나를 골탕먹이고 있다.

왜냐하면 내가 하는 연구의 제목은 인간인데, 이 문제만 가지고도 사람들의 판단은 가지각색으로 풀 수 없는 미궁에 빠지며, 예지(지식)에 관한 학설만 해도 모두가 너무 달라서 확실치 못한 터인데,

---

* 로마 신화에 나오는 상업, 웅변, 영리의 신. 수성(水星)이다.

이 사람들은 자기들 앞에 놓였고 자기들 속에 존재하는 그들 자신과 그들 고유의 조건에 관한 지식에 대해서도 해결할 수 없고, 그들 자신이 움직이는 것이 어째서 움직이는지, 또는 그들 자신이 가지고 조종하는 신체의 장치가 어떻게 되어 있는지를 풀어서 설명하지도 못하면서, 나일강의 물이 늘고 줄고 하는 원인을 설명하는 것을 어떻게 나보고 믿어달란 말인가? 사물들을 알아보려는 호기심은 인간에게 주어진 천벌이라고 성경에도 써 있다.

그러나 나 개인의 문제로 돌아와서, 내가 나 자신을 평가하는 것만큼 어느 누구도 자기 자신을 못나게 보든지, 또는 어느 누구도 나를 더 못나게 평가하기는 어려운 일이라고 생각한다. 나는 나를 보통 사람의 부류에 속한다고 여기는 면을 제외하고는 보통 사람의 부류에 속한다고 본다. 내가 보는 바에 따르면 나는 가장 비천하고 범속한 결함을 가졌는데, 그렇지 않다고 변명하지도 않으며 단지 내가 내 값어치를 안다는 것만이 내 자랑이다.

내게 허영심이라는 것이 있다면, 그것은 도무지 내 기질에 맞지 않아서 피상적으로 주입되었을 뿐인, 내 판단 앞에 드러내 보여줄 실체를 갖지 않았다는 것이다.

나는 (허영심이라는) 물감이 끼얹어져 있을 뿐이지 속까지 물든 것은 아니다.

실로 정신의 효과로 말하면 어떠한 방식으로든 나를 만족시키는 것은 내게서 나온 것이 없기 때문이다. 그리고 남이 칭찬해준다고 해서 조금도 고마울 것이 없다. 내 취미는 부드럽고도 까다롭다. 특히 집에 있을 때 그렇다. 나는 끊임없이 나 자신을 부인한다. 그리고 내가 허약해서 어디서나 들뜨고 휘어짐을 느낀다. 내 판단력을 만족시킬 수 있는 것으로 내 것이라고는 아무것도 없다. 나는 상당히 명석하고 조절된 관찰력을 가지고 있다. 그러나 일에 부딪히면 혼란을 일으킨다. 특히 시를 써보면 명백히 느끼게 된다. 나는 시를 무한히 좋아하며, 남의 작품은 상당히 알아본다. 그러나 내가 시를 써보면 어린아이 수작이 되며, 차마 읽어볼 수가 없다. 사람은 아무 데서라도 어리석은 수작을 할 수 있지만, 시를 가지고는 못 한다.

> 인간이건, 신들이건, 작품을 발라 붙이는 기둥이건,
> 시인에게 졸작을 불허한다.
>
> 마르티알리스

언제나 내 마음속에는 한 상념과 뒤섞인 어떤 영상이 떠도는데, 마치 꿈속에서와 같이 내가 작품으로 써놓은 것보다 더 나은 형태로 나타난다. 그런데 나는 그것을 파악해서 전개할 수가 없다. 그리고 이 생각 자체가 중간 형태밖에 안 된다. 내가 여기서 추론해보면 지나간 시대의 풍부하고 위대한 작가들의 작품은 내 상상력이나 소원의 극한을 넘어서 훨씬 더 탁월했던 것이다.

그들의 작품은 나를 만족시키고 채워줄 뿐만 아니라, 경탄케 하며 너무도 탄복해서 정신을 잃게 한다. 나는 그들의 아름다움을 판단한다. 그 가치는 전부 이해하지는 못하더라도 부족하나마 내가

그런 것을 써보려고 갈망하는 것도 불가능할 정도의 깊이로는 이해한다. 내가 무엇을 해보려고 하건, 플루타르코스가 어느 자를 두고 말했듯이, 우아함의 신들에게 희생을 바쳐서 그 은총을 받아보아야 할 일이다.

왜냐하면 인간의 감성에 유쾌하고 그 감성을 매혹시키는 것은 모두 저 귀여운 우아함의 여신들 덕택이니라.

이 여신들은 어디서나 나를 저버린다. 내가 하는 일은 모두가 거칠다. 얌전하고 아름다운 맛이 없다. 나는 사물들의 값어치를 최대한도로 만들어낼 줄을 모른다. 내 재간은 재료에 아무것도 보태주는 바가 없다. 그렇기 때문에 내가 잡는 재료는 강력해서 취할 곳이 많고 그 자체에 광휘가 있어야 한다. 내가 통속적이고 유쾌한 소재를 잘 취급하는 것은 타고난 경향만을 좇고 세상 사람들이 하는 식으로 격식을 찾는 우울한 예지를 즐기지 않기 때문이며, 혼자 즐기고 싶어서 하는 일이지 내 문체를 유쾌하게 만들려고 함이 아니다. 나의 문체라는 것은 차라리 장중하고 엄숙한 재료를 취급하려고 한다(적으나마 내가 하는 식의 형편없고 질서도 없는 말투며, 아마파니우스나 라비리우스의 말버릇처럼 비속한 사투리고, 정의할 수 없는 방식이고, 구분도 결론도 없이 혼란스러운 것을 문체라고 불러도 좋다면 말이다).

나는 사람의 비위를 맞출 줄도, 즐겁게 해줄 줄도, 아첨할 줄도 모른다. 세상에서 가장 좋은 이야기도 내 손에 걸리면 무미건조하고 무색해져버린다. 내게는 진심으로 말하는 재간밖에 없다. 나의 많은 동료들은 누구를 만나든 수월하게 상대하고, 한 군중의 주의를 사뭇 이끌어가고, 한 임금에게라도 온갖 종류의 이야기를 가지고 피로한 줄 모르게 재미있게 이야기해주는데, 재료가 부족한 일이 결코 없으며 말솜씨가 있어서 생각나는 대로 우아하게 말을 꾸며서 상대하는 자들의 기분과 정도에 맞추어줄 줄 아는 재간이 내게는 전혀 없다. 임금들은 딱딱한 이야기를 즐기지 않는데, 나는 이야기 꾸며내기를 좋아하지 않는다. 나는 사람들이 일반적으로 듣기 좋아하는 가장 기초적이고 쉬운 이치를 써먹을 줄도 모른다. 평범한 재료 가지고는 서투른 말꾼이다. 모든 소재를 취급하되 가장 중요한 것만 말한다. 키케로는 철학 논문 중에서 가장 중요한 부분은 초두에 있다고 생각한다. 사실이 그렇다 해도 나는 결론부터 시작한다.

그러니 말하는 법은 모든 종류의 곡조에 줄을 맞춰야 한다. 그리고 가장 높은 곡조는 가장 드물게 연주한다. 부족하나마 속 빈 사물을 실속 있는 듯이 말하는 데는 중대한 사물을 다루는 것만큼이나 재간이 필요하다. 어느 때는 사물을 피상적으로 다루어야 하고, 어느 때는 깊이 천착해야 한다.

사람들의 대부분은 얕은 단계에 머물러서 사물의 껍데기밖에 핥지 못한다는 것을 나는 안다. 그러나 크세노폰이나 플라톤 같은 가장 위대한 스승들은 가끔 태도를 바꾸어서 사물들을 천하고 속된 방식으로도 다루어 말하며, 무궁무진한 우아함을 가지고 논조를 지탱해 나간다.

한데 내 언어는 평이하지도 못하고 연마된 것도 아니다. 내 문장은 거칠고 경멸조며, 자유로운 표현을 제멋대로 쓴다. 내 판단으로 한 것이 아니더라도, 내 경향으로는 이 방식이 마음에 든다. 그러나 종종 이런 식에 이끌려서 기교와 뽐내는 버릇을 피하다가 오히려 다른 면에서 거기에 빠지는 것을 느낀다.

간명하려고 애쓰다가 난삽에 빠진다.

호라티우스

길고 짧음은 언어에 값어치를 주지도 빼앗지도 않는다고 플라톤은 말한다.

미모는 사람들과의 교제에 대단히 유리한 장점이다. 이것은 사람들이 서로 화합하는 데 기초적인 재료가 된다. 사람이 아무리 거칠고 퉁명스러워도 상냥한 미모 앞에 어딘가 감동되지 않는 자는 없다. 육체는 우리의 인생에 중대한 몫을 차지한다. 그 역할은 크다. 그러므로 신체의 구조와 기질을 존중하는 것은 아주 정당한 일이다. 우리의 이 두 가지 부분을 떼어서 분리하려 드는 것은 잘못이다. 그와는 반대로, 이들은 합쳐서 맞춰놓아야 한다. 영혼에게 따로 떨어져 물러가서 육체를 경멸하며 저버리라고 명령할 일이 아니다(역시 그렇게 하려고 해도 꾸며낸 꼴밖에 못 된다). 그럴 것이 아니라 육체와 결합해서 포용하고 귀여워해주며, 도와주고 제어하며, 충고하고 길을 잘못 들 때에는 이끌어주며, 결국 육체와 결혼해서 그 남편 노릇을 해야 한다. 그래서 그들이 하는 일의 결과가 잡다하게 반대로 되어가지 않고, 조화를 이루어 한 길로 나아가게 해야만 한다.

사람들 사이에 있었던 최초의 품위와, 다른 자들에게, 특히 어느 자에게 주어진 존경은 미모라는 장점에 있었던 듯싶다.

> 토지의 분배와 배당은 미모와 체력과 정신의 비율로 조정되었다. 왜냐하면 미모는 큰 힘이었으며 체력은 힘으로서 존중되었기 때문이다.
>
> 루크레티우스

그런데 내 키는 중간이 좀 못 된다. 이 결함은 그 자체가 보기 싫을 뿐 아니라, 사람을 지휘한다든가 어느 직책을 가진 사람에게는 불편한 일이다. 왜냐하면 아름다운 풍채와 웅장한 육체가 주는 권위가 부족하기 때문이다.

키 작은 사람은 예쁘기는 하지만 훌륭하지 못하다고 아리스토텔레스는 말했다. 그리고 몸집과 키가 커야 훌륭한 태가 나듯이 위대한 행동 속에서 위대한 심령을 알아본다.

누군가 당신 집에 와서 집안사람들 사이에 있는 당신을 보고, "나리는 어디 계신가?" 하고 물어보며 당신의 이발사나 비서를 대하는 태도로 당신을 대한다면, 대단히 화가 날 일이다. 저 가엾은 필로퍼몬이 이런 꼴을 당했다. 그가 초청한 사람의 집에 자기 패보다 좀 먼저 도착했더니, 주인은 그를 알아보지 못한 터이기도 했지만 그의 인상이 변변치 않았기 때문에 그를 보고 필로푀몬을 대접하려는 참이니 여자들을 거들어서 물을 길어 오고 불을 피우라고 시켰다. 필로푀몬이 명령받은 대로 일을 하는데 자기 패의 신사들이 도착하여 그가 이 훌륭한 일을 하는 꼴을 보고, 무엇을 하느냐고 물어보았다. 그러자 그는 "나는 내 못난 꼴의 값을 치르고 있소" 하고 대답했다.

다른 종류의 아름다움은 여자들에게 필요하다. 몸집의 아름다움만이 남자들의 아름다움이다. 체격이 작으면, 아무리 이마가 넓고 둥글건, 눈이 빛나고 상냥하건, 코의 생김새가 알맞건, 이가 곱게 나고 희건, 밤색 피부에 갈색 수염이 두툼하고 번질하게 났건, 머리가 알맞게 둥글건, 안색이 생기 있고 새롭건, 용모가 부드럽건, 몸에서 냄새가 안 나건, 팔다리가 알맞은 비율로 되었건, 풍채 좋은 남자는 되지 못한다.

한데 나는 굳세고 균형 있는 몸매를 가졌다. 얼굴은 살진 편은 아니지만 근육이 배고, 안색은 쾌활과 우울의 중간이며, 혈기로 성미가 괄괄하기도 중간은 된다.

내 육체적 조건은 결국 내 영혼과 아주 잘 조화된다. 경쾌한 맛은 없지만, 다만 충만하고 견고한 정력이 있다. 나는 고통을 잘 견뎌낸다. 그러나 내 의지로 그렇게 하고 싶은 마음이 생길 때라야만 참아낸다.

쾌락은 노고(勞苦)의 가혹함을 잊게 한다.

호라티우스

내가 어느 쾌감으로 유인된 것이 아니고, 내 순수한 자유 의사 이외의 다른 지도자가 있었다면, 나는 쓸모없는 사람에 지나지 않는다. 나로서는 내 건강과 생명 문제를 제외하고는 아무것도 내 손톱을 물어뜯는 수고를 하든가 내 정신에 고통을 받거나 강제당해가며 하고 싶은 생각은 없다.

그 대가로 황금을 굴려서 대해(大海)로 밀어가는
탁류의 타고스강 토사 전부를 준다 해도 나는 원치 않는다.

유베날리스

천성으로나 배운 버릇으로나 나는 극도의 한가로움과 극도의 자유를 취한다. 수고해줄 생각을 하기보다는 기꺼이 내 피를 내어줄 것이다.

나의 심령은 전적으로 자기를 내세우며 제 식으로 행하는 버릇이 들었다. 지금 이 시각까지 나를 강제하는 지휘자나 주인을 가져본 일이 없으므로 내 마음 내키는 대로 살아왔다. 그 때문에 내 성질은 물러져서, 남을 위한 일에는 소용없는 인물이며 나 자신에게밖에 쓸모없어졌다. 그런데 이 둔중하고 게으르고 무위무책(無爲無策)한 성질을 억제해볼 필요를 느껴본 일이 없다. 왜냐하면 출생할 때부터 그런대로 만족할 정도의 재산을 가지고 나왔고 가질 만큼 가졌다고 느낄 정도의 지각을 가졌기 때문에, 아무것도 더 벌어보려고 한 일이 없었고 더 벌어 보탠 것도 없다.

나는 나를 만족시키는 충족밖에 필요하지 않았다. 좋게 해석하자면 어느 종류의 사정에서나 똑같이 갖기 어려운, 심령이 조절된 상태며, 경험에 따르면 풍부하게보다는 부족하게 느끼는 때가 더 많다. 우리의 다른 정열의 진행 상태가 그렇지만, 재물을 탐하는 마음은 부족할 때보다는 과용할 때 더 심해지는 법이며, 절제의 덕은 인내의 덕보다 갖기 힘들다.

그래서 내게는 하나님이 후하게 내려주신 내 재산을 안온하게 누리며 살아갈 일밖에 없었다. 나는 괴로운 일이라고는 해본 일이 없으며, 그런 일을 한다고 해도 하고 싶은 시간에 내 식으로 행한다는 조건으로 행했으며, 나를 신임하는 사람에게서 무슨 부탁을 받으면 내 성미를 알아서 재촉하는 일이 없으리라는 조건으로 하는 것이었다. 왜냐하면 전문가들은 성질이 괄괄해서 말을 잘 듣지 않는 말[馬]도 부려먹을 줄 알기 때문이다.

어릴 적에도 나는 부드럽고 자유로운 지도를 받았으며 엄격한 복종을 강제당한 일이 없었다. 이 모든 사정에서 나는 기질이 섬약해지고, 무슨 일이든 걱정거리를 참지 못하는 성미가 되었다. 그래서 내게 손해가 되는 일이나 내 일이 언짢게 되어가는 것을 남이 감춰주기를 바라게 되어서, 내 지출의 조목에는 나를 한가하고 느긋하게 먹여 살리며 돌보아주는 자들에게 드는 비용도 들어 있다.

이것은 바로 주인이 눈 뜨지 못한 까닭의 남용이니,

덕택에 도적놈들이 한몫 본다.

호라티우스

승리의 진애(塵埃)를 뒤집어쓰지 않고 안온한 조건을 누리련다.

호라티우스

그리고 내 힘은 역시 대단한 일을 성취할 능력이 없다는 것을 사실대로 건전하게 판단하여, 지금은 고인이 된 올리비에 경이 말한 바 있는, 프랑스 사람은 나무를 기어올라가 이 가지에서 저 가지로 나무 꼭대기까지 쉬지 않고 올라가기만 하여 결국은 볼기짝만 보여 주는 원숭이와 같다고 한 말을 생각하는 것이다.

내가 가진, 책망할 거리 없는 소질들 자체도 이 시대에는 소용없는 것임을 안다. 안이함을 취하는 내 습성을 사람들은 나약하고 비굴한 탓으로 보고, 신앙심과 양심은 너무 조심성 많고 미신적이라고 생각하고, 솔직하고 자유분방한 성질은 체면 없고 주책없고 당돌한 수작이라고 했을 것이다. 불행도 어디엔가는 소용이 있다. 이렇게 심하게 타락한 시대에 태어난 것도 좋은 일이다. 왜냐하면 다른 사람들과 비교하면 그런대로 값싸게 도덕군자라는 말을 듣기 때문이다. 모독 행위나 아버지 살해의 범죄만 저지르지 않으면 명예로운 착한 사람의 축에 든다.

그런데 나는 아첨하며 속을 감추기보다는 차라리 조심성 없는 말썽꾸러기가 되기를 원한다.

　이렇게 다른 사람은 안중에도 두지 않고 전적으로 자기를 드러내
놓는 나의 버릇에도 어쩌면 자만심과 고집의 단편이 들어 있을 수
있음을 고백한다. 그리고 내게는 그래서는 안 되는 곳에서 너무 방
자하게 굴며, 상대방을 무시하고 내 의견만 내세우는 일이 있는 것
같다. 그리고 또 약지 못해서 내 성질대로 노는 일도 있는 듯싶다.
권세가들 앞에서도 집에서 하는 버릇과 말투와 태도를 그대로 드러
내놓으며 그런 방자한 수작이 얼마나 실례되는 철부지 짓인가를 나
는 느낀다.

　그러나 내 사람됨이 이렇게 생겼을 뿐더러, 사람이 갑자기 물어
보는 것을 살짝 피하며 딴전을 보는 수작을 부리거나 진실인 체하
거나 하는 약은 꾀도 없고, 꾸며낸 사실을 끝내 유지해갈 만큼 기억
력이 강하지도 못하고, 정말 이 짓을 유지해갈 자신도 없다. 그래서
속으로는 약하니까 겉으로는 강한 체한다. 순박성을 그대로 내놓
고, 언제나 내가 생각하는 대로 말하며, 내 기질과 이성이 그렇기 때
문에 일은 될 대로 되어가게 운수에 맡겨두는 것이다.

— 제2권 17장 〈자만심에 대하여〉 중에서

우리의 욕망은 장애 때문에 더한다

어떠한 이치라도 그 반대 이치가 없는 것은 없다고, 철학자들 중에서 가장 현명한 학파(퓌론학파)는 말한다. 나는 방금 옛사람들이 인생을 경멸하며 언급한, "어차피 없어질 것으로 기대되는 것밖에는 어떠한 보배도 우리에게 쾌락을 주지 못한다", "한 사물을 잃어버렸다는 슬픔과 잃어버릴 것이라는 공포심은 똑같이 정신적인 타격을 준다"(세네카)라고 암시한 아름다운 말을 음미해보았다.

이 말은 쾌락으로 어떤 것을 잃어버릴 근심이 있으면 인생을 즐긴다 해도 진실로 재미가 되지 못한다는 점을 말하려는 것이다. 그러나 그 반대로 우리는 한 보배를 불확실하게 내 것이라고 할 수 없고 빼앗길 우려가 있을 때 더 한층 애착을 가지고 악착스레 움켜쥐며 매달린다고 말할 수 있다. 왜냐하면 불은 찬 기운이 있을 때 더 잘

타는 것과 같이, 우리의 의지는 반대에 부딪힐 때에 더 억세어지는 것을 우리는 명백히 느끼기 때문이다.

> 다나에가 한 탑 속에 유폐되지 않았던들, 결코
> 유피테르에게 아들을 낳아주지 않았을 것이다.
>
> 오비디우스

그래서 당연한 일로, 안이함에서 오는 포만보다도 더 우리 취미에 역겨운 것은 없고, 희귀하고 얻기 어려운 것보다 더 우리 취미를 자극하는 것도 없다.

> 모든 사물에서 얻는 쾌락은 놓쳐버릴 위험이 있기 때문에 더 커진다.
>
> 세네카

> 갈라여, 나를 배척하라. 사랑의 희열에는
> 고초가 섞이지 않으면 포만이 오느니라.
>
> 마르티알리스

리쿠르고스는 사랑을 생기 있게 보존하게 하려고 라케데모니아의 부부들은 반드시 숨어서 동침해야 하며 부부가 함께 자다가 들키면 다른 사람과 자는 것만큼 수치가 되리라고 명을 내렸다. 만날

날짜를 정하는 데 따르는 곤란, 들킬 위험, 다음날 받을 수치,

그리고 노곤과 침묵, 가슴에서 터져 나오는 장탄식 등.

호라티우스

이것이 소스에 쏘는 맛을 주는 요소다. 사랑의 수작을 말하는데, 정직하고도 수치스러운 태도에서 얼마나 얄궂은 장난이 나오는 것인가! 쾌락에 대한 욕망 자체가 고통으로 자극받기를 원한다. 쾌락에 대한 욕망은 찌르고 쑤시는 때에 더 달콤하다. 창녀 플로라는 폼페이우스와 동침할 때에는 반드시 그에게 물어뜯은 자국을 남겨주었다고 한다.

그들은 사랑의 대상을 고통을 느낄 정도로 힘주어 포옹하며
흔히 그 가냘픈 입술에 잇자국을 남겨주곤 한다.
비밀스러운 충동에서 그들은 상대방이 누구건,
그에게 상처를 주며 거기서 맹렬한 흥분이 생긴다.

루크레티우스

모든 일은 이렇게 돌아간다. 곤란함은 사물들의 가치를 높여준다.
나는 내 종마장(種馬場)에서 늙은 말 한 필을 쫓아내버렸다. 이놈은 암컷 냄새만으로는 붙여볼 수가 없었다. 제 암컷들과는 일이 쉬

우니까 바로 싫증을 냈다. 그러나 다른 집 암컷이나 목장 근처를 지나가는 다른 암컷이라면, 그저 귀찮게 이히힝거리며 여전히 욕심을 내곤 했다.

우리의 욕망은 자기 손에 있는 것은 경멸하며 넘겨버린다. 그리고 자기가 갖지 않은 것을 차지하려고 애쓴다.

그는 손에 들어온 것은 경멸하고, 차지할 수 없는 것을 추구한다.

호라티우스

우리에게 무엇을 금지하면 그것을 욕심내게 된다.

네가 네 애인을 지키지 않으면, 그녀는 머지않아 네게서 떠날 것이다.

오비디우스

우리에게 한 사물을 전적으로 맡겨두면 우리는 그것을 경멸하게 된다. 부족하거나 풍부하거나 불편하기는 마찬가지다.

너는 물건이 남아서 걱정인데, 나는 없어서 걱정이다.

테렌티우스

욕망과 향락은 우리에게 똑같이 고통을 준다. 여자가 너무 쌀쌀하게 구는 것도 괴롭다. 그러나 힘 안 들이고 쉽게 넘어가는 것도 사실은 더욱 괴로운 일이다. 불만과 분격은 우리가 욕심내는 사물들을 높이 평가하는 데서 나오며, 그 때문에 그 사물이 더 그리워져서 애가 탄다. 그러나 포만하면 싫증이 난다. 포만은 정열을 잃고 둔해지고 피로하고 잠들게 한다.

여자가 애인을 오래 지배하려면, 그를 경멸할 일이다.

오비디우스

처녀들이 부끄러움을 타는 기술은 어디에 소용이 있는가? 시치미떼고 냉정한 체하는 맵시, 엄격한 용모, 가르쳐주는 우리보다 더 잘 아는 일을 모르는 체하는 수작, 그것이 모두 우리 욕심대로 이런 체면과 장애를 극복하고 책망하고 유린하고 싶은 생각이 더 나게끔 시키는 것 말고는 무슨 소용이 있는가? 유난히도 상냥하고 어린아이다운 정숙한 여자를 미쳐서 방자하게 놀아나게 하며, 존경스럽고도 거룩하고 엄숙한 위엄을 지키는 여자를 우리의 정열에 굴복시키는 것은 쾌락일 뿐 아니라 허영을 만족시키는 것이다. "엄혹하고 겸손하고 정숙하고 절조를 지키는 여자를 극복함은 영광이다. 그리고 부인들에게 이런 수작을 부리지 말라고 권하는 자는 여자들 마음뿐 아니라 자기 마음을 속이는 것이다"라고 남자들은 말한다. 여자들의 마음은 공포로 떨고, 우리의 말소리만 들어도 그 깨끗한 귀를 더럽혀서 여자들은 우리를 미워하는데, 다만 힘에 못 이겨서 우리가 귀찮게 구는 수작에 넘어가버리고 만다고 믿어야만 한다.

미모는 아무리 힘이 크다고 해도, 이런 방법의 중개 없이는 맛들일 거리가 못 된다. 이탈리아에는 돈에 팔리는 미인들, 더욱이 뛰어나게 예쁜 미인들이 더 많은데, 그 미인들이 자기를 예쁘게 보이려고 얼마나 색다른 방법이나 기술을 쓰는가를 보라. 그러나 실상은 무슨 짓을 하여도 공중 앞에 팔려고 내놓은 몸이니, 이런 여자는 언제나 약하고 힘이 없다. 그와 마찬가지로 덕성(德性)에서도 두 가지 똑같은 효과들 중에서 적으나마 더 많은 장애와 모험이 있는 편을 더 아름답고 값어치 있는 것으로 여긴다.

지금 보듯이 우리의 신성한 교회가 너무나 심한 폭풍의 혼란에 동요하는 것은 이러한 반대 현상으로, 경건한 마음들을 깨워서 너무 오랫동안 평온한 상태에서 한가로이 잠자던 마음들을 정신차리게 하려고 거룩한 신의 뜻이 움직인 결과다. 길을 헤매어 갈라져 나간 자들(신교도)의 수 때문에 우리가 당한 손실과, 이번 싸움을 계기로 우리가 정신을 차려서 우리의 열성과 힘을 회복한 데서 얻은 소득을 저울질해보면, 이익이 손실보다 더 크지 않을지 모를 일이다.

우리는 한번 결혼하면 그것을 풀어줄 모든 방법을 없앴으므로 그 결속(結束)은 확고하다고 생각한다. 그러나 속박이 단단한 만큼 의지와 애정의 맺음은 더 해이해지고 풀어져 있다. 그리고 반대로 로마에서 결혼이 그렇게 오랫동안 명예로운 안정을 얻어온 것은 아무 때나 원하면 서로 자유롭게 헤어질 수 있는 자유 덕이었다. 그들은 아내를 빼앗길지도 모르니까 그만큼 더 아내를 사랑했다. 그리고 아무 때나 이혼할 수 있는 자유를 가지고, 그들은 5백 년 이상 아무도 그 자유를 사용하지 않고 보냈다.

> 허용된 일에는 매력이 없고, 금지된 일은 욕심을 일으킨다.
>
> 오비디우스

이 문제에 관해서는 "징벌은 악덕을 분쇄하기보다는 오히려 조장하며, 착한 일을 하려는 마음을 일으키지 않는다. 징벌은 이성과 훈련에 따른 성과며, 다만 나쁜 짓을 하고도 들키지 않게 할 조심성만 갖게 한다"고 한 옛사람의 의견을 결부시켜서 생각해볼 수 있다.

> 뿌리까지 파헤쳤다고 생각한 악은 더 멀리 퍼지고 있다.
>
> 루틸리우스

이 말이 진실한지는 모르지만, 정치는 결코 형벌로 개선되지 않는다는 것은 내 경험으로 안다. 풍속의 질서와 조절은 어느 다른 방법에 달렸다.

그리스 역사에는 스키타이 족의 거주지 근처에 사는 아그리피아인 이야기가 나오는데, 그들은 사람을 때리는 매나 몽둥이가 없이 산다고 한다. 그들은 아무도 공격하러 갈 생각을 하지 않을 뿐 아니라, 누구든지 그곳에 피신해 오는 자들은 그들의 도덕과 거룩한 생활로 안전한 보호를 받는다고 하며, 다른 곳 사람들 사이에 분쟁이 생겼을 때에는 아그리피아인들을 찾아가서 싸움을 조정해달라고 청한다고 한다.

어느 나라에서는 정원이나 밭을 보호하려는 울타리를 무명실 한 줄로 만드는데, 우리 고장의 돌담이나 울타리보다도 훨씬 더 견고하다고 한다.

도둑들은 자물쇠 때문에 이끌려 간다. 법을 어기며 도적질하는 자는 문 열린 집에 들어가지 않는다.

세네카

어쨌든 나는 우리 나라 내란의 폭력 행동에 대하여 안전을 보장하려고 다른 방법보다도 들어오기 쉽게 개방하는 방법을 쓴다. 방비하면 공격을 유발시키며, 사람을 믿지 않으면 침해를 끌어 온다. 나는 병정들에게 그들이 변명과 구실로 삼는 버릇이 된 군사적 영광이 될 모든 모험성의 재료를 제거해서 공명심을 일으키지 않도록 그들의 공격의 도를 약화시켰다. 정의가 사멸한 시대에는 용감하게 행한 일은 언제나 영광스런 일로 간주된다. 나는 비굴해서건 모험하는 수단에서건 그들에게 내 집을 정복하라고 놓아둔다. 내 집은 찾아와서 문을 두드리는 누구에게도 닫혀 있는 일이 없다. 내 집 문을 지키는 자는 예전부터 부려온, 예의를 지킬 줄 아는 문지기인데, 내 문을 지키기보다는 차라리 점잖고 얌전하게 열어주는 역할밖에 하지 않는다. 내게는, 별들이 지켜줄 뿐, 수비병도 파수병도 없다.

귀족은 방비를 완전하게 갖추지 못했으면, 방비가 잘된 듯이 뽐내어서는 안 된다. 한쪽이 열렸으면 모든 쪽이 열린 것이다. 우리 조상들은 요새를 건축할 생각을 갖지 않았다. 대포나 군대 없이 하는 일이지만, 공격하거나 기습하는 방법은 수비하는 방법 이상으로 날마다 늘어난다. 사람들의 머리는 일반적으로 이 방법에 예민해져 간다. 모든 사람이 침략할 생각을 한다. 부유한 자만이 방비할 생각을 한다.

내 집은 처음 축조된 시대에는 방비가 엄중한 편이었다. 나는 이 방면에는 보태어놓은 바가 없고, 방비의 효과가 오히려 내게 해가될까 두렵다. 그리고 평화가 돌아오면 방비를 줄일 생각도 해야 한다. 우리가 집을 다시 탈환하지 못한다면, 위험하고 집을 확보하기도 어렵다. 왜냐하면 내란 시대에는 자기 하인도 자기가 두려워하는 당파에 속할 수 있기 때문이다.

그리고 신앙의 문제가 구실이 되는 때에는 인척들까지도 정의를 따른다는 탈을 쓰고 나서니 믿을 수 없다. 국가의 재정은 우리 개인의 군대까지 보살펴주지 않는다. 그러다가는 재정이 말라붙을 것이다. 우리 힘으로 수비병을 기를 생각을 하다가는 그대로 패가(敗家)할 뿐 아니라 민중의 생활을 파멸시키고 말 것이다. 내가 멸망하는 꼴은 더 나쁠 것도 없다. 그런데 당신이 망해보라. 당신 친구들은 가엾다고 동정하기는커녕 재미있다고 보며, 당신이 부주의했고, 미리 준비가 없었으며, 자기 직책을 수행하는 데 무식하고 태만했다고 비난할 것이다. 내 집은 그대로 보존되었는데 하고많은 방비 잘된

집들이 망한 것을 보니, 집을 방비했기 때문에 망한 것이라고 말하고 싶어진다. 모든 방비는 전투적인 인상을 띤다. 하고 싶으면 아무라도 내 집을 공격해 올 일이다. 어쨌든 나는 공격을 끌어 오지는 않겠다. 여기는 전쟁을 피하는 은둔처다. 나는 내 마음 한구석에 휴식할 자리를 만든 것같이, 이 한구석을 국가의 난동 폭풍우에서 제외시켜보려고 한다.

우리의 전쟁이 아무리 형태를 바꾸고 수가 잦아지고 새로운 파당으로 갈라진다 해도, 나는 움직이지 않는다. 하고많은 무장한 가문들 중에서, 내가 알기로는 프랑스에서 나 혼자만이 나 같은 신분에 있으면서 내 집의 보호를 순전히 하늘에 맡겨왔다. 그리고 결코 은수저를 치워두거나 내 집 빗장을 걸어본 일이 없다. 나는 내 일을 두려워하거나 도피하고 싶지도 않다. 하나님께 대한 충만한 감사가 은혜를 입을 수 있다면 그 은총은 끝까지 계속될 것이고, 그렇지 못해도 나는 여기 특기할 만큼 드러나게 오랜 생애를 거두어도 좋을 만큼 충분히 살아왔다. 뭐라고? 나는 30년* 동안이나 지탱해오지 않았는가.

— 제2권 15장 〈우리의 욕망은 불안 때문에 더한다〉 중에서

---

* 종교전쟁이 30년 동안 계속된 것을 말한다.

잔인함은 비겁함에서 나온다

나는 비겁함이 잔인함의 모체라는 말을 자주 들었다. 그리고 악의에 차고 비인간적인 마음의 악랄함과 가혹함은 대개는 여성적인 유약한 성격에 버릇같이 따라다니는 것임을 우리는 경험으로 알았다. 나는 가장 잔인한 자들이 변변찮은 이유로 쉽사리 우는 것을 보았다. 훼레스의 폭군 알렉산드로스는 비극〈헤쿠바와 안드로마케〉의 불행을 보다가 자신이 우는 꼴이 시민들의 눈에 뜨일까 봐 극장에서 상연하는 비극을 참고 볼 수가 없던 자인데, 그는 무자비하게도 날마다 잔인하게 사람을 살해했다. 그들은 마음이 허약하기 때문에 모든 극단으로 잘 기울어진 것이 아니었을까?

저항이 있을 때에 대항하는 것이 용감성의 결과며,

그리고 황소라도 저항하지 않으면 도살하기 재미없으며,

클라우디아누스

용감함은 적이 자기 수중에 사로잡힌 모습을 보는 것으로 그친다. 그러나 비굴함은 자기도 그 공로에 한몫했다고 말하려고, 이 첫 번째 역할은 맡아볼 수 없으니까 자기 몫으로 두 번째 역할인 학살하여 피를 보는 데에 참여한다. 승리의 살육은 대개는 인민들과 보급 부대가 자행한다. 그리고 인민들의 전쟁에서 전에 들어보지 못한 잔인함이 흔하게 보이는 것은, 비속한 평민들이 서로 무장하여 싸우다가, 참된 용기는 알지 못하니까 시체나마 발길로 차 내던지며 팔꿈치까지 피투성이가 되기 때문이다.

이리나 곰 같은, 가장 비속하여 고상하지 못한 동물들이
죽어가는 사람에게 악을 쓰며 달려든다.

오비디우스

마치 겁 많은 개들이 들에서 공격하지 못하던 야수들의 껍질을 집에 와서는 찢고 물어뜯고 하는 식이다. 우리 시대 사람들은 무엇 때문에 서로 생명을 내걸고 싸우는가? 우리 조상들은 복수하는 데에도 여러 단계가 있었는데, 이 시대에는 무엇 때문에 최종 단계에서 시작하며, 무엇 때문에 무턱대고 서로 죽인다는 말밖에 하지 않는 것인가? 이는 비겁 때문이 아니고 무엇인가? 적의 숨줄기를 끊

50

는 것보다는 패배시키는 것에, 죽이는 것보다는 양보하도록 만드는 데에 더 큰 용감함과 경멸이 있다는 것은 누구나 다 안다. 복수의 욕망은 이것으로 더 포만하고 만족한다.

왜냐하면 복수는 자기 실력을 알아주게 하는 것이 목적일 뿐이기 때문이다. 그러니까 우리는 짐승이나 돌 때문에 부상을 입었다고 거기 보복하지 않는다. 그들은 우리의 보복을 느낄 수 없기 때문이다. 그리고 사람을 하나 죽인다는 것은 그를 우리에게서 모욕받지 않는 피난처로 보내주는 일이다.

"그는 후회할 것이다"라고 우리는 말한다. 그런데 그의 머리에 권총을 한 방 쏘아놓고 나서 그가 후회하리라고 생각하는가? 그 반대로 주의해서 보면, 그는 쓰러져가며 우리에게 볼을 불쑥 내미는 모습을 볼 수 있다. 그는 우리를 나쁘게 생각하지 않을 뿐 아니라, 후회와는 정말 거리가 멀다. 우리는 그에게 인생의 모든 일 중에서 가장 유리한 봉사를 해주는 것이다. 그것은 그를 고통도 느끼지 않고 단번에 죽게 해주는 일이다. 우리는 우리를 추격하는 검찰관에게서 몸을 숨기고 달아나야 하는데, 그는 편안하다. 죽인다는 것은 장차 올 모욕을 피하는 데는 좋다.

그러나 이미 당한 모욕을 복수하는 데는 좋지 않다. 그것은 용감함보다는 공포심의 행동이다. 용기보다는 조심성의 행동이며, 공격보다는 방어의 행동이다. 우리는 이렇게 해서 복수의 진실한 목표뿐 아니라, 동시에 우리의 명성에 관한 조심성을 포기하는 것임이 명백하다. 우리는 그가 살아 있으면 다시 똑같은 모욕을 주지나 않을까 두려워한다.

그를 처치하는 것은 그를 해치려는 복적이 아니라, 그를 위해서다.

우리가 용기와 인품으로 항상 적을 제어하고 마음대로 그를 지배할 생각이라면, 그가 죽으면서 하는 식으로 우리 손에서 빠져나가게 두는 것은 아주 섭섭한 일이다. 우리는 이기고자 한다. 명목으로가 아니라, 더 확실하게 이겨야 한다. 그리고 우리는 싸움에서 영광보다는 해치워버릴 일만 생각한다. 아시니우스 폴리오는 명예로운 사람인데도 이런 과오를 범했다. 그는 플란쿠스에 대해서 욕설을 퍼붓는 글을 써놓고, 이것을 발표하려고 그가 죽기를 바랐다.

그것은 장님을 보고 상을 찌푸리며, 귀머거리에게 욕설을 하며, 감정 없는 사람을 모욕하는 식이지, 상대방의 원한을 사는 모험을 무릅쓰자는 것은 못 된다. 그래서 사람들은 그를 두고 말하기를, 죽은 자를 공격하는 것은 그림자와 싸우는 격이라고 했다. 한 저서의 문장을 공격하려고 그 작가가 죽기를 기다리는 자는 자기가 약한 자며 싸움꾼이라는 것 말고 무엇을 보여주는가?

누가 아리스토텔레스에게 그를 나쁘게 평하는 자가 있더라고 말하니까, "내가 없는 데서라면, 그보다 더하게 매질이라도 해볼 일이지"라고 말했다.

우리 조상들은 모욕에는 면박을 주고, 그 면박에는 한 번 때려주는 것으로 만족했으며, 이렇게 순서가 있었다. 그들은 적이 모욕을 받고도 살아 있는 것을 두려워하지 않을 만큼 용감했다. 우리는 적이 제 발로 걸어다니는 것을 보면 무서운 생각에 벌벌 떤다. 그런데도 우리가 우리를 모욕한 자와 똑같이 그들을 죽음에까지 추격하는 것이 오늘날 우리의 훌륭한 실천 방법이란 말인가?

지조 없는 국민이로다! 우리는 우리의 미친 수작인 악덕을 평판으로 세상에 알려주는 것만으로 그치지 않고, 외국에까지 가서 그들의 눈앞에 이 꼴을 보여준다. 프랑스 사람 셋을 리비아 사막에 갖다 놓아보라. 그들은 한 달도 못 되어서 서로 꼬집고 할퀴고 할 것이다. 이러한 행태는 대부분, 우리의 불행을 달콤하게 생각하며 비웃는 외국인들에게 우리의 비극을 구경하는 재미를 주려고 꾸민 연극이라고 말하고 싶을 것이다.

최초의 잔인함은 잔인함 자체의 재미로 행한다. 거기서 정당한 보복에 대한 공포심이 일어난다. 그리고 다음에는 이것이 서로 다른 공포심을 억누르려고 새로운 잔인함을 연이어 일으킨다.

폭군들은 사람을 죽이는 일과 자기의 분노를 남에게 느끼게 하는 일 두 가지를 함께 얻으려고 죽음을 오래 끌 방법을 찾는 데 온 능력을 쏟아부었다. 폭군은 적이 없어지기를 바란다. 그러나 그들이 복수의 재미를 즐길 여가도 없이 적이 빨리 없어지는 것은 원치 않는다. 그래서 그들은 이 점에 대단히 고민한다. 왜냐하면 고문이 맹렬하면 죽음이 빨리 오고, 고문을 오래 끌면 그들이 바라는 만큼 충분한 고통을 주지 못하기 때문이다. 그래서 그들은 갖가지 연장과 도구를 사용한다. 옛날에도 이런 예는 얼마든지 볼 수 있었으며, 이런 야만적 습관의 흔적이 아직도 남아 있는지 모를 일이다.

— 제2권 27장 〈잔인함의 모체인 비겁함〉 중에서

레이몽 스봉의 변해(辯解)

인간과 우주

인간의 이성이 얼마나 허약한지 증명하려면 희귀한 예를 골라서 들어볼 필요조차 없다. 인간은 이성이 맹목적이며 너무나 결함이 많아서 이해하기 쉽고 아주 명백한 일도 명백하게 보지 못하며, 알기 쉬운 일이거나 그렇지 못한 일이거나 모든 문제가 그에게는 마찬가지로서 전반적으로 불가해하며, 대자연은 이것을 이해하는 방법을 알선해주는 권한을 그를 위해서 행사하려고 하지 않는다는 사실을 알려주어야겠다.

신앙의 진리가 우리에게 세속적인 철학을 피하라고 권고하며, 우리가 무슨 사례를 들어본댔자 하나님 앞에서는 미친 수작일 뿐이며, 모든 허영 중에서도 인간이 가장 이 악덕을 대표하며, 자기가 무엇을 안다고 잘난 체하는 것은 진실로 안다는 것이 무엇인지를 아직 모르는 것이며, 아무것도 아닌 인간이 자기가 무엇이나 된다고 생각하는 것은 자기 자신을 기만하는 일이라고 설교할 때에, 진리는 우리에게 무엇을 가르치는 것인가? 저 성령(聖靈)의 말씀은 내가 지지하고자 하는 바를 지극히 명백하고 두드러지게 표현하므로, 나는 이 진리의 권위 앞에 전적으로 굴복하여 순종하는 자들에게 무슨 증명을 보여줄 필요를 느끼지 않는다. 그런데 이런 자들은 자신의 논거(論據) 자체가 진리 앞에 무너지는 것을 인정하려 하지 않으며 자기들이 아플지라도 매맞기를 원한다.

그러므로 지금은 우선 인간이 다른 힘을 빌리지 않고 하나님의 온 힘의 영광과 그 존재의 기반이 되는 거룩한 지식에 대한 이해가 없이, 다만 인간 자신의 능력을 가진 상태로서 고찰해보자. 그 아름답다는 몸치장이 얼마나 잘 차린 것이며, 사색하는 능력이 다른 생령(生靈)들보다 우월한 장점을 가졌다고 생각하는 것은 무슨 근거가 있는가를 따져보자. 하늘의 둥근 천장이 회전하기 시작했다는 놀라운 사실과, 그 꼭대기에 저렇게도 품위 있게 굴러가는 횃불들의 영원한 광명, 무한한 큰 바다의 놀라운 움직임들, 이 모든 것이 인간의 편익을 도모하며 그에게 봉사하려고 세워졌다고 어떻게 생각할 수 있단 말인가? 자기 자신도 극복하지 못하며 모든 사람들에게 침해당하는 가련하게도 허약한 피조물이 자기가 우주의 주인이며 제왕이라고 자처하다니, 이런 어처구니없는 일을 도대체 상상해볼 수가 있단 말인가? 우주를 지배하는 것은 고사하고, 그 극미(極

微)한 일부분을 이해할 능력조차 없는 게 아닌가? 거대한 건축물인 우주 속에 홀로 그 부분들의 아름다움을 알아볼 능력을 가졌으며, 홀로 그것을 건축가인 하나님께 감사하고, 세상에 창조되는 것과 소멸하는 것을 헤아려볼 줄 안다고 자처하는 특권은 누가 그에게 부여해주었단 말인가? 우리에게 이 훌륭하고 위대한 직책의 임명장을 보여다오.

이러한 임명장은 현자들에게만 부여되었는가? 그렇다면 여러 사람들과는 관계없는 문제다. 우주에서 가장 못난 부분들이면서, 다른 모든 것은 제쳐두고 미치광이며 악인인 그들만이 하나님의 총애로 이런 심상치 않은 은총을 받을 만한 값어치가 있단 말인가?

여기서 우리는,

> 우주는 누구를 위하여 만들어졌다고 할 것인가? 정녕 이성을 사용하는 생명 있는 존재를 위해서다. 확실히 모든 존재들 중 가장 완전한 존재인 여러 신들과 인간들을 위해서다.
>
> 키케로

라고 한 자의 말을 믿을 수 있단 말인가? 인간을 신에게 짝지어주는 이렇게도 오만하고 부끄러움을 모르는 수작은 아무리 모욕해보아도 부족하다.

가련한 일이다. 인간에게는 그 자체에 이러한 특권을 가질 만한 것이 무엇이 있단 말인가? 영원히 파멸되지 않는 천체들의 생명,

그들의 미와 위대성, 그들의 규칙적이며 계속적이며 정확무비한
운동에 관해서 고찰해보라.

> 우리 머리 위 넓고 넓은 우주의 천공을 우러러
> 거기 찬란하게 박힌 별들을 향하여 눈을 들며
> 달과 태양의 회전을 고찰해볼 때!
>
> 루크레티우스

그리고 이 물체들이 가진 지배력과 힘을 고찰해보면, 그들은 우
리 생명과 운세뿐만 아니라,

> 왜냐하면 그는 인간들의 행동과 생명을 별들에게 의존하게 한다.
>
> 마닐리우스

우리의 경향, 사고력, 의지에까지 지배력을 미치고, 그들의 영향
력대로 이런 것들을 지배하여 움직여 추진시키며, 우리의 이성이
그런 것을 발견하여 우리에게 가르쳐줌에 따라서, 한 인간, 한 임금
뿐만 아니라 왕조들과 제국들과 이 아랫세상 모두가 천체들의 가장
작은 운동에 힘을 받아서 움직이는 것을 보게 된다.

이와 같이 우리의 도덕, 악덕, 능력과 학문, 별들의 힘에 관해서
우리가 쓰는 바로 이 사고력, 그리고 우리를 그들에게 비교해보는
이 사실 등이 우리의 이성이 판단하는 바와 같이 그들의 방법과 그

들의 은총에서 온다면, 우리가 하늘이 분배해준 대로 우리 몫의 이성의 이해력을 얻었다면, 어떻게 그 이성은 우리를 하늘에 대등하게 만들 수가 있을까? 어떻게 하늘의 본질과 조건들을 우리의 지식에 굴복시킬 수 있을까? 우리가 이런 모든 물체에서 보는 것들은 다만 우리를 놀라게 할 뿐이다.

이런 광막한 건축을 하려고 사용한 노력, 도구, 기계, 직공들은 어떠한 것이었던가?

키케로

어째서 우리는 다른 사물들에게 영혼과 생명과 사고력이 없다고 보는가? 우리는 창조자에게 복종하는 일 이외에는 다른 사람들과 아무런 교섭이 없으면서, 그들에게는 움직이지 못하고 감각이 없는 우둔함밖에 없다고 아는가? 인간 이외의 어떠한 피조물도 이성을 가진 영혼을 행사하는 것을 보지 못했다고 말할 것인가?

말도 안 된다! 우리는 태양에게서 이와 비슷한 어떤 속성을 보았단 말인가? 우리는 이와 비슷한 것을 보지 못했으므로, 태양은 영혼 같은 것이 없고 그 운동도 있을 수 없단 말인가? 우리가 보지 않은 것은 존재하지 못한다면, 우리의 지식은 놀라울 만큼 짧아진다.

우리 정신의 한계는 이다지도 좁다!

키케로

아낙사고라스가 말하듯, 달을 하늘에 있는 땅이라고 하고 그곳에 산과 골짜기가 있다고 상상하는 것은 인간의 헛된 꿈이 아닐까? 플라톤과 플루타르코스의 말과 같이, 거기다가 인간이 살 집을 세워놓고 인간의 편익을 위해서 식민지를 건설해볼 것인가? 그리고 우리 대지를 환하게 빛나는 별로 만들어야 하는가?

인간의 천성이 가진 다른 취약성 중에서도 심령의 맹목성은 인간성에게 과오를 범하게 할 뿐 아니라 이 과오를 소중히 여기게 한다.

세네카

소멸할 수밖에 없는 육체는 영혼을 둔중하게 하며, 조잡한 피로 속에 사상을 다루는 영혼까지도 압박한다.

《예지의 서(書)》에서 인용한 아우구스티누스의 말

자만심은 우리가 타고난 근원적인 병이다. 모든 생령들 중에서도 가장 재난당하기 쉽게 취약하며, 또 동시에 오만한 것은 인간이다. 인간은 여기 세상의 진흙과 오줌똥의 구렁 속, 우주의 가장 비천한 사멸된 부분 속에 못박혀서 하늘의 둥근 천장에서 가장 멀리 떨어진 최후 단계의 터전인 공중, 땅, 물, 세 곳에 사는 동물들 중 가장 나쁜 조건에 있는 동물들과 함께 자기가 있음을 보고 느끼고 한다. 그리고 달의 궤도 위로 상상력을 뻗으며 하늘을 자기 발 밑으로 끌어내린다. 그리고 이 헛된 상상력으로 자기를 하나님과 대등한 자로 만들고, 자기 자신에게 하늘의 거룩한 조건을 부여하고, 자기 자신을 뽑아내서 다른 생령들과는 구별해두고 자기 동료며 친구인 다른 동물들의 몫은 따로 떼어서 그들에게는 자기 마음대로 정한 소질과 힘을 부여해준다.

인간과 동물

어떻게 그는 자기 지성의 힘으로 동물들 내부의 움직임과 비밀을 안다고 하는가? 어떻게 동물들과 우리를 비교하며, 그들에게는 어리석은 소질만을 부여한단 말인가?

내가 고양이와 희롱할 때에는 내가 고양이를 데리고 시간을 보내는 것인지, 고양이가 나를 데리고 노는 것인지 누가 알겠는가? 플라톤은 사투르누스 신 치하의 황금 시대를 묘사하여, 그때 사람들의 중요한 장점 중에서 짐승들과 의사가 통해서 그 짐승들에게 물어 배움으로써 각기의 진실한 소질을 식별하여 알았기 때문에 사람들의 지식이 대단히 신중하고도 완전하여 지금 사람들보다 훨씬 행복하게 오래 살 수 있었던 점을 든다. 이것을 보아도 인간이 짐승에게 얼마나 무도(無道)했는가를 판단할 충분한 증거가 되지 않는가? 이 위대한 작가는 대자연은 사람들이 이런 소질을 누리고 싶다고 예측하던 용도를 고려해서 짐승들에게 신체 형태의 대부분을 만들어주었다고 생각하는 것이다.

어째서 짐승들과 우리들 사이의 의사소통이 불가능하게 된 결함이 그들에게만 있고 우리에게는 없단 말인가? 우리와 짐승들이 서로 이해하지 못하는 결함이 어느 편에 있는지 생각해볼 일이다. 왜 나하면 짐승들이 우리 말을 알아듣지 못하듯이 우리도 그들 말을 알아듣지 못하기 때문이다. 이것은 바로 우리가 그들을 짐승이라고 보는 것만큼 그들도 우리를 짐승이라고 볼 수 있는 이유가 된다. 우리가 그들을 이해하지 못하는 것도 그렇게 괴상한 일은 아니다. 바스크인이나 트로글로리트족(혈거인)의 말을 이해하지 못하는 것과 마찬가지다.

그런데 티아나의 아폴로니우스나, 멜람푸스, 티레시아스, 탈레스같이 짐승들의 말을 이해한다는 사람들도 있다. 우주학자들이 말하듯이, 개 한 마리를 자기들의 왕으로 받드는 나라가 있는 것이 사실인 이상, 그 나라 사람들은 개의 목소리나 동작을 보고 그 의미를 해석해주어야만 할 일이다. 우리는 짐승과 사람이 대등하다는 사실을 주목해야만 한다. 우리는 짐승들의 말을 반쯤은 이해할 수 있다. 그러므로 짐승들도 대강 그만한 정도로 우리를 이해한다. 짐승들이 사람에게 아첨하고 사람을 위협하며 찾아다니는 것처럼 사람들도 짐승에게 그렇게 한다.

그런데 짐승들끼리는 전적으로 완전히 의사가 소통하며, 같은 종족끼리만 아니라 다른 종족끼리도 서로 이해하는 것을 우리는 명백하게 본다.

도대체 우리가 가진 능력들 중에 동물들의 행동에서 찾아보지 못할 것이 무엇이 있는가? 꿀벌들 사회를 살펴볼 때에 직책과 직무가 이보다 더 많이 분화하고 질서 있게 구분지어 항구적으로 관리되는 정치 제도를 또 어디서 찾아볼 수 있는가? 행동이 지극히 잘 정돈되고 직분이 배정되어서 미리 사고력을 행사하시 않아도 그들의 일은 저절로 잘되어간다고 상상해볼 수가 있는가?

이러한 예와 표징으로 꿀벌들에게는 신성한 심령의 작은 조각과 에테르의 발산이 있다고 말하는 자들도 있다.

베르길리우스

봄이 오면 다시 찾아 돌아와서 우리 집들의 모든 구석을 뒤지는 제비들이 많은 자리를 놓아두고 그중 가장 살기에 편리한 자리를 잡는 것은 아무 판단력 없이 찾아내며 아무 식별력 없이 택하는 것인가? 그리고 그들 건축의 구조가 탄복할 만큼 아름다운 것은 새들이 조건과 결과를 알지 못하고 네모보다는 차라리 둥근 모양을, 예각보다는 둔각을 사용할 줄 알아선가? 그들은 딱딱한 흙이 젖으면 물러진다는 것을 판단하지도 못하면서 어느 때는 물을 물어오고 어느 때는 진흙을 물어오는 것인가? 그들은 보금자리에 이끼풀과 잔털을 갈아놓으면 어린 새끼들의 연한 몸이 그 속에서 폭신하고 편안하게 지낼 수 있다는 것을 예측하지 못하면서 그런 일을 하는 것인가? 불어오는 바람의 여러 성질들을 알지도 못하고 한편 바람이 다른 편 바람보다 약하게 불어 온화하다는 것을 생각지도 못하면서 그들은 비 실은 바람을 가리고 동쪽에 집을 짓는가? 거미들을 보건대, 그들에게 고찰력으로 사색하여 결론을 짓는 일이 없다면, 어떻게 거미는 거미줄을 한 곳은 두껍게 하고 다른 곳은 늦추며, 이 시간에는 이런 종류의 그물, 다른 시간에는 저런 종류의 그물을 사용하겠는가?

동물들이 만들어내는 물건들의 구조를 조사해보면, 그들의 기술이 사람과 비교할 수 없이 탁월해서 우리 재간으로는 도저히 모방할 수 없음을 우리는 잘 알게 된다. 그들과는 달리 우리는 더 조악한 기술을 가지고 우리 마음과 영혼의 온 힘을 다하여 모든 재능을 써가며 이런 일을 한다. 그런데도 어떻게 그들이 우리만 못하다고 말할 수 있는가? 어떻게 우리가 할 수 있는 모든 것보다 더 우수한 작품을 지어내는 동물들의 소질과 기능을 무엇인지 모르는 자연적이며 노예적인 경향이라고 돌려버리는가?

이 점은 생각해보지도 않고, 대자연이 어머니다운 애정으로 모든 면에서 동물들의 행동을 보살피며 이끌어 지도하기 때문에 그들이 우리보다 훨씬 더 큰 편익을 누린다고 생각한다. 반면에 대자연이 우리를 우연과 운수의 희롱에 맡겨두었기 때문에 우리는 오로지 자기 꾀를 가지고 생명 보존에 필요한 사물들을 찾아다니며, 어떠한 정신적 노력과 교육을 통해서도 짐승들이 저절로 배우는 기술의 수준에 도달할 수 있는 방법을 알 수 없으며, 따라서 동물들은 동물이라는 우둔한 소질을 가지고도 인간의 능력으로는 도저히 만들어낼 수 없을 만큼 우수한 것을 만들어내는 능력을 가졌다고 생각한다.

정말 그렇다면 우리는 대자연을 아주 불공평한 의붓어미라고 불러야 할 것이다. 그러나 결코 그렇지 않다. 우리가 사는 세상의 생활

체제는 그렇게 무질서하고 혼란스럽지 않다. 대자연은 모든 피조물들을 보편적으로 포섭한다. 그리고 한 생령에게 생명 보존에 필요한 모든 방법을 충분하게 제공하지 않는 경우는 하나도 없다.

왜냐하면 나는 사람들이(그들은 생각이 방자하여 때로는 자신을 구름 위에 올려놓고, 때로는 반대로 극단적으로 자기를 천하게 본다) 우리는 마치 몸은 묶이고 칼을 쓰고 헐벗은 대지 위에 벌거숭이로 내쫓긴 단 하나의 동물로서, 남이 내버린 물건을 뒤집어쓰고 신체를 보호할 수 있을 뿐이며, 반면에 모든 다른 피조물들은 조개껍질, 콩깍지, 덧껍질, 털, 모사(毛絲), 가시, 가죽, 잔털, 날개깃, 창갑, 앙털가죽, 돼지털 등 그들의 생명 보존에 필요한 대로 대자연이 준 옷을 입고, 발톱, 이빨, 뿔 등으로 무장하여 자기 몸을 방어하고, 다른 짐승들을 공격하며, 대자연이 그들에게 헤엄치기, 달음질치기, 날기, 노래하기 등 적절한 기술을 가르쳐주는데, 사람들은 반대로 우는 것 외에는 배우지 않으면 길 가기, 말하기, 밥 먹기조차도 알지 못한다고 비속하게 불평하는 소리를 곧잘 듣는다.

그런데 동물들이 받은 자연의 은총이라고 보는 것은 우리가 받은 은총보다 훨씬 더 나은 것임을 인정하지 않을 수 없다. 우리는 인간의 능력이 그 자체로서 책임을 질 수 없는 일을 가지고, 미래의 행복이니 또는 이성이니, 학문이니, 명예니 하며 아무 실속도 없는 것을 우리의 사고력으로 헛되게 꾸며내서 무슨 큰 보배나 가진 것같이 생각하고 잘난 체하며, 그리고 짐승들에게는 그들 몫으로 평화, 휴식, 안전, 순진, 건강 같은 손에 잡히는 실속 있는 보배를 준 것으로 본다. 건강은 자연이 우리에게 해줄 수 있는 가장 풍부하고도 가장 훌륭한 선물이다. 그래서 철학, 특히 스토아 철학은 감히 말하기를, 헤라클레이토스와 훼레키데스는 그들의 예지를 건강과 바꿀 수만 있었다면, 이 흥정에서 헤라클레이토스는 고생하던 수종병(水腫病)에서, 훼레키데스는 이가 끓는 병에서 벗어나려고 자기들의 학문을 내던지는 편을 택했으리라 했다. 그들의 예지와 건강을 비교하여 저울질해본 것은 역시 다른 제언보다 그래도 예지의 가치를 좀 더 인정한 것이다.

그들은 키르케가 오디세우스에게 두 가지 약을 내어주었는데, 하나는 미치광이를 현명한 짐승으로 만드는 것이고, 하나는 현명한 짐승을 미치광이로 만드는 것이었다면, 오디세우스는 키르케가 그의 사람 얼굴을 짐승의 얼굴로 고치도록 하기보다는 차라리 미치광이가 되게 하는 약을 받았어야 했다고 말한다. 그리고 그의 예지 자체가 이 편을 취하게 하여, "나를 버려두라. 나를 당나귀의 용모와 신체 속에 넣어주기보다는 차라리 그대로 놓아두라"고 말했으리라고 한다.

뭐? 철학자들은 이 위대하고 거룩한 예지를 사람의 몸뚱이라는 이 땅 위의 육체적 껍질 때문에 버린단 말인가? 그러면 우리는 이성과 사고력과 영혼 때문에 짐승들보다 우월한 것이 아니라, 우리의 미, 우리의 고운 안색, 우리의 사지가 잘생긴 덕으로 우월한 것이며, 이 때문에 우리는 우리 지성과 예지, 다른 모든 것들을 저버려두어야 한다는 말이다.

나는 이 소박하고 솔직한 고백을 인정한다. 진실로 우리가 그렇게도 떠드는 예지의 부문은 헛된 공상에 지나지 않는 깃임을 알았다. 그러니 짐승들이 스토아학파의 모든 도덕과 학문, 예지와 능력을 가졌다 하여도 그들은 언제나 짐승들이다. 그리고 그들은 가련하고 약하고 미친 어느 인간에게도 비교되지 못할 것이다. 결국 우리와 같지 않은 모든 것은 아무 값어치가 없다. 그리고 하나님 자신도 값어치가 있으려면 다음에 말하려는 바와 같이 사람을 닮아야 한다. 그래서 우리는 진실한 사고력에 따라서가 아니라 미치광이같은 오만과 고집으로 우리가 다른 동물들보다 낫다고 생각하며, 짐승들의 조건들과 사회에서 우리를 격리시키는 것이다.

학문은 무식보다 나을 것 없다

나는 우리 시대에 대학 총장보다도 더 현명하고 더 행복한 직공들이나 농군들을 몇백 명이고 보았는데, 차라리 그들을 닮고 싶어진다. 내 생각으로는, 학문은 인생에 진실로 소용되는 영광이나 문벌이나 직책 또는 기껏해서 미모와 재산같이 인생에 필요한 사물들과 진짜로, 그러나 좀 우원(迂遠)하게 본성에서보다는 허황한 생각으로 인생에 소용되는 사물들 사이에 자리잡는 것이다.

두루미나 개미 들의 사회에 필요한 이상으로 더 많은 직무나 규칙이나 법률이 우리 사회에 필요하지 않다. 그리고 적으나마 사회는 학문 없이도 아주 질서 있게 되어나가는 것을 볼 수 있다. 사람이 현명했다면, 사물들이 인생에 유용한 정도에 따라서 알맞게 그 하나하나의 진실한 가치를 정했을 것이다.

우리가 행동하거나 행세하는 문제에 관해서는 학자들보다는 무식한 사람들 중에 탁월한 사람들이 더 많이 있을 것이다. 모든 종류의 도덕에 관해서 말이다. 고대의 로마에는 도덕에서는 평화시나 전쟁시나 많은 박학자(博學者)를 가지고도 저절로 망해버린 말기의 로마보다 더 위대한 가치를 지닌 인물들이 있었다고 본다. 다른 점은 모두 같다고 해도, 적으나마 정직함과 순진함은 고대 로마 편에 있을 것이다. 왜냐하면 이런 도덕은 특히 단순한 사람들 사이에 존재하기 때문이다.

그러나 이런 논제는 제쳐두겠다. 잘못하다가는 너무 길게 끌 것 같다. 다만 이것만 말하겠다. 즉 착한 사람은 오로지 겸손과 복종에서 나오는 법이다. 자기 의무에 관한 지식은 각자의 판단에 맡겨서는 안 된다. 의무는 자기 생각으로 선택할 일이 아니고, 각자에게 명령해주어야 한다. 그렇지 않으면 너무나 어리석고 무한히 잡다한 우리의 이성과 의견 때문에 마침내는 우리가 서로를 잡아먹게 하는 의무도 꾸며낼 것이라고 에피쿠로스는 말한다.

하나님이 최초에 인간에게 내린 법률은 순수한 복종의 법률이었다. 사람이 이해하거나 토론해볼 거리가 아닌, 적나라하고 단순한 명령이었다. 그러므로 하늘에 계신 은인이신 분을 알아보고 그에게 복종하는 것은 올바른 심령이 가져야 할 주요한 직분이다. 양보와 복종에서 모든 죄인들을 지도하는 다른 모든 도덕이 나온다. 그리고 반대로 악마가 인간의 천성에 걸어 오는 최초의 유혹, 즉 악마의 최초의 독(毒)은 그가 학문과 지식으로 우리에게 "그대는 선과 악을 알면 신과 같을 것이다"라고 약속한 바에 따라서 우리 속에 스며들었다. 그리고 호메로스의 시에서, 인어(人魚)들은 오디세우스를 속여서 파멸의 위험한 함정 속에 끌어넣으려고 그에게 지식을 선물한다. 인간의 병폐는 지식의 의견에 있다. 그 때문에 우리 종교에서는 무식함을 신앙과 복종에 적합한 소질이라고 권장하는 것이다.

철학의 가면 아래, 세상의 학설에 따라 그릇된 외모에 판단력을 잃고 기만당하지 않도록 조심하라.

성 바울

이 문제에 관해서는 모든 학파의 철학자들 사이에 최상의 선은 영혼과 신체의 정온(靜穩)에 있다고 하는 보편적인 합의가 이루어졌다. 그러나 어디서 그것을 찾아볼 것인가?

대체로 현자는 자기 위에 유피테르밖에는 못 본다.
그는 부(富)하고 자유롭고 명예롭고 아름답고
특히 화색이 도는 건강으로 결국 왕 중의 왕이다.
다만 콧물이 나와서 괴로워하니 탈이다.

호라티우스

사실 자연은 우리가 처한 가련하고도 허약한 상태를 위로하려고 우리에게 자만심밖에 주지 않은 듯하다.

사람은 자기 생각을 행사하는 것 말고 자기 고유의 것이라고는
가진 것이 없다.

에픽테토스

우리는 우리 몫으로 바람과 연기밖에 가진 것이 없다. 철학자는
말하기를, 여러 신들은 건강을 본질로 갖고 질병을 지식 속에 가졌
으며, 사람은 반대로 행복은 공상으로 갖고 불행은 본질로 가졌다
고 한다. 우리가 우리의 상상력을 높이 평가하는 것은 옳다. 우리의
모든 재산은 꿈에 불과하기 때문이다. 무참하게도 가련한 이 동물
이 자랑하는 꼴을 보라.

이 문장의 직업만큼 좋은 것은 아무것도 없다. 이 문장을 통해서
무한한 사물들, 대자연의 방대한 위대성, 이 세상의 하늘과 땅, 바다
들까지도 우리에게 밝혀졌으며, 이 문장이 우리에게 종교와 절제,
용기의 위대함 등을 가르쳐주었으며, 우리의 심령을 암흑 속에서
끌어내어 모든 사물들의 높은 것, 낮은 것, 최초의 것, 최후의 것, 중
간 것 등 모든 면을 보여주었다. 바로 이 문장이 우리에게 행복스럽
게 살아가는 방법을 공급했고, 우리의 세월을 고통 없이 불쾌하지
않게 살아가게 한다.

키케로

마치 영원한 생명이며 전능한 힘을 가진 하나님의 조건을 말하는 것 같지 않은가? 그러나 사실인즉 촌구석에 사는 수많은 여자들은 이 학자의 생애보다 더 고르고 더 순탄하고 더 견실한 생애를 보냈다.

학문이 실제로 그들이 말하는 바와 같이 우리를 따라오는 불행을 쳐서 부드럽게 만든다 해도 사람이 순수하게 무식할 때에 이런 효과를 많이 내는 것 외에 무엇을 더 뚜렷하게 해놓는단 말인가? 철학자 퓌론은 바다에서 폭풍우를 만나 큰 위험에 처했을 때에, 같은 배에 실어 온 돼지가 이 혼란에도 두려움 없이 안심하고 있는 꼴을 보고 당시 사람들에게 그 돼지를 본뜬 모습밖에 보여준 것이 없었다.

이 철학은 결국 운동선수나 나귀를 부리는 사람의 예를 본받으라는 교훈을 줄 뿐이다. 이 사람들은 대개 죽음이나 고통이나 다른 불편한 일에 대한 느낌이 훨씬 덜하고, 자기 자신이 타고난 습관으로 고생을 참지 못하는 마음 약한 자에게 학문이 해줄 수 있는 것보다 더 굳은 마음을 가졌다. 부드럽고 연한 어린아이의 살이 우리 어른들 살보다 찢고 째고 수술하기가 더 쉬운 것은 그 아이들이 무지한 탓이 아니고 무엇일까? 그리고 말(馬)의 살은 어떠한가? 얼마나 많은 사람들이 상상력 때문에 병에 걸리는가?

우리는 자기 생각으로만 느끼는 병을 치료하려고 피를 뽑고, 속을 훑어내고, 약을 쓰고 하는 사람들을 본다. 진짜 병이 대단치 않을 때는 아는 것이 도리어 탈이 된다. 얼굴 빛깔이 이러하니 무슨 카타르 충혈의 징조가 되고, 날씨가 무더우니까 무슨 열병에 걸릴 위험이 있고, 그대 왼손 손금의 생명선이 끊어졌으니 무슨 중한 병에 걸릴 징조를 알려주는 표징이 된다. 그래서 결국은 지식이라는 것이 공공연하게 건강 자체를 공격한다. 청춘의 쾌활한 정력은 늘 그대로 있을 수 없으며, 그 힘이 자기 자신에 불리하게 작용해서는 안 되니까, 미리 피를 뽑아서 힘을 줄여야 한다는 것이다. 이렇게 상상력의 지배를 받는 사람의 생활을, 타고난 욕심대로 살아가며 지식이나 미래의 예측 같은 것도 없이 다만 현재의 느낌으로 사물들을 판단하며 정말 병에 걸렸을 때에만 병자 노릇을 하는 농군들의 생활과 비교해보면, 그는 쓸개에 담석이 생기기 전에 마음에 벌써 담석이 생긴 것이며, 마치 병에 걸렸을 때에 충분히 고통을 받지 못할 것을 섭섭해하듯이 미리 공상으로 고통을 예측하며 병에 앞서서 고통을 끌어오는 격이다.

여기선 의약에 관해서 말했지만, 다른 모든 학문에서 그런 예를 들어볼 수 있다. 여기서 가장 현명한 일은 우리 판단력의 허약함을 인정하는 데 있다는 옛날의 철학 사상이 나왔다. 나는 무식하기 때문에 공포보다는 희망을 더 많이 갖는다. 건강에 관한 다른 사람의 예나 또는 같은 경우에 다른 데서 보는 사건의 법칙밖에 별다른 법칙을 가지고 있지 않기 때문에, 법칙이 수없이 있는 것은 알지만 그런 것을 모두 비교해보고 나서 내게 가장 유리한 법칙을 택해서 결정한다. 나는 두 팔을 벌리고 자유로이 충만하게 전적으로 건강을 받아들인다. 그리고 지금 내 몸의 조건은 아플 때보다 몸 성할 때가 더 드물어졌으니, 더욱 건강을 누리려고 내 욕심을 북돋운다. 생활

방식을 새로 억제해서 없던 고통도 만들어가며, 내 건강이 순조롭게 안정하지 못하게 동요시킨다는 것은 말이 안 된다. 우리의 정신이 동요하면 자칫 병에 걸리기 쉽다는 것은 짐승들에게서 충분히 그런 예를 볼 수 있다.

사람들이 말하기를, 브라질 사람들은 모두가 늙어서만 죽으며, 그곳의 공기가 맑고 고요한 덕이라고 하는데, 나는 차라리 그곳 사람들이 아무런 학문도, 법도, 임금도, 어떤 종교도 없이 놀라운 단순성과 무지 속에서 살기 때문에 모든 번뇌와 사상, 마음을 긴장시키는 불쾌한 직무에 시달리지 않아서 그들의 마음이 명랑하고 고요한 덕이라고 본다.

그리고 우리 눈에 늘 뜨이는 일이지만 몸이 억세고 둔중한 사람이 사랑을 실천하는 데는 더 흐뭇하게 만족을 주며, 마부의 사랑이 멋쟁이의 사랑보다 더 멋이 있는 것은, 마부의 경우는 근심 따위로 마음을 상하는 일이 적어서 육체의 힘이 혼란과 피로로 소모되는 일이 드물기 때문이 아니고 무엇일까?

마음의 번뇌는 얼마나 자기 자신을 피곤하게 하며 뒤흔들기까지 하는가. 신속성과 재치와 기민성, 결국 그 자체의 힘 외에 무엇이 마음을 뒤집으며 버릇이 되다시피 한 광분 속으로 몰아넣는가. 가장 미묘한 예지에 따라 가장 미묘한 광증(狂症)이 이루어지는 것이 아니고 무엇인가. 가장 큰 우정은 가장 큰 적의에서 나오듯이, 강력한 건강에서 치명적인 병이 생기듯이, 그와 마찬가지로 우리 심령에서 가장 드물게 일어나는 혹심한 동요를 통해 신체까지 전도시키는 가장 심한 광증이 생긴다. 한쪽에서 다른 쪽으로 넘어가려면 발꿈치만 돌리면 된다. 우리는 정신이상자의 행동에서 광증이라는 것이 우리 심령의 가장 강력한 작용과 너무나 닮은 것을 본다.

한 자유로운 정신의 강력한 흥분과 지극히 비상한 도덕심에서 나온 행동이 광증과 분간 못 할 만큼 가까운 것임을 누가 모르는가? 우울병 환자는 더 훌륭하게 교육시킬 수 있다고 플라톤은 말했다. 그러므로 우울병이 반드시 광증으로 기울어지는 기질은 아니다. 수많은 사람들은 그들 정신 자체의 힘과 재간에 넘어가서 몸을 망친다.

그대는 한 인간이 건전하기를 원하는가? 견고하고 확실한 태도를 갖게끔 수양시키고 싶은가! 그를 암흑과 여가와 둔중함으로 장비시켜라. 우리가 만족하려면 천치를 만들어야 하고, 우리를 지도하게 하려면 강력한 광명으로 우리의 눈이 멀게까지 만들어야 한다.

그리고 냉담하고도 둔감한 성질은 고통과 불행을 겪을 때는 유리하지만, 그 때문에 좋은 일과 유쾌한 일도 명백히 느껴서 누릴 줄을 모르는 불편이 있다고 말한다면, 그것은 사실이다.

그러나 이 비참한 인간 조건에서는 우리가 즐기고 싶은 일보다는 피해야 좋을 일이 훨씬 더 많고, 쾌락에 대한 욕망이 극도에 달하면 쾌감에 무감각해지는데, 마치 가벼운 고통 따위는 대수롭지 않게 느껴지는 것과도 같다.

인간은 고통보다도 쾌락의 감각이 적다.

티투스 리비우스

우리는 완전한 건강체일 때는 행복을 느끼지 않으면서 변변찮은
병에는 고통을 느낀다.

우리의 행복이란 불행이 없다는 것일 뿐이다. 그 때문에 쾌락에
대한 욕망을 가장 높이 평가하는 학파는 행복을 다만 고통이 없는
상태라고 규정했다. 불행을 갖지 않았다는 것은 사람이 바랄 수 있
는 보배를 가졌다는 의미다.

불행을 갖지 않은 것은 많은 행복을 가진 것이다.

무지에 대하여

우리의 타고난 무지(無知)는 오랜 연구를 통해서 확인되고 증명
이 되었다. 진실로 박학한 사람들은 보리 이삭에 비길 수 있다. 그들
은 머릿속이 비어 있는 동안은 고개를 번쩍 쳐들고 거만스럽게 걸
어간다. 그러나 그들의 학문이 성숙해서 낟알이 차고 굵어가면 겸
손해지며 고개를 숙이기 시작한다. 그와 마찬가지로 사람들도 모든
것을 찾아보며 시도해보고 나서 산더미 같은 학문과 사물들에 관한
잡다한 지식을 저장해둬보아도 그 속에서 견고하고 위대한 일이라
고는 발견하지 못하고 모든 것이 헛됨을 알고 나서는, 그들의 자만
심을 버리고 인간 조건의 허무함을 인정한다.

벨레이우스는 코타와 키케로가 자신들이 아무것도 배운 것이 없

음을 철학에서 겨우 배웠다고 책망한다.

고대 그리스의 일곱 현자 중 하나인 훼레키데스는 죽을 때 탈레스에게 편지를 보내어, "나는 집안사람들에게 나를 매장한 다음, 내 저작을 그대에게 갖다 주라고 당부했소. 그대와 다른 현자들에게 이것이 만족하게 보이거든 출판하시오. 그렇지 않으면, 파기하시오. 여기엔 나 자신을 만족시킨 것은 아무것도 없소. 그러므로 나는 권리를 안다든가, 진리에 도달한다고 말하지 않소. 나는 사물들을 발견하기보다는 열어보는 것이오"라고 했다.

지금까지 있었던 가장 현명한 인간은 무엇을 아느냐고 누가 물어보자 자기는 아무것도 모른다는 것을 안다고 대답한 자였다.

그는 사람들이 안다는 것의 최대 부분은 우리가 모르는 사물들의 최소 부분이라는 것, 다시 말하면 우리가 안다는 것은 바로 우리가 모르는 것의 극히 적은 일부분임을 밝혔다.

누구든지 무엇이든 탐구하여 보는 자는 자기가 그것을 발견했다든가, 그것을 발견할 수 없다든가, 또는 아직도 탐구하는 중이라든가 하고 말한다. 모든 철학은 이 세 가지로 구분된다. 탐구자의 의도는 진리, 지식, 확실성을 찾자는 데 있다. 페리파테티크학파(아리스토텔레스학파), 에피쿠로스학파, 스토아학파, 그리고 다른 학파들은 이것을 발견했다고 생각했다.

이들은 우리가 가지고 있는 학문을 세웠고, 그것을 확실한 지식으로 취급했다. 클리토마코스와 카르네아데스, 아카데미학파들은 그들의 탐구에 절망하고, 진리는 우리의 방법으로는 파악할 수 없다고 판단했다. 이들은 인간이 허약하다는 것, 그리고 무지하다는 것을 깨달았을 뿐이다. 이 학파는 가장 많은 추종자들과 고상한 신봉자들이 있었다.

퓌론과 다른 회의학파들, 또는 신중론자(많은 옛사람들은 그들의 학설이 호메로스와 일곱 현자들, 아르킬로코스, 에우리피데스에게서 나왔다고 생각하고, 거기에 제논, 데모크리토스, 크세노파네스를 결부시킨다)들은 아직도 진리를 찾는 중이라고 말한다. 그들은 진리를 찾았다고 생각하는 사람들은 대단히 잘못이라고 본다. 그리고 두 번째 단계로 인간의 힘이 진리에 도달하는 것이 가능하지 않다고 확언할 때도 역시 너무나 과감한 허영심이 움직인다고 판단한다. 왜냐하면 우리 힘의 척도로 사물들의 궁극의 이치를 알아서 판단하기는 너무나 힘에 겹고 어렵다고 보며, 인간에게 이러한 능력이 있으리라고 생각하지 않기 때문이다.

> 아무것도 모른다고 생각하는 자는 어느 누구나
> 사람이 아무것도 알지 못한다고 확언할 만큼 충분하게
> 그것을 아는지도 모른다.
>
> 루크레티우스

자기를 알고 자기를 판단하고 자기를 비난하는 무지(無知)는 전적인 무지가 아니다. 무지하다면 그 자체를 알지 못해야 한다. 그리하여 퓌론학파의 주장은 동요하며, 의심하며, 물어보며, 아무것도

확언하지 않고, 아무것도 책임지지 않는다. 심령의 세 가지 작용인 상상력, 욕망, 동의(同意) 중에서 그들은 앞의 두 가지만 용납하고, 셋째 것은 유예 상태로 두어서, 아무리 가벼운 일을 판단할 때도 이 편이나 저편으로 기울어지지도 승인하지도 않는다.

제논은 심령의 소질 중에서 이 부분에 관한 그의 개념을 몸짓으로 표현했는데, 손을 펴서 내민 것은 외현(外現)이고, 손을 반쯤 오므려서 손가락을 좀 굽힌 것은 동의고, 주먹을 쥔 것은 이해를 의미하고, 그가 왼손으로 이 주먹을 더 굳게 쥐어 오므리면 그것은 지식이었다.

그런데 그들의 이런 판단 태도는 올바르고, 굽히지 않고 모든 대상들에게 적용하거나 동의하지도 않고 받아들이며, 대상들을 그들의 아타락시아(靜穩狀態)로 지향하게 한다. 아타락시아는 우리가 사물들에 관해서 지녔다고 생각하는 의견이나 지식에서 우리가 받는 동요가 면제된 평화롭고도 안정된 생활 조건이다.

이런 동요에서 공포, 인색, 시기심, 무절제한 욕망, 야심, 오만, 미신, 신기벽(新奇癖)의 애호, 모반, 불복종, 고집, 육체적인 결함 대부분이나 악덕들이 나온다. 그들은 진실로 이런 방법을 가지고 학설에 관한 질투심을 면한다.

왜냐하면 그들은 아주 유연한 방식으로 논쟁하기 때문이다. 그들은 자기들의 토론에 보복당할 염려가 없다. 무거운 물건은 아래로 떨어진다고 말할 때에, 사람들이 그 말을 믿어주면 그들은 대단히 섭섭해할 것이다. 그리고 사람들이 반박하며 그들의 판단에 의문을 품고 쉽사리 동의하지 않게 하는 것이 그들의 바라는 바다. 그들이 제언을 내놓는 것도 우리가 확실한 지식이라고 생각하는 것을 반박하려는 목적에서다. 누가 그들의 의견을 지지하면, 그들은 바로 그 반대 의견을 지지하려고 할 것이다.

모든 일이 그들에게는 마찬가지다. 거기에는 아무 선택도 없다. 그대가 눈은 검다고 말을 내놓으면, 그들은 반대로 눈은 희다고 반박한다. 눈은 검지도 희지도 않다고 말하면, 그들은 이번에는 눈은 검기도 하고 희기도 하다고 주장한다. 그대가 긍정적인 판단으로 그대는 아무것도 모른다고 말하면, 그들은 그대가 그것을 안다고 주장할 것이다. 그렇다. 그리고 그대가 긍정적인 원칙을 세워서 그것을 의심한다고 확언하면, 그들은 그대가 그것을 의심하지 않는다거나 또는 그대가 그것을 의심한다는 것을 판단하여 세워놓을 수는 없다고 말한다. 그리고 이렇게 의문을 극단으로 밀어 나가며 그대의 판단을 동요시키다가, 그들 자신의 의견이 여러 갈래로 갈라지며, 여러 방식으로 의문과 지식을 주장하던 그 의견에서까지도 떨어져 나간다.

그들은 어째서 독단론자들끼리 하나는 푸르다고 하면 하나는 노랗다고 하듯이 그것을 의문에 붙여서 안 되는가 하고 말한다. 어느 사물을 승인하든지 거부하든지 하는 식으로만 제언할 수 있고 애매한 일로 생각해서는 안 될 일이 또 어디 있는가? 그리고 어떤 자들은 자기 나라 습관에 따르거나, 부모의 가르침에 따르거나, 우연히, 즉 사상 조류의 선풍에 휩쓸려서 아무런 취사 선택의 판단력 없이,

다시 말하면 종종 옳고 그른 것을 판단할 나이가 되기 전에 스토아학파나 에피쿠로스학파나 어느 한 사상에 마치 거기 저당잡히듯 굴복해 들러붙어서 떨어져 나오지 못할 듯이 "폭풍우에 내던져진 난파자가 암초에 매달리듯, 한 학파에 달라붙어서" 한 사상만을 받드는데, 어째서 이들에게 어떠한 사물이든지 의무와 굴복 없이 고찰하는 자유가 허용되지 않은 것인가?

아무것도 그들의 판단을 제한하지 않으면 않을수록 더욱 독립적이고 자유로운 것이다.

키케로

다른 사람들이 구속받는 필요성에서 자신이 제외된 것만도 어떤 소득이 아닐까? 인간의 환상이 만들어내는 수많은 과오 속에 얽혀 들어가기보다는 차라리 아무런 결정도 내리지 않는 편이 더 좋은 일이 아닐까? 이렇게 서로 분열되어서 소란을 떠는 싸움 속에 섞여 들어가기보다는 차라리 무슨 일에든지 확신을 갖는 태도를 유예해두는 것이 더 좋은 일이 아닐까? 나는 무엇을 택해야 할 것인가? 그대 좋은 대로 하라! 다만 선택은 그대가 하라! 참 어리석은 대답이다. 그러나 이 때문에 우리가 알지 못하는 것을 알지 못한다고 확언하는 것도 허용되지 않는다는 식의 모든 독단론이 생기는 것으로 보인다.

어린아이라면 그것이 무엇인지 모르고 판단한다. 학자라면 그는 자기 생각에 사로잡혀 있다. 퓌론학파들은 자기 학설을 변호할 책임이 없기 때문에, 이 싸움에서 대단히 유리한 지위를 확보한다. 사람들이 그들을 공격해도 상관없다. 자기들도 공격하면 그만이다. 그리고 모든 일을 자기들에게 유리하게 해석한다. 그들의 논거가 승리한다면, 그대의 논거에 결함이 있다. 그들이 실패한다면, 그들의 무지를 증명하는 것이 된다. 그대가 패하면, 그들이 옳다는 것이 증명된다. 그들이 아무것도 알 수 없다는 것을 증명하면 그대로 좋다. 그들이 그것을 증명할 수 없다면 그것도 그대로 좋다.

> 동일한 제목에 찬성과 반대의 동등한 이유를 찾아내며 이 점에서나 저 점에서나 자기 판단을 유보하기를 더 쉽게 하려는 것이다.
>
> 키케로

그들은 한 사물이 진실이라는 사실보다는 어째서 그릇되었는가를 훨씬 더 쉽게 발견할 수 있다는 것과, 무엇이 있다는 사실보다는 있지 않다는 사실, 그들이 무엇을 믿는다는 것보다는 믿지 않는다는 것을 중요하게 여긴다. 그들이 말하는 방식은 이렇다.

"나는 아무것도 세우지 않는다. 그것은 이렇다는 것도, 저렇다는 것도 아니고, 또한 이렇지 않다든가 저렇지 않다든가 하는 것도 아니다. 나는 조금도 그것을 이해하지 못한다. 겉보기는 어느 모로 보거나 마찬가지다. 찬성이건 반대건 말하는 방식은 다 똑같다. 그릇된 것 같지 않은 듯싶으며 아무것도 진실 같은 것은 없다."

그들의 비결(秘訣)의 말투는 "나는 유보한다. 나는 움직이지 않는다"다. 이런 말투와 이와 닮은 내용의 다른 말투들이 그들의 후렴이다. 그들의 목표는 순수하게 전적으로 완전히 판단을 유보하고 정지하는 데에 있다.

그들은 결정지어 선택하려고가 아니라, 탐구하며 논박하려고 이성을 사용한다. 어떠한 때라도 끊임없는 무지를 고백하며, 어느 편으로도 기울어지지 않는 판단을 생각하는 자는 누구나 다 퓌론주의를 품고 있다. 나는 될 수 있는 한 생각을 이렇게 품어본다. 왜냐하면 많은 사람들이 이렇게 생각하기를 힘들어하기 때문이다. 그리고 작가들 자신이 역시 가지각색으로 좀 난삽하게 표현하기 때문이다.

인생에서의 행동을 보면, 그들은 이 점에서는 일반이 행하는 방식을 행한다. 그들은 본성의 경향, 정욕의 충동과 억제, 법률과 습관의 제도, 예술의 전통 등과 조화하려고 애쓴다.

왜냐하면 신은 우리가 사물에 관한 지식을 갖는 것을 원치 않고, 다만 그 사용법만 알기를 원했기 때문이다.

키케로

그들은 아무런 사고력과 판단력 없이 그들의 일반적인 행동이 이런 사물들에 따라 결정되게 둔다. 그래서 나는 사람들이 퓌론에 관해서 말하는 것을 이 원칙과 잘 조화시킬 수가 없다.

사람들은 그를 어리석고, 움직이지 않고, 사귈 수 없는 야만적인 생활을 하고, 수레가 와서 부딪혀도 피할 줄을 모르고 부딪히게 두며, 절벽 가를 걸어나가고, 법률에 협조하기를 거절하는 인물같이 묘사한다. 그것은 그의 생활 태도를 과장해서 본 것이다. 그는 돌덩이나 나무토막이 되기를 원하지 않았다. 그는 살아 있고 사색하고 판단하는 인간으로서 타고난 모든 쾌락과 편익을 누리며, 그의 육체나 정신의 모든 소질들을 규칙에 맞게 올바르게 행사하고 사용하는 인간이 되고자 했다. 다만 그는 인간이 헛된 생각을 품고 그릇된 마음으로 진리를 세워서 정리하고 확립한다는 그런 감상적이며 허구적인 특권을 가졌다고 자처하는 것을 진심으로 단념하고 포기한 것이다.

그래서 어느 학파건 존속하려면 그 학파의 현자는 자기가 이해하거나 지각하거나 동의하지 않는 많은 사물들을 용인하지 않을 수 없게 된다. 그리고 그가 바다로 나갈 때에는 그것이 자기에게 유리한 일인지도 모르면서 그 의도를 좇으며, 자기가 탄 배는 좋아야 하고 길잡이는 경험이 많아야 하고 계절도 항해에 적합해야 한다는 것을 단지 그럴 수 있다는 사정만으로 그런 조건에 순응하며, 그다음에는 외부의 사정이 명백하게 불리하지만 않으면 그런 것이 움직여가는 대로 좇으려고 생각한다.

그는 육체를 가졌다. 그는 영혼을 가졌다. 감각이 그를 밀며, 정신이 그를 움직인다. 그는 자기 자신에게서 판단력이라는 그 특이하고 고유한 표적을 발견하지 못하고, 진실이라는 것을 닮은 어떤 허구가 있을 수 있는 이상 자기가 동의해주어서는 안 된다는 사실을 알지만, 그렇다고 자기 인생의 기능을 충만하고 편리하게 행사하지 않는 것은 아니다. 기술은 지식보다는 추측으로 구성된다고 주장하며, 진실과 거짓을 결정짓는 것이 아니고, 다만 그럴 성싶은 것을 좇는 경우가 얼마나 많은가? 사람들은 말하기를, 세상에는 참과 거짓이 있으며, 우리에게도 그것을 찾아볼 방법이 있으나 시금석으로 그것을 판정할 수는 없다고 한다. 우리는 이유를 캐어볼 것 없이 세상의 질서에 따라서 조종되어가게 두는 편이 훨씬 더 나은 일이다. 편견에 사로잡히는 일이 없는 심령은 안온한 생활을 향하여 놀랍게 나아갈 수가 있다.

자기를 심판하는 자들을 심판하고 통제하는 자들은 결코 정당하게 거기 복종하지 않는다. 종교의 법칙에서나 정치의 법칙에서나 신성한 사물과 인간적인 사물의 원인을 감시하며 들춰보는 인간들보다는 순박하고 호기심 없는 심령들이 얼마나 더 지도하기에 순하고 쉬운가!

인간이 고찰한 바로는, 이 퓌론주의만큼 진실답고 유용한 것이라고는 아무것도 없다.

아리스토텔레스는 대개 다른 여러 가지 의견들과 신념들을 우리 앞에 쌓아놓고, 자기 의견이나 신념과 비교해보며 자기가 얼마나 더 심오하게 알아보았으며 얼마나 더 진실에 접근해갔는가를 보여주려고 한다. 왜냐하면 진리는 다른 사람의 권위나 증명으로 판단되는 것이 아니기 때문이다. 그리고 그 때문에 에피쿠로스는 자기 글 속에 다른 사람의 증명을 인용하기를 조심스레 피한다. 전자는 독단론의 왕자다. 그러므로 우리는 많이 안다는 것은 더 많이 의심하는 기회를 가져오는 것임을 그에게서 배운다. 우리는 한편으로 그가 고의로 그의 의견이 무엇인지 알아볼 수 없을 만큼 빽빽하고 풀어볼 수 없도록 난삽하게 내놓는 것을 본다. 이것은 실상은 긍정적인 형식 밑에 숨은 퓌론주의다.

키케로의 주장을 들어보라. 그는 자기 개념으로 다른 사람의 개념을 설명한다.

우리가 개인적으로 각각의 사물에 관해서 생각하는 것을 알고자 원하는 자들은 그 호기심을 너무 심하게 천착한다. 철학에서 모든 사물을 토론하되 아무것도 결정짓지 않는다는 원칙은 소크라테스가 세워서 아르케실라오스가 물려받고 카르네아데스가 확고히 다진 바로되, 오늘날에도 아직 성행한다. 우리는 오류가 어느 곳에서나 진리와 혼동되고 진리와 너무 유사하므로 어느 범주에 따라서도 확실성을 가지고 이것을 판단하고 결정지을 수는 없다고 말하는 학파에 속한다.

키케로

아리스토텔레스뿐만 아니라 거의 대부분의 철학가들은 어째서 어려운 사고방식을 탐하는가? 결국은 허영된 제목을 값어치 있게 보이려고 하며, 호기심으로 우리의 정신에 흥미를 돋우어서 우리의 정신을 길러 가꾸는 재료랍시고 내주는 살점 없는 헛된 뼈다귀나

갉아먹으라고 던져준다.

클리토마코스는 카르네아데스의 문장을 보고는 그가 무슨 의견을 가졌는지 도무지 이해할 수 없다고 말했다. 그 때문에 에피쿠로스는 평이한 문제를 피했고, 헤라클레이토스는 그 때문에 "난삽한 자"라는 별명을 받았다. 난해성(難解性)은 학자들이 요술꾼처럼 그들의 기술이 허황하다는 사실을 드러내지 않으려고 사용하는 잡술(雜術)이며, 어리석은 사람들은 여기에 쉽사리 속아넘어간다.

플라톤은 자기 자신의 사상에서 나오는 잡다하고 색다른 형태들을 여러 사람들의 입에 각기 자리에 맞게 넣어서, 그 근원을 캐어보려고 대화하는 철학 형식을 즐긴 것으로 보인다.

여러 재료를 잡다하게 취급하는 것은 한 학설에 더 잘 맞게, 말하자면 더욱 유용하고 풍부하게 취급하는 것이다. 우리에게서 예를 들어보자. 판결문은 독단적이며 확정적인 말법의 궁극점이 된다. 어떻든 간에 가장 표본이 되는 우리 재판정의 용어를 보면, 주로 그것을 쓰는 인물들의 존대풍 때문에 자기 직위로서 평민들에게서 받아야 할 존경심을 가꾸기에 알맞은 말투를 쓴다. 이 재판관들에게는 일상다반사며 어느 판사라도 할 수 있는 결론은 그 자체가 훌륭한 것이 아니고, 권리의 문제를 취급하는 데 서로 반대되는 추론을 뒤섞어서 혼잡스럽게 꾸며놓은 문장의 구조가 훌륭하다.

그리고 여러 학파의 철학자들이 서로 다른 학파를 헐뜯고 비난하는 꼴을 보면 대개는 모든 재료를 둘러싸고 나오는 인간 정신이 늘 동요하며 확고한 정견을 세우지 못하거나, 또는 모든 재료에 관한 해석이 너무나 미묘해서 이해할 수 없기 때문에 그들의 무지에 몰려서 각자가 서로 엇갈려 있는 모순과 의견의 혼란이 일어나는 것이다.

"미끄러져 빠져드는 곳에서는 우리의 신념을 유보하자"는 이 후렴은 무엇을 의미하는가? 에우리피데스가 "하나님이 하시는 일은 모든 방식으로 우리에게 훼방거리를 만들어준다"라고 말하듯이, 엠페도클레스가 하나님의 분노 앞에 정신이 뒤흔들리고, 진리 앞에 억눌려 지내는 것처럼 그의 작품에 가끔 언급하여 "아니지, 아니지. 우리는 아무것도 느끼지 않고 아무것도 보지 않는다. 모든 사물은 우리에게는 이치가 깊고 오묘하다. 무엇인지 확실히 알 수 있는 것이란 하나도 없다" 하고 되풀이해 말하듯이, 다시 "인간들의 사상은 비겁하다. 그들의 예견과 고안은 불확실하다"라고 한 이 거룩한 말로 돌아온다. 이러한 번민에 사로잡혀서 절망한 사람들이 진리 탐구에 기쁨을 느끼는 것도 괴상한 일은 아니다. 연구는 그 자체가 재미있으며, 너무나 재미있기에 스토아학파들은 여러 쾌락에 대한 욕망 중에서도 정신의 수련에서 오는 욕망을 금지하고 억제하려 하며, 사리를 너무 알고자 하는 데도 무절제가 있음을 발견한다.

우리의 말법은 다른 모든 것과 같이 결함과 약점을 가지고 있다. 세상은 대부분 문법적 이유에서 혼동한다. 우리의 소송 사건은 법률 해석의 토론에서밖에 일어나지 않는다. 그리고 전쟁의 대부분은 임금들의 협정과 조약을 명백하게 표현할 수 없는 무능력에서 온다. 이 HOC(이것)!라는 철음(綴音)의 뜻에 관한 의문에서 얼마나 많은 논쟁과 중대한 사태가 벌어졌던가!

논리학 자체가 우리에게 가장 명백하다고 제공하는 다음의 문구를 들어보자. 그대가 "날씨가 좋다"고 말하고, 그대가 진실을 말했다면, 그러니까 날씨는 좋다. 이것은 참 확실한 말법이 아닌가? 그래도 이 말에 우리는 속을 것이다. 그렇다고 해두고 예를 더 들어보자. 그대가 "나는 거짓말한다"라고 하고, 그대가 진실을 말했다면, 그러니까 그대는 거짓말한 것이다. 후자의 결론의 기술, 이유, 힘 등은 전자와 똑같다. 그렇지만 우리는 여기에서 헛갈린다. 나는 퓌론파 철학자들이 그들의 일반적 개념을 말의 어떠한 방식을 가지고 표현하지 못하는 것을 본다.

왜냐하면 그들에게는 새로운 언어가 필요하기 때문이다. 우리의 언어는 모두 그들의 언어와는 전적으로 상치되는 긍정적인 제언으로 꾸며져 있다. 그래서 그들이 "나는 의심한다"라고 말할 때에 사람들은 바로 그들의 목덜미를 잡고, 적으나마 그들이 의심하는 사실은 그들이 알고 확언하는 것임을 자백시키는 것이다. 그래서 그들은 다음의 약방문을 참고하여, 이 모순에서 모면하는 방법을 찾아보아야만 했다. 그들이 "나는 모른다"라거나 또는 "나는 의심한다"라고 말하면 그것은 약뿌리가 나쁜 독기를 밖으로 몰아낼 때에 나쁜 독기 자체와 함께 약까지도 밖으로 몰아내는 것처럼 이 제언은 제언 자체를 나머지와 함께 몰아내는 것이 된다.

이 회의 사상은 "나는 무엇을 아는가(Que saisi-je)?"라는 질문으로 더 확실하게 표현할 수 있다. 이것을 나는 나의 사색 판단의 표어로 삼았다.

하나님은 인간의 척도로 재어보지 못한다

우리의 것으로는 어떠한 방법으로도, 우리의 성질이 불완전한 정도로 하나님이 하는 일들을 더럽히고 자국을 만들지 않고는, 아무것도 그것에 맞추어보거나 비교해볼 수 없다. 그 무한의 아름다움과 힘과 착함이 거룩한 위대성에 극도의 손상과 퇴락을 일으키지 않고, 어떻게 우리 인간들이 이렇게도 더럽고 비천한 사물과 닮는다든지 관련된다는 것을 허용할 수 있을까?

신의 약함은 인간의 강함보다 더 강하며, 신의 미치광이 같은 모습은 인간의 예지보다 더 현명하다.

성 바울

철학자 스틸폰은 신들이 우리가 바치는 명예와 희생을 받고 기쁘게 생각하겠느냐는 질문을 받고, "당신은 조심성이 없소. 그 말이 하고 싶거든 따로 으슥한 데로 가서 이야기합시다"라고 대답했다.

그렇지만 우리는 신이 우리와 우리의 지식을 만들어주신 것은 제쳐두고, 신에게 어떤 한계를 정해주고, 그의 권세를 우리의 이성으로 포위한 것이라 생각하며(내가 여기서 이성이라고 부르는 것은 광인이나 악인들도 이성의 제약을 받는다고 하는 그런 특수한 형태의 이성을 말하는 철학적인 것은 제쳐놓고 인간이 가진 몽상이나 꿈 같은 것을 말한다), 신을 우리 오성(悟性)의 약하고 허망하고 피상적인 이해력에 예속시키고자 한다.

아무것도 없는 데서는 아무것도 나오지 않는 법이니, 하나님은 재료 없이는 세상을 만들지 못했을 것이다. 무엇이라고! 하나님은 그의 전능한 힘의 궁극의 자원까지 알아낼 열쇠를 우리 손에 쥐어주었단 말인가? 그는 우리 지식의 한계를 넘지 못하게 제한받는다는 말인가? 오오, 인간이여, 하나님이 하는 일 중에서 그대는 그 흔적의 몇 가지나마 알아볼 수가 있는가 생각해보라. 인간이라는 작품을 만드는 데 그가 할 수 있는 모든 것을 사용했고, 그의 모든 형태와 사상을 넣어주었다고 생각하는가? 그대는 보는 눈이 있다고 하여도, 그대가 사는 이 작은 동굴* 속의 질서와 운영 상태를 보는 데 그친다. 하나님의 거룩한 소질은 그 너머에 무한한 권한을 가진다. 전체에 비교하면 이 조그만 조각**은 아무것도 아니다.

위대한 전체의 방대함에 비하면, 하늘, 땅, 바다 등 모든 사물들은 아무것도 아니다.

루크레티우스

그대가 주장하는 것은 한 도시의 법이다. 그대는 온 우주의 법이

---

*   이 세상을 의미한다.

**   역시 이 세상을 의미한다.

무엇인지를 알지 못한다. 그대는 그대가 얽매인 일에나 집착하라. 하나님의 일에는 참견을 말라. 하나님은 그대의 동료도, 같은 나라 사람도, 친구도 아니다. 하나님이 얼마간이라도 그대에게 통하는 바가 있다면, 조그마한 그대에게 흡수되려는 것이 아니며 그대에게 그의 힘을 통제받으려는 것도 아니다.

사람의 몸은 하늘을 날지 못한다. 이것이 그대 몫이다. 태양은 쉬지 않고 정해진 궤도 위를 움직인다. 바다와 육지의 경계는 혼동되지 않는다. 물은 정한 형체가 없고 견고성이 없다. 벽에는 틈이 없으면 고체가 침투하지 못한다. 사람은 불길 속에서 자기 생명을 보존하지 못한다. 사람은 육체적으로 한꺼번에 하늘과 땅과 수많은 장소에 있을 수 없다. 이런 법칙은 하나님이 그대를 위해서 만드신 것이다.

이런 법칙이 그대를 잡아매고 있다. 하나님은 하고 싶을 때 기독교인들을 모두 해방시켜주었다. 진실로 하나님같이 전능하신 분이 어째서 어느 척도에 자기 힘을 제한했겠는가? 누구를 위해서 자기 특권을 포기할 것인가? 그대의 이성은 세상이 여러 겹으로 되어 있다는 사실을 그대에게 설복시키는 일밖에는 다른 아무것에도 진실성이나 기초가 되지 못한다.

더욱이 우리가 아는 일들 중에도 사람들이 자연에서 끌어내어 정해놓은 법칙들과 반대되는 것이 얼마나 많은가? 그런데 우리는 하나님까지 이 법칙에다가 매어놓으려고 한다! 우리는 얼마나 많은 사물들을 기적이라고 하며, 자연에 반대되는 일이라고 부르는가?

사람에 따라서, 나라에 따라서, 무식한 정도에 따라서 그렇게 생각하는 것이다. 우리는 사물의 오묘한 소질과 정수들을 얼마나 많이 발견하는가? 자연스럽게 되어간다는 것은 우리 지성이 찾아볼 수 있는 한도로 우리가 이해할 수 있는 범위 내에서 우리 지성의 법칙에 따라서 일이 되어간다는 말이다. 그 너머의 일은 기괴하고 혼란스럽게만 보인다.

그런데 이 계산으로 보면, 가장 지각 있고 능력 있는 사람에게도 모든 일이 괴상하게 보일 것이다. 왜냐하면 그들은 인간의 이성이 정확한 판단력을 갖는 데 필요한 아무런 발판도 기초도 없는 것임을 알고 있으므로, 눈이 흰 것인지(아낙사고라스는 그것을 검다고 말했다), 사물이라는 게 있는 것인지, 아무것도 없는 것인지, 지식이라는 게 있는 것인지, 무식이라는 게 있는 것인지(메트로도로스 키오스는 사람이 말하는 능력까지도 부인한다), 또는 우리가 살고 있는 것인지도 확인할 수 없는 일이라고 확신한다. 에우리피데스도 우리가 사는 인생이 인생인지, 또는 우리가 죽음이라고 부르는 것이 인생인지에 대해서 의문을 갖고 있다.

그것도 그럴듯하지 않은 것은 아니다. 왜냐하면 이 영원한 밤의 무한한 흐름 속의 섬광이요, 우리의 영속하는 자연 조건 속의 극도로 짧은 한 중단(中斷)임에 불과한 삶의 순간을 가지고, 어떻게 우리는 존재한다는 자격을 얻을 것인가? 죽음은 이 순간의 앞과 뒤 전부와, 이 순간 속의 상당한 부분까지도 차지하고 있으니 말이다. 다른 자들은 멜리소스의 추종자들처럼 움직임이란 것은 없으며, 아무것도 움직이지 않고, 또 자연에는 생산도 부패도 없다고 했다.

프로타고라스는 자연에는 의문스러운 일밖에 없으며, 우리는 모든 일을 다같이 논쟁할 수 있으며, 그 때문에 이 모든 사물들에 관해서 논쟁할 수 있느냐는 문제도 논쟁할 수 있다고 말했다. 나우시파네스는 있는 듯한 사물들에 관해서, 아무것도 있지 않은 것보다 더 있는 것이 아니고 불확실성밖에 다른 확실성은 없다고 한다. 파르메니데스는 있는 듯한 것 중에서 전반적으로 한 사물이라고는 없으며, 그것은 하나일 뿐이라고 말한다. 제논은 하나까지도 있지 않고 세상에는 아무것도 없다고 한다.

하나가 있다면 그것은 어떤 다른 것에나 그 자체에 있을 것이다. 그것이 다른 것 속에 있으면 둘이다. 그것이 그 자체 속에 있으면 그것을 포함한 자와 포함된 자를 합해서 역시 둘이다. 이 학설을 따르면 사물들의 본성은 그릇되거나 헛된 그림자에 지나지 않는다.

나로서는 한 기독교인이 "하나님은 죽을 수 없다. 하나님은 자기말에 반대할 수 없다. 하나님은 이것 또는 저것을 할 수 없다"는 식으로 말하는 것은 언제나 불근신(不謹愼)과 불경에 찬 말투로 보였다. 나는 하나님의 힘을 이렇게 우리 말의 법칙으로 얽매어놓는 것을 좋게 보지 않는다. 그리고 이러한 제언으로 우리에게 보이는 종교의 모습을 우리는 더 존경심을 가지고 경건하게 표현해야 한다.

사람들이 불경에 찬 말투로 잘난 체하는 꼴을 보라. 우리의 종교에 지금 벌어지는 논쟁에서는, 너무 심하게 반대파들을 몰아치다가는 그들에게 하나님은 그 몸을 하늘과 땅과 기타 여러 곳에 동시에 있게 하는 힘이 없다고 말하게 할 것이다. 그리고 저 옛날의 조롱꾼 플리니우스는 얼마나 용하게 이 논법을 써먹었던가?

적으나마 하나님이 모든 일을 할 수 없다는 것을 알면, 그것은 인간에게 적지 않은 위안이 된다. 왜냐하면 우리는 인간 조건 중에서 가장 큰 혜택으로 자살하는 방법을 가졌는데, 하나님은 하고 싶어도 자살은 못 하기 때문이다. 그는 죽어갈 인생들에게 영생을 주지 못하고, 죽은 자들을 다시 살리지도 못한다. 살아본 과거를 살아보지 않은 것으로 만들지 못하고, 영광을 가져본 자들을 영광을 가져보지 못한 것으로 만들지도 못한다. 그는 과거에 대해서는 망각 이외에 다른 권한을 갖지 못한다. 그리고 인간과 신의 관계를 우스꽝스런 인연으로 맺어지게 하려고, 그는 열이 둘이면 스물이 되지 않게 할 수는 없다.

플리니우스

그는 이 따위 말을 하는데, 기독교인은 이런 말을 입 밖에 내어서는 안 된다. 이것은 인간이 하나님을 자기 수준으로 끌어내리려고 미치광이처럼 오만한 말투를 찾아내는 것으로 보일 뿐이다.

내일 유피테르가
검은 구름으로 하늘을 덮건
맑은 태양으로 밝히건, 그는 이미 있었던 일을

없었던 일로 하거나, 또는 도피하는 시간이

그 날개에 실어 온 바를

변경하거나 파괴하지는 못할 것이다.

호라티우스

과거건 미래건 이 무한한 세기들은 하나님에게는 한순간에 지나지 않으며, 그의 선과 예지와 힘은 그의 본질과 동일한 사물이라고 말하면, 우리의 언어는 그것을 말하지만 우리의 지성은 그것을 이해하지 못한다. 그런데 우리의 오만은 하나님의 소질을 우리의 판단으로 검토해보려고 하는 것이다. 그래서 세상 사람들은 모든 과오와 몽상에 사로잡히는 일이 생기며, 자기 역량보다 동떨어진 사물들을 자기 저울대로 저울질해보려고 한다.

영혼에 관하여 —사상, 이성, 추억

우리는 손가락이 움직이고, 발가락이 움직이며, 신체의 어떤 부분은 우리의 허가를 받지 않고도 저절로 흔들리고, 어떤 부분들은 우리의 명령을 받아서 움직이며, 어떤 생각을 하면 얼굴이 붉어지고, 어떤 다른 생각에는 얼굴이 새파래지고, 어떤 상상력은 비장(脾臟)에만 작용하고, 어떤 상상력은 뇌수(腦髓)에 작용하고, 어떤 것은 우리에게 웃음을 일으키고, 어떤 것은 울게 하고, 어떤 것은 우리의 모든 감각을 놀라 얼어붙게 하여 사지의 동작을 정지시키는 것을 본다. 어떤 물건을 보면 위가 치밀어오르고, 어떤 다른 것은 어떤 부분들을 내려앉게 한다. 그러나 어째서 한 정신적 인상이 한 뭉치로 된 굳은 물체 속에 이러한 침투를 일으키는 것이며, 이러한 경탄할 만한 장치에 이어서 연락되는 성질이 무엇인지 인간으로서는 알아본 사람이 없다.

　　이러한 모든 사물들은 인간의 이성으로는 불가침투(不可浸透)며, 대자연(본성)의 위엄성 속에 은폐되어 있다.

플리니우스

'

　　육체와 영혼의 결합은 인간의 지성을 초월하는 전적인 경이로서, 이 결합 자체가 인간이다.

성 아우구스티누스

　　그런데 사람들은 이 점에 의문을 품지 않았다. 왜냐하면 인간의 의견은 이런 일이 마치 종교나 법률인 것처럼 권위와 신용으로 옛날의 신념을 계승해왔기 때문이다. 사람들은 심상하게 생각되는 일은 의미 없는 일같이 받아들인다. 사람들은 이 진리(신앙)의 논법과 증거의 모든 구조와 장비를 갖추어서, 이것을 동요시킬 수 없고 비판할 여지없이 확실하고 견고한 물체와 같이 받아들인다.

　　이와는 반대로 각자는 받아들인 이 신념에다가 자기 이성이 할 수 있는 모든 것으로 덮어 바르고 보충해간다. 그런데 이 이성은 무슨 형상에라도 맞추어갈 수 있는 부드러운 연장이다. 이렇게 해서 세상은 멋쩍은 일과 거짓으로 가득 차 다져진다. 사람들이 사물들에 관해서 조금도 의심하지 않는 것은 사람들이 보통 받고 있는 인상을 결코 심사해보지 않기 때문이다. 사람들은 과오와 약점이 깃들어 있는 그 기초를 뒤져보지 않고 지엽(枝葉)만을 가지고 토론한다. 진실인가를 따져보지 않고, 어떻게 이해했던가만을 따져본다.

그런데 인간의 이성이 그 자체와 영혼에 관해서 우리에게 가르치는 바를 살펴보자. 그것은 거의 철학 전체가 천체들과 태초의 물체들을 참여시키는 보편적 영혼의 말이 아니고, 또 탈레스가 자석의 고찰에서 끌어낸, 무생물체라고 생각되는 사물들 자체에도 깃들어 있다고 보는 영혼의 말도 아니고, 우리에게 속하며 우리가 더 잘 알아야 할 영혼을 말한다.

사람들은 영혼의 본성을 모른다.
영혼은 육체와 함께 나오는가? 또는 출생할 때에 도입되는가?
죽음과 함께 파괴되어 우리와 함께 소멸되는가?
또는 암담한 황천의 공허한 심연을 찾아가는가?
또는 신들의 명령으로 다른 생명들의 신체에 잠입하는 것일까?
루크레티우스

이성은 크라테스와 디카이아르코스에게는 영혼이란 전혀 없고, 단지 신체가 자연의 동작으로 움직이는 것이라고 가르쳤다. 플라톤에게는 영혼은 그 자체로서 움직이는 실체였고, 탈레스에게는 휴식

없는 본성이었고, 아스클레피아데스에게는 감각의 훈련이었고, 헤시오도스와 아낙시만데르에게는 흙과 물로 만들어진 사물이었고, 파르메니데스에게는 흙과 불로 된 것이었고, 엠페도클레스에게는 피로 된 것이었다.

그는 피에서 영혼을 토해냈다.

베르길리우스

포시도니오스와 클레안테스와 갈레노스에게 영혼은 열(熱)이거나 열로 된 기질이었다.

영혼들은 불의 정력을 가지며, 그들의 근원은 하늘에 있다.

베르길리우스

히포크라테스에게는 영혼은 신체에 퍼져 있는 정신이었으며, 바로에게는 입으로 받아들인 공기가 허파에서 열을 얻어 염통에 적셔져서 신체 전부에 퍼진 것이었으며, 제논에게는 네 가지 요소들의 정수였고, 폰토스의 헤라클리데스에게는 광명이었고, 크세노크라테스와 이집트인들에게는 움직이는 수(數)였고, 칼데아인들에게는 일정한 형체 없는 힘이었다.

그리스 사람들이 조화라고 부르는 살아 있는 육체의

어느 종류의 생명적 존재 양식이었다.

루크레티우스

아리스토텔레스를 잊어버리지 말자. 그는 육체를 자연히 움직이게 하는 것을 엔텔레키아(생존의 지속)라고 불렀는데, 그것은 다른 어느 것에서도 볼 수 없을 만큼 냉철한 구상이다. 왜냐하면 그는 영혼의 본질도 근원도 본성도 말하지 않고, 다만 그것의 효과만을 지적하기 때문이다. 락탄티우스와 세네카와 기타 독단론자들 중 우수한 사람들은 영혼이 그들로서는 이해할 수 없는 문제라고 고백했다. 그리고 이런 의견들을 모두 열거한 다음에 키케로와 성 베르나르는 말했다.

이 모든 의견들 중에 어느 것이 진실한가는 어느 신만이 알 수 있는 노릇이다.

키케로

나는 나 자신 때문에 하나님이 얼마나 이해할 수 없는 존재인가를 안다. 왜냐하면 나 자신의 존재의 부분들도 이해할 수 없기 때문이다.

성 베르나르

헤라클레이토스는 모든 존재가 영혼과 다이몬[神靈]으로 충만하다고 생각했으나, 영혼의 본질은 너무나 심오한 것이므로 사람은 아무리 영혼을 알고자 노력해보아도 거기 도달할 수 없다는 의견을 지지했다. 영혼이 깃든 자리에 관해서도 마찬가지로 의견이 구구하여 일치점을 보지 못한다. 히포크라테스와 히에로필로스는 영혼을 뇌수의 방 속에 두었고, 데모크리토스와 아리스토텔레스는 신체 전체에 두었으며,

> 사람들이 육체의 건강에 관해서 말하곤 하지만,
> 그것이 건강한 주체의 일부분이라는 의미는 아니다.
>
> 루크레티우스

에피쿠로스는 위장에 두었고,

> 왜냐하면 그곳에서 염려와 공포의 전율을 느끼며
> 여기서 희열의 달콤한 정서를 느끼기 때문이다.
>
> 루크레티우스

스토아학파들은 심장의 주위와 안에 두었고, 에라시스트라토스는 머릿가죽의 막에 붙어 있다고 했고, 엠페도클레스는 피에 두었고, 모세도 역시 그랬으니, 영혼이 피 속에 있다고 보아서 그는 짐승의 피를 마시는 것을 금했으며, 갈레누스는 신체의 각 부분들이 각기 영혼을 가졌다고 생각했으며, 스트라톤은 두 눈썹 사이에 두었다.

영혼이 어떠한 형체를 가지고, 어디 깃드는가에 관해서는 알려
고 해서는 안 된다.

키케로

　　나는 기꺼이 이 사람에게 바로 이 말을 하게 둔다. 내 웅변으로 그
의 말을 고치게 할 것인가? 더욱이 그가 고안한 재료를 도둑질해 가
져봤자 소득이 없는 바에는 말이다. 그의 사상들은 그렇게 너무 흔
하거나 너무 견고하거나 너무 알려지지 않은 것이 아무것도 없다.

　　그러나 크리시포스가 자기 학파들과 함께 영혼이 심장 주위에 있
다고 한 이유를 잊어서는 안 된다. "그 까닭은 우리가 무엇을 증언
하려고 할 때에는 손을 위장 위에 놓고 우리가 그리스 말로 '나'라는
의미의 '에고'를 발음할 때에는 아래턱을 위장을 향해서 숙이기 때
문이다"라고 그는 말한다. 그렇게 위대한 인물도 이 대목에는 무력
한 것을 주목하지 않고 넘겨버려선 안 된다.

　　왜냐하면 이런 고찰은 그 자체로서 무한히 경솔할 뿐더러 이 마
지막 견해로 그들이 영혼을 그 자리에 가지고 있다는 것은 그리스
사람에게밖에는 증명이 되지 않기 때문이다. 인간의 판단력은 아무
리 긴장하고 있어도 가끔 졸지 않을 수 없는 것이다.

　　무엇이 무서워 말 못 할 것인가? 인생에 신중성을 주장하는 사상
의 조종(祖宗)인 스토아학파를 보면, 그들은 인간의 영혼이 패망하
여 억눌리면 거기서 벗어나려고 오래도록 질질 끌며 울부짖지만,
마치 쥐덫에 걸린 생쥐같이 삶의 무거운 짐을 벗어던지지 못한다고

여긴다.

어떤 자들은 최초에 인간이 창조되었을 때는 육체를 갖지 않았는데, 창조되었을 때의 순결성이 자신의 잘못으로 타락하여 그 징벌로서 육체를 받아서 이 세상에 만들어진 것이며, 그들이 본래의 영성(靈性)에서 유리되는 정도에 따라서 더 가볍게 또는 무겁게 육체를 받는 것이며, 그 때문에 창조된 사물들의 잡다한 변종이 생기는 것이라고 한다. 그러나 자기가 받은 벌로 태양에서 떨어져 변해온 정신은 대단히 희귀하게 특수한 규준의 변화를 밟을 것이라고 한다. 우리의 탐구의 극단은 모두 현란함 속에 빠지게 한다. 그것은 플루타르코스가 역사의 초두에 관해 말했듯이, 지도같이 사람에게 알려진 땅의 끝에는 늪이나 깊은 숲, 사막 등 사람이 살 수 없는 지대가 있다고 하는 식이다. 그 때문에 가장 고상한 사물들을 가장 철저하게 취급하는 자들은 그들의 호기심과 해괴한 추측에 사로잡혀서 도리어 가장 조야하고 유치한 몽상에 빠진다. 학문의 종말과 시초는 이와 같은 어리석은 수작에 놀아나고 있다.

플라톤이 시의 구름 위로 날뛰어 오르는 모습을 보라. 그 주제에 여러 신들의 잠꼬대를 흉내내는 꼴을 보라. 그런데 플라톤은 사람을 "두 발 달린 깃 없는 짐승"이라고 정의했으니, 사람들이 그를 조롱할 좋은 기회를 준 셈이다. 왜냐하면 그들은 암탉의 털을 뽑아놓고, 이것이 "플라톤이 말하는 사람"이라고 불렀기 때문이다.

나는 어느 모로 보면 건전하고 절도 있는 사상에 못지 않게 유용한 것들을 나열해 보이려고 즐겨서 모아놓는다. 인간의 능력을 대단히 높이 올려놓은 위대한 인물들에게도 너무나 명백하게 조야한 결함이 있는 이상, 우리는 인간과 그의 감각, 그의 이성에 관해서 평가해줄 것이 무엇인가를 판단해볼 일이다.

　나로서는 그들이 마치 닥치는 대로 손에 잡히는 장난감같이 아무렇게나 학문을 취급했으며, 모든 고안이나 사상을 때로는 긴장하고 때로는 해이한 마음으로 되는 대로 내놓으며, 이성을 가지고 희롱한 것이라고 생각하고 싶다. 인간을 암탉이라고 정의한, 바로 이 플라톤이 다른 데서는 소크라테스를 따라서 인간이 무엇인가를 모르며 세상에서도 가장 이해하기 어려운 부분 중 하나라고 말했다. 이렇게 의견이 잡다하고 불일치하므로, 그들은 손으로 이끌어주듯이 결단을 내릴 수 없다는 그들의 결론으로 묵묵히 이끌어간다.

　위대한 인물은 그들의 사상을 명백하게 드러내놓지 않는 버릇이 있다. 그들은 때로는 그 사상을 시의 허황한 구름 속에 감추고, 때로는 어느 다른 가면 밑에 감춘다. 왜냐하면 우리의 체질이 불완전해서 언제나 날고기는 우리 위장에 맞지 않기 때문이다. 이 날고기는 말리고 변질시키고 삭혀서 먹어야 한다. 학자들이 하는 수작도 이와 같다. 그들은 가끔 자기들의 본연의 판단과 의견을 난해하게 꾸미고 공적 용도에 적합하게 하려고 일부러 변질시켜놓는다. 그들은 어린아이들을 놀라게 하지 않으려고 인간 이성이 무지하고 어리석다는 것을 터놓고 말하려 하지 않는다. 그 대신 그들은 이것을 불확실하고 혼란스런 학문의 외장(外裝)을 씌워서 드러내 보인다.

　나는 이탈리아에 있을 때, 이탈리아어를 잘 못 하는 사람에게 유창하게 말할 생각이 없이 자기 뜻을 이해시키고만 싶거든 라틴어건 프랑스어건 스페인어건 가스코뉴어건 입에서 나오는 대로 첫마디만 말하라고 권해보았다. 거기다가 이탈리아어의 어미만 붙이면, 언제나 토스카나어거나 로마어거나 베니스어거나 피에몽어거나 나폴리어거나 이 나라 방언 중 하나에 부딪치게 될 것이라고 말했다.

나는 철학에 관해서도 똑같이 말한다. 철학은 너무나 여러 가지 잡다한 형태를 가졌고 말해놓은 것도 너무 많기 때문에, 우리의 모든 몽상이나 꿈이 그 속에서 발견된다. 인간의 망상은 좋은 것이건 나쁜 것이건 그 속에 없는 것이 없다. 이미 다른 철학자가 말하지 않았을 정도로

우열한 말은 찾아볼 수 없다.

키케로

그래서 나는 아무렇게나 나오는 생각을 아무 거리낌없이 사람들 앞에 내놓는다. 이런 것은 어디서 본받은 것도 아니고 어느 스승에게서 배운 바도 없고 내게서 나온 생각이지만, 그것이 어느 옛사람의 기분과 합치되며 연락이 닿고 있다는 것을 사람들이 발견할 것은 나도 안다. 그러나 아무도 "이것은 어디서 따왔다"고 말해서는 안 된다.

내 습성은 타고난 것이다. 이것을 만들기에 나는 어떠한 훈련도

받지 않았다. 그러나 아무리 내 습성이 어리석다 하여도 이런 것을 이야기하고 싶은 생각이 날 때에는 좀 점잖게 사람들 앞에서 말해 보려고 다른 사람들의 말이나 예를 들어서 도움을 받는 일이 옳으리라고 생각하는데, 그때마다 내 생각들이 하고많은 철학적 사색이나 예와 우연히도 합치되는 수가 많아서 놀라지 않을 수 없었다. 내 인생이 어느 유형에 속하는가는 인생을 철저히 탐구해보고 나서 겨우 알았다. "미리 숙고하지 않는, 되는 대로의 철학자"라는 새로운 형태였다! 우리 영혼의 문제로 다시 돌아오자. 플라톤이 이성은 머릿속에 두고 분노는 심장에 두고 욕심은 간에 둔 것은 차라리 영혼 작용의 해석은 되지만, 한 육체가 여러 기관을 가지고 있는 식으로 영혼을 갈라서 분리시키려고 한 것으로는 보이지 않는다.

그들의 의견 중에 가장 근사하게 보이는 것은 언제나 영혼이 그의 소질로 신체의 잡다한 기구를 가지고 추리하고 회상하고 이해하고 판단하고 욕망하고, 다른 모든 작용을 행사하는 것이며(마치 뱃사공이 경험에 따라 배를 조종하는데, 때로는 밧줄을 잡아당기고 또는 놓아주고 때로는 배를 치올리거나 삿대를 젓고 하며 단 하나의 힘으로 여러 가지 효과를 내는 것과 같다), 영혼은 뇌수에 깃들어 있다는 생각이다. 그러니까 이 부분에 상처를 받거나 사고가 나면 즉시 영혼이 신체의 다른 부분으로 흘러나간다고 보아서 불편한 것은 없다. 마치 태양이 하늘에서 밖으로 그 광명과 힘을 발산하여 세상을 채우는 것처럼 본 것이다.

영혼은 몸 전체에 퍼져서
정신의 명령과 운동을 좇으며 복종한다.

루크레티우스

어떤 자들은 말하기를, 세상에는 큰 신체와 같이 보편적인 영혼
이 있어서, 모든 특수한 영혼들이 떨어져 나왔다가 다시 되돌아가
서 항상 이 보편적인 물질 속에 섞여 들어간다고 한다.

왜냐하면 그것은 온 대지와 광막한 대해와 심오한 창공을 통해
사방으로 돌고 있는 한 신이기 때문이다. 그에게서 크고 작은
가축들, 인간들, 모든 야수의 종족들, 결국은 모든 생명들이
출생하며 생명의 미묘한 원리를 빌려온다.
반대로 이 모든 것은 분해되면 그에게로 돌아가며
그곳에는 죽음이 차지할 자리는 없다.

루크레티우스

어떤 자들은 말하기를, 영혼이 그곳으로 돌아가서 붙어 있기만
한다고 하며, 어떤 자들은 영혼이 거룩한 물체에서 산출되었다고
하며, 어떤 자들은 천사들이 불과 공기로 영혼을 만들었다고 한다.
어떤 자들은 영혼이 아주 태곳적에 만들어졌다고 하며, 어떤 자들
은 필요가 생긴 그 시간에 생기는 것이라고 한다. 어떤 자들은 영혼
이 둥근 달에서 내려왔다가 다시 되돌아간다고 한다. 옛사람들의

공통된 의견은 영혼이 자연의 모든 다른 사물들과 같은 생산 방식으로 아버지에게서 아들로 생산되어간다고 하는데, 아들이 아버지를 닮는다는 점에 논거를 둔 것이다.

> 네 부친이 생명과 함께 도덕을 네게 전해주었다.
> 용감한 자식은 용감하고 정직한 부친에게서 출생한다.
>
> 호라티우스

그리고 사람들은 아버지에게서 아이들에게로 신체의 특징뿐 아니라, 영혼의 심정과 기질, 경향 들도 닮아서 흘러내리는 것이 보인다고 한다.

> 어째서 용맹성은 사자의 종족에게 전달되는가?
> 어째서 교활성은 여우의 종족에게, 그리고 공포 때문에
> 사지가 민첩해지는 도피 본능은 노루의 종족에게 전달되는가?
> 그것은 바로 각 종목마다 영혼이 그 자체의 싹을 가지고
> 육체와 동시에 발달되기 때문이 아닌가?
>
> 루크레티우스

그래서 거기에 하나님의 정의가 서며 아버지의 잘못을 아들에게 처벌하는 것이니, 부모들의 악덕은 어느새 전염되어 자식들에게 박혀 있고, 그들의 의지의 혼란이 자식들에게 영향을 주기 때문이다.

더욱이 영혼이 자연의 연속에서 오는 것이 아니고 다른 데에서 오는 것이며, 육체 밖에 있는 어떤 다른 사물이라면, 영들은 그들이 고유하게 사색하고 추리하고 회상하는 타고난 소질이 있는 만큼 그들의 전생에 관한 기억이 남아 있어야 할 것이다.

영혼이 출생할 때 신체에 잠입한다면,
어째서 우리는 지나간 생명에 관한 회상을 하지 못하는 것일까?
어째서 우리는 전생의 행동의 흔적을 아무것도 보존하지 않는 것
일까?

루크레티우스

왜냐하면 우리 영혼들의 특질을 우리 소원대로 값어치 있게 하려면, 영혼이 타고난 단순성과 순결성대로 있을 때 모든 일을 다 아는 것으로 미리 짐작해야 하기 때문이다. 그리하여 영혼들은 육체의 감옥에 사로잡혀 있지 않는 이상, 육체에 들어오기 전에도 육체에서 나간 후 우리가 그런 것으로 기대되는 것과 같은 상태로 있어야 할 것이다. 그리고 플라톤이 "우리가 배우는 것은 우리의 영혼이 전에 알던 것을 회상함에 지나지 않는다"고 말한 바와 같이, 영혼은 신체 속에 들어와서도 이 지식을 회상해야만 할 일이다. 그러나 이것은 각자가 경험으로 거짓임을 주장할 수 있다.

첫째로, 우리는 배운 것밖에는 회상할 수 없으며, 기억력이 단순히 자기 역할만 한다면, 적으나마 그것은 우리가 배운 것 이외의 어

느 특징을 알려주어야 할 일이다. 둘째로, 영혼이 순수한 상태에서 알던 것은 그의 신성한 지성에 따라 사물들이 있는 그대로의 상태를 아는 한 진실한 지식이었을 것이다. 그런데 이 세상에서는 영혼이 무엇을 배운다고 해도, 거짓과 그릇된 일과 악덕밖에 주는 것이 없지 않은가! 그러니 영혼은 그 속에 이런 영상과 개념을 담아둔 일이 없었기 때문에 자기 회상력을 행사할 수 없는 것이다.

육체의 감옥이 영혼의 순박한 소질을 질식시켜서 그 소질은 이 세상에 와서 아주 사라져버렸다고 말한다면, 그것은 첫째로 영혼의 힘이 대단히 위대하며 사람들이 이 인생에서 느끼는 영혼의 작용이 너무나 감탄스러워서 그로 인해 영혼의 과거는 거룩하고 영원했으며 미래에도 영생불멸을 가지리라고 믿는, 다른 사람들의 신념과는 반대되는 것이다.

> 왜냐하면 이 변화가 너무 심한 것이어서, 영혼이
> 과거의 추억을 전혀 보존하지 않고 있다면,
> 그것은 죽음의 상태와 같다고 보이기 때문이다.
>
> 루크레티우스

뿐만 아니라 우리는 여기서, 다른 데서가 아니라 우리에게서 영혼의 힘과 효과를 고찰해보아야 할 것이다. 그렇지 않으면 영혼의 완벽성에 관해서 다른 무슨 말을 해보아도 다 쓸데없는 헛된 일이다. 우리 현재의 상태에서 영혼의 영생불멸에 관한 모든 일이 평가

되고 인정되어야 하며, 인간의 생명을 위해서만 영혼은 책임져야 한다.

영혼에게서 그 힘과 수단을 잘라내버리고, 영혼이 감옥에 사로잡혀 있는 동안, 이 세상에서 강제로 억압되어 있는 동안 그의 약점과 병폐를 가지고 무력하게 만들고, 무한에 비교하면 한순간에 지나지 않는, 아마도 한두 시간, 기껏해야 1백 년이라는 짧은 세월을 두고 고찰해서 저 무한하고 영원한 지속 위에 판결과 결단을 내려 이 간극의 순간을 가지고 결정적으로 그의 온 존재에 관해서 정해놓는다는 것은 부당한 일이다. 이 짧은 인생의 행적을 가지고 영원한 보상을 준다는 것은 균형에 맞지 않는 불공평한 일이다.

플라톤은 이런 모순을 피하려고 미래에 치를 업보는 인간의 생애에 상응해서 1백 년의 지속 기간으로 제한되기를 원한다. 그리고 우리 시대 사람들도 상당한 수가 미래에 치를 업보에 시간적 제한을 두어왔다.

그리하여 그들은 영혼의 생성(生成)이 인간적 사물들의 공통 조건을 따르는 일이라고 생각했던 것이다. 그 생각은 당시 가장 널리 용인되던 에피쿠로스와 데모크리토스의 사상에서 나온 것이며, 영혼의 생명과 지속도 그와 같다고 생각했다. 그러니 영혼은 신체가 그것을 받아들일 능력을 갖는 것과 동시에 출생하며, 육체와 같이 그 힘이 커가며, 유년기에는 허약하고, 세월이 감에 따라 힘이 나며 성숙하고, 다음에는 기울어지며, 노년기가 오고, 마침내는 쇠멸이 온다고 보았다.

영혼은 육체와 함께 출생하며

그와 함께 성장하고 노쇠함을 우리는 느낀다.

루크레티우스

　그들은 영혼이 잡다한 정열을 가질 수 있어서 여러 가지 괴로운 심정에 동요하고, 그 때문에 영혼이 피로에 지쳐서 고통을 느끼며, 변질, 변화, 경쾌, 졸음, 노곤을 겪고, 위장이나 발과 같이 병에도 걸리고 다치기도 하며,

　　우리는 병든 신체가 의약으로 치료받을 수 있듯,

　　정신도 치유되는 것을 본다.

루크레티우스

　또한 술 기운에 어지러워 혼란되며, 열병의 기운에 정신을 못 차리고, 어느 약을 쓰면 잠이 들고, 다른 약을 쓰면 깨어나곤 하는 것을 알았다.

　영혼은 육체의 인상에 민감하고 보니, 그것은 육체성이라야만 할 일이다.

루크레티우스

　사람들은 미친 개에게 물린 것만으로 그 영혼의 소질 전체가 놀

라서 뒤집히며, 이런 일을 당하면 사고력의 어떠한 확고한 위대성도, 어떠한 자존심도, 어떠한 덕성도, 어떠한 철학적 결단성도, 어떠한 힘의 긴장도 이러한 변고에서 면할 수 있게 하지 못한다. 허약한 강아지의 침이 소크라테스의 손에 떨어지니, 모든 예지와 위대하게 조절된 모든 사고력이 흔들리며, 그의 첫 지식의 어느 흔적도 남지 않을 정도로 이런 능력이 모두 없어지는 것을 보았다.

영혼의 모든 성능은 이 독의 작용으로 혼돈되고 전도되어서 부서진다.

루크레티우스

그리고 이 독소는 네 살 먹은 어린아이의 영혼에서만큼도 이 인물의 영혼에서 저항을 받지 않는다. 그것이 철학에 실체화되면, 철학 전체를 광분하여 미쳐버리게 할 독소다. 그래서 죽음의 신과 운명의 신의 목줄기를 비틀던 카토도 미친 개에게 물려서 의사들이 공수병이라고 부르는 병에 걸려 쓰러졌지만, 공포와 경악에 눌려서 거울 쪽이나 문을 쳐다볼 수 없었을 것이다.

병은 사지에 퍼져서 영혼을 혼란시키며,
마치 폭풍의 맹렬한 입김이 짠 바닷물의 거품이는 파도를
끓어오르게 하듯 영혼을 괴롭힌다.

루크레티우스

판단의 불확실성에 대하여

사물들이 그들의 형체와 본질로 우리에게 인식되는 것이 아니고, 그들 고유의 힘과 권위로 이 인식에 들어오는 것이 아님을 우리는 충분히 안다. 왜냐하면 그 자체로서 들어온다면, 우리는 사물들을 똑같은 방식으로 받아들이기 때문이다. 포도주는 병자의 입에나 건강한 자의 입에나 그 맛이 같을 것이며, 손가락이 갈라졌거나 감각이 마비된 자가 나무나 쇠를 만질 때에도 다른 사람과 똑같이 딱딱하게 느낄 것이다. 그러니 종류가 다른 물체들도 우리 마음대로 된다. 그들은 우리가 느끼고 싶은 감각대로 느껴진다.

그런데 우리가 무슨 사물을 변질시키지 않고 받아들인다면, 인간의 파악이 우리 고유의 방법으로 진실을 잡아볼 만큼 충분히 확고한 능력이 있다면, 이 방법은 모든 사람들에게 공통되는 것이므로 이 진실은 이 사람 손에서 저 사람 손으로 전달될 것이다. 왜냐하면 진리는 반드시 하나밖에 없기 때문이다. 그리고 이 세상에는 보편적인 동의를 얻어서 사람들이 믿어줄 사물이 적으나마 하나는 있을 것이다.

그러나 어떠한 제언이라도 우리 사이에 이론이 있어 서로 논쟁이 일어나며 또 그렇게 될 수 없는 것이라고는 하나도 없다는 사실은 우리의 타고난 판단력이 그 대상을 아주 명확하게 파악하지 못한다는 것을 보여준다. 왜냐하면 내 판단력은 파악한 바를 내 친구의 판단력에 이해시킬 수 없기 때문이며, 이는 내가 나 자신이나 모든 사람들이 다같이 타고난 힘보다는 어떤 다른 방법으로 그것을 파악했다는 표징이다.

철학자들 사이에 보이는 무한히 혼란스러운 사상과 사물들의 인식에 관한 보편적인 끊임없는 논쟁은 치워두자. 무슨 일에 관해서 사람들은(여기서는 가장 재질을 타고났고 가장 능력있는 학자들을 말한다) 의견이 일치하지 않으며, 우리의 머리 위에 하늘이 있다는 사실에조차도 말이 맞지 않는다는 것은 아주 진실하게 짐작되는 일이다.

왜냐하면 모든 것을 의문에 붙이는 자들은 이것마저도 의문에 붙이며, 우리가 무엇이건 이해할 수 있는 것을 부인하는 자들은 하늘이 우리의 머리 위에 있다는 것도 우리가 이해하지 못했다고 말하기 때문이다. 그리고 이 두 가지 의견들은 수로 보아서 비교할 수 없이 가장 강력하다.

우리의 판단력이 우리 자신에게 일으키는 혼란 때문에 이렇게 무한히 잡다하게 일어나는 분열과, 우리 각자가 자신에게 느끼는 불확실성 외에도 이 판단력의 기초가 안정되지 못했음은 알기 쉬운 일이다. 우리는 사물들을 얼마나 여러 가지로 판단하는가? 얼마나 여러 번 우리는 생각을 바꾸는 것인가?

내가 오늘 파악하고 믿는 것은 모든 신념을 가지고 파악하며 믿는다. 나의 모든 연장들과 모든 재간은 이 의견을 움켜쥐고, 할 수 있는 한 모든 것에 관해서 내 의견에 책임을 진다. 어떠한 진리도 이것을 가지고 하는 것보다 더 강력하게 파악하거나 보존하지 못할 것이다. 나는 전적으로, 진실하게 그것을 믿는다.

그런데 이런 모든 도구를 가지고 이와 똑같은 조건에서 어떤 다른 사물을 파악했다가, 다음에 그것이 잘못이라고 판단한 일이 지금까지 한 번만이 아니라 백 번이고 천 번이고 날마다 일어났던 것이 아닌가? 적으나마 자기 자신이 쓰라린 고비를 겪어보고서 좀 철이 나야 할 일이다. 내가 종종 이 겉빛깔에 속았다면, 내 시금석이 대개 그릇 판단하는 것이고 내 저울대가 고르지 못하고 부정확하다면, 어떻게 다른 때보다도 이번에는 확신을 가질 수 있을 것인가? 한 안내자에게 이렇게도 여러 번 속는다는 것은 어리석은 일이 아닌가?

그렇지만 운명의 신이 우리의 자리를 바꿔놓으며, 마치 물통을 다루듯이 우리의 신념을 다루고, 다른 사상들을 가지고 끊임없이 채웠다 비웠다 하더라도 언제나 마지막의 사상이 확실하고 실수 없는 사상이 된다. 이 사상을 위해서 재산이나 명예나 생명이나 영혼의 구제, 그리고 모든 것을 저버려야만 한다.

   최후의 사물들이 항상 최선이며, 예전의 의견에서 우리를 물러나게 한다.

루크레티우스

사람들이 우리에게 무엇을 설교하건, 우리가 무엇을 배우건, 주는 자도 받는 자도 양편이 다 사람이라는 것을 항상 생각해야 한다. 죽어갈 인간의 손이 우리에게 그것을 내주는 것이며, 죽어갈 인간의 손이 그것을 받아들이는 것이다. 하늘이 우리에게 내려주는 사물들만이 설복시킬 권한과 권위를 가지고 있다. 그런 것만이 진리의 표적이다.

그러므로 이 진리는 우리 눈으로 보는 것이 아니고, 우리 방법으로 받는 것이 아니다. 이 거룩하고 위대한 영상은, 하나님이 그것을 받아들이게 하려고 준비해주고 초자연적이고 특수한 신의 은혜와 은총으로써 개조하고 강화해주지 않는다면, 이렇게도 허약한 사람의 몸집 속에 들어앉을 수도 없을 것이다. 적으나마 우리는 우리의 그릇된 조건에서 우리의 변화에 더 조심하고 절제해서 처신해야 할 것이다. 우리의 오성이 무엇을 받아들이든 간에, 우리는 종종 그릇된 일들을 받아들이며, 그것은 서로 틀리고 서로 속이는 이 연장을 가지고 받아들이는 것임을 생각해야 한다.

그런데 이런 연장들은 아주 가벼운 사정에도 기울어지고 비틀어지므로, 그것이 서로 모순된다는 것도 괴이한 일이 아니다. 우리의 이해력과 판단력과 우리 심령의 소질들은 분명 신체의 동작과 계속적으로 일어나는 변화에 따라서 영향을 받는다. 우리는 병들었을 때보다도 건강할 때에 정신이 더 맑고, 기억력이 더 신속하고, 사고력이 더 새로워지지 않는가? 즐겁고 유쾌할 때에 우리의 심령이 받아들이는 사물은 슬프거나 우울할 때와는 아주 다른 모습으로 나타나지 않는가? 카툴루스나 사포의 시는 인색하고 완고한 늙은이에게나 기운차고 정열에 찬 청년에게나 마찬가지로 달콤하게 감상된다고 생각하는가? 아낙산드리다스의 아들 클레오메네스가 병들었을 때에 그의 친구들이 그를 보고 여느 때와는 기분과 생각이 아주

달라졌다고 책망하니까 그는 말했다.

"나도 그런 줄 아네. 그러니까 나는 지금은 건강했을 때의 내가 아닐세. 사람이 달라졌으니까 생각이나 의견 역시 달라지는 것일세."

재판정에서 열린 소송 사건에는 이런 말이 통용된다. 재판관들의 기분이 좋아서 마음이 너그러워졌을 때 재판을 받게 된 범죄자를 보고 "이 행운을 누리라"라고 하는 것이다. 왜냐하면 재판은 어느 때는 더 거칠고 혹독하게 처벌되기도 하며, 어느 때는 더 순하고 안이하여 용서해주려는 경향으로 기우는 수가 있는 것은 확실하다. 집에서 통풍(痛風)의 고통이나 아내의 바가지나 하인의 도둑질을 겪고 온통 화가 치밀어 가지고 나온 재판관으로서는, 그의 판결이 이편으로 기울어질 것은 의심할 여지가 없다.

점잖은 아레오파고스의 원로들은 원고(原告)들의 얼굴을 보고 판결이 불공평하게 될까 봐 밤에 판결을 내렸다. 하늘이 청명하게 맑은 것에도 우리가 어떤 변화를 받는 것은 키케로가 소개하는 그리스 시에서도 말하고 있다.

유피테르가 보내는 풍요한 태양 광선과 함께
나날이 변하는 것이 인간의 정신이다.

호메로스

열병에 걸렸다든가 술에 취했다든가 큰 변고를 당해서만 우리의 판단력이 뒤집히는 것이 아니다. 이 세상의 하찮은 일들도 판단력

116

을 맴돌게 한다. 그리고 우리가 아직 그것을 느끼지 않는다고 해도, 열병이 계속되면 우리 심령이 뒤집히고, 학질을 앓으면 그 정도에 따라서 우리 심령에 어떤 변화를 일으키게 된다는 것을 의심해선 안 된다.

중풍으로 쓰러져서 우리 지성의 눈이 전적으로 약해지고 소멸된다면, 감기에 걸려서 정신이 어지러워지는 것도 의심할 여지가 없으며, 따라서 한평생에 단 한 시간이라도 우리 판단력이 정당한 제자리에 있을 겨를을 얻기가 어려운 사정이다. 우리 신체는 계속적으로 변화하고, 또 너무나 여러 장치로 꾸며져 있기 때문에(의사들의 말을 믿는다면) 언제나 한구석은 고장이 나는 것을 막지 못하는 형편이다.

그런데 이 질병은 극도로 심해져서 고칠 수 없는 정도에 이르지 않으면 쉽게 발견되지 않는데, 우리 신체가 언제나 비뚤어지고 절름발이고 뼈가 어긋나고 해도 이성이 진리와 거짓을 함께 가지고 늘 그대로 해내고 있기 때문이다. 그래서 이성의 오산과 혼란은 발견되기가 쉽지 않다. 나는 언제나 각자가 자기 혼자서 꾸며보는 사색 판단의 겉모습을 이성이라고 부른다. 이 이성은 한 제재를 가지고 1백 가지 조건을 만들어낼 수 있는 처지에 있으니, 그것은 납이나 양초로 된 도구와 같아서 모든 왜곡과 모든 척도에 맞출 수 있게 늘이고 굽히고 하는 것이다. 남은 일은 이 연장을 다룰 수 있는 능력만 있으면 된다.

재판관이 아무리 좋은 의도를 가졌다고 해도 자기 자신의 의향을 잘 살펴보지 않으면(그런 마음씨를 즐겨 갖는 자는 드물지만), 우정, 인척 관계, 미모, 복수심 같은 것에 따르는 편벽한 마음이라든가, 그렇게 중대한 일 말고라도 이 일보다 다른 일에 끌리게 하거나, 이성으로 판단하지 않고 두 가지 같은 일 중에서 한 가지를 택하게 하는 우발적인 충동이라든가, 또는 이런 따위의 헛된 마음의 그림자 때문에 부지불식간에 한 소송 사건을 유리하게 또는 불리하게 취급할 생각이 들어 저울대를 기울어지게 할 수도 있다.

나는 그밖에 별로 할 일거리가 없는 자와 같이 끊임없이 눈을 내게로 돌리며, 더 가까이서 나를 엿보고 있으니,

> 썰렁한 북두성(北斗星) 아래 어느 왕이 세상을 진동시키건
> 무엇 때문에 티리다테스 왕이 공포에 억눌리건
> 내 알 바 아니다.
>
> 호라티우스

나는 나 자신에게 무슨 허영심이나 약점이 있다고 감히 말하지는 못한다. 내가 디딘 발은 너무나 자리가 잡히지 않아서 대단히 불안정하고, 걸핏하면 흔들거리며 바로 쓰러질 것만 같고, 내 시야는 너무나 혼란해서 배고플 때에는 배부를 때와는 아주 다른 사람으로 느껴진다.

몸이 건강하고 날씨가 청명해서 기분이 좋으면 나는 점잖은 사람이 되고, 발가락에 티눈이 생기면 기분 나쁘고 불쾌하며 사귀지 못

할 사람이 된다. 같은 말의 걸음걸이라도 어느 때는 거칠고 어느 때
는 편하게 느껴진다. 그리고 똑같은 길이라도 어느 때는 가깝고 어
느 때는 멀게 느껴지며, 똑같은 형체라도 지난번엔 좋아 보이던 것
이 이번에는 덜 좋아 보인다. 어제는 모든 일을 도맡아 하려다가 지
금은 아무것도 할 생각이 안 난다. 이 시간에는 유쾌하던 일이 어느
때는 괴로워질 것이다. 내 마음속에는 무비판적인 동요가 수없이
우발적으로 생겨나며, 때로는 우울한 기분에 사로잡히고 때로는 공
연히 화를 내기도 한다. 이 시간에는 슬픔이 특수한 권위로 나를 지
배하고 저 시간에는 쾌활성이 나를 지배한다.

책을 들여다보면 어느 문장에 탁월한 우아미를 발견하여 내 마음
이 깊은 감명을 받는데, 다른 때 같은 곳을 다시 읽어보면 아무리 들
춰보고 접어보고 만져보고 하여도 내게는 이해 안 되는 무의미한
뭉치에 지나지 않는다.

내가 쓴 글에서도 내가 처음 품었던 생각의 모습은 남아 있지 않
고, 내가 무엇을 말하고 싶었는지 모르겠으며, 더 나은 첫 번 생각은
놓치고서 거기 새로운 뜻을 넣어주려고 애를 쓰며 고쳐보기 일쑤
다. 내 정신은 오락가락하기만 한다. 내 판단력은 늘 더 나아지는 것
이 아니고 허공에 떠돌기만 한다.

마치 광막한 대해에서 광풍에 휩쓸린 일엽편주(一葉片舟)와도
같다.

이성의 판단력은 풍습과 법률의 힘에 좌우된다

철학자들 사이에 인간의 최상의 선(善)은 무엇인가 하는 문제로 논쟁하는 것보다 맹렬한 싸움거리는 없다. 바로의 계산에 따르면 여기서 2백 80학파가 갈려 나온 것이다.

그런데 사람들이 지상의 선에 관하여 의견이 일치되지 않자, 모든 철학에서 의견이 달라지는 것이다.

키케로

마치 함께 식사를 하려고 모인 세 사람의 의견이 달라서, 서로 다른 음식을 요구하는 꼴을 보는 것 같다.

무엇을 주고 무엇을 주지 말까? 다른 사람에게 좋은 것은 그대가 싫고, 그대에게 좋은 것은 다른 두 사람이 싫다고 거부한다.

호라티우스

그러니 대자연은 그들의 반대와 논박에 답해주어야만 할 것이다. 어떤 자들은 우리의 선이 도덕에 있다고 말하고, 어떤 자들은 쾌락에 대한 욕망에 있다고 하고, 또 어떤 자들은 본성에 동의함에 있다고 한다. 어떤 자들은 고통을 받지 않음에 있다고 하고, 어떤 자들은 외관(外觀)에 이끌리지 않음에 있다고 한다. 그리고 이 사상은 옛날 피타고라스의 다른 사상에서 유래한 것 같다.

누마키우스여, 아무것에도 경탄하지 않음이, 아마도
단 하나의 행복을 만들어 보존하는 방법이다.

호라티우스

그것은 퓌론학파의 목표이기도 하다. 아리스토텔레스는 아무것
에도 감탄하지 않는 것은 큰 도량에 속한다고 했다. 그리고 아르케
실라오스는 말하기를, 흔들리거나 한쪽으로 치우치지 않고 곧게 판
단을 갖는 것이 선이고, 부화뇌동(附和雷同)은 악덕이며 불행이라
고 했다. 사실 그가 이것을 확실한 원리로 세운 것은 퓌론주의의 영
향이다. 퓌론학파들은 지상선(至上善)을 판단력의 부동성(浮動性)
인 심령의 안정이라고 말했는데, 그들은 이것을 긍정적으로 이해하
는 것이 아니다. 그들로 하여금 낭떠러지를 피하고 밤이슬을 맞지
않게끔 몸을 덮는 바로 그 심령의 움직임이 그들에게 이런 생각을
갖고 다른 생각을 거부하게 한다.

그런데 우리 풍습의 규칙을 우리 자신에게서 끌어내는 것이라면,
우리는 얼마나 심한 혼란에 빠질 것인가! 우리의 이성이 우리에게
가장 진실다운 것이라고 여겨 충고하는 바는 소크라테스가 여러 신
들이 한 충고에서 영감을 받았다고 말하는 사상과 같이 대개는 각
기 자기 나라의 법을 따르라는 것이다.

그런데 이것은 우리의 의무가 우연히 되었다는 것 말고 무엇을
의미하는가? 진리는 똑같이 보편적인 얼굴을 하나 가져야 한다. 정
직과 정의는 인간이 그 실체와 진실한 본질을 안다면, 이 진리를 이

나라나 저 나라의 풍속 조건에 결부시키지는 않을 것이다. 페르시 아나 인도 사람들의 생각을 따라서 도덕이 형태를 가질 수는 없는 일이다.

법률이라는 것만큼 끊임없이 동요되는 것도 없다. 태어난 이래로 나는 우리 이웃 나라인 영국 사람들이 우리가 항구성을 주고 싶지 않은 정치 문제에 관해서뿐 아니라 세상에 있을 수 있는 가장 중요 한 문제인 종교에 관해서도 법률을 서너 너덧 번 뜯어고치는 것을 보았다. 그 때문에 나는 수치와 울분을 느꼈다. 왜냐하면 이 나라와 내 지방 사람들이 옛날에 대단히 친밀한 관계를 맺고 있었고 우리 집에도 아직도 옛날 인척 관계의 흔적이 남아 있기 때문이다.

그리고 여기 우리 지방에서 전에는 마땅히 사형을 받아야 했던 일이 다음에는 합법적으로 되는 것을 보았고, 그리고 다른 일들도 당해본 우리는 마찬가지로 불확실한 전쟁의 운수에 따라서 우리의 정의가 불의로 취급되어 인간의 일과 하나님께 대한 대역죄로 몰려 투옥되며, 그리고 몇 해 안 가서 사정이 본질적으로 뒤집히는 경우 도 보았다.

플라톤의 저서에 나오는 트라시마코스는 법(권리)이라는 것은 상관들의 편이를 위한 것 외에 아무것도 아니라고 간주한다. 습관 과 법률보다 이 세상에 더 잡다하게 있는 것은 없다. 한 곳에서는 모 두들 매우 꺼리는 일이 다른 곳에서는 장려된다. 라케데모니아에서 는 재간 있는 도둑질이 장려되었던 것이 이러한 예다. 근친 결혼은 우리에게서는 사형을 당할 범죄라고 금지되어 있는데, 다른 곳에서는 명예로운 일로 간주된다.

> 어느 나라에서는 어머니가 아들과, 아버지가 딸과 결혼한다는데
> 거기서는 촌수가 가까울수록 사랑이 더 짙어진다고 본다.
>
> 오비디우스

　자기 아버지를 먹는 것보다 더 끔찍한 일은 상상할 수 없다. 그러나 옛날에 이런 습관을 가졌던 국민들은 이 풍습을 효도와 애정의 증거로 삼고, 그들 부친의 신체와 유해를 자기들의 골수에 넣어두려는 듯 자기 몸속에 받아들여 그것을 소화시켜 양분으로 섭취함으로써 자기들의 살이 되게 했는데, 어느 의미에선 죽은 신체를 다시 살리는 것이라고 하여 이 방법을 그들의 부모에게 해드리는 가장 마땅하고 영광스런 장례라고 생각했다. 이런 미신에 잠겨 있는 사람들이 본다면, 부모의 유해를 땅속에 던져서 부패시키며 짐승과 벌레들의 밥이 되게 둔다는 것이 얼마나 잔인하고 가증스런 행위로 보였을까는 쉽사리 상상된다.

　폭군 디오니시오스는 플라톤에게 수놓고 향수를 뿌린 기다란 페르시아식 의복을 한 벌 제공했다. 플라톤은 거절하며 말하기를, 자기는 남자로 태어났으니 여자의 옷은 입고 싶지 않다고 했다. 그러나 아리스티포스는 선물을 받으며, "어떠한 의상으로도 깨끗한 도덕심은 부패시키지 못한다"고 대답했다. 친구들이 그를 보고 디오니시오스가 얼굴에 침을 뱉어도 대수롭게 여기지 않을 것이라고 그

의 비굴함을 책하니까, 그는 말했다.

"어부들은 망둥이 한 마리를 잡으려고 머리에서 발끝까지 바닷물에 잠기는 수고를 참아낸다."

디오게네스는 양배추를 씻다가 그가 지나가는 것을 보고, "그대가 양배추로 살아갈 줄 안다면 폭군 같은 것에 일참(日參)하지 않아도 좋지"하니까, 아리스티포스는 "그대가 사람들하고 살아갈 줄 안다면, 양배추를 씻지 않아도 좋지"라고 대꾸했다. 이런 식으로 이성은 한 사실을 가지고 여러 가지로 해석을 내린다. 그것은 손잡이가 둘 달린 항아리다. 외로 잡아도 좋고 바로 잡아도 좋다.

누군가 솔론을 보고 그 아들의 죽음에 쓸데없이 무력한 눈물을 흘리지 말라고 설교하니까 그는 이렇게 대꾸했다.

"눈물은 쓸데없고 무력하니까 바로 그 때문에 흘려버리는 것이오".

소크라테스의 아내는 남편이 죽게 되자 비탄에 잠겨 통곡하며 소리쳤다.

"오오, 괴악한 재판관놈들! 부당하게 그이를 죽이다니!"

그러자 소크라테스는 말했다.

"그럼 그대는 그들이 한 짓이 정당했더라면 좋았겠소?"

나는 어느 재판관의 이야기를 들었다. 그는 바르톨루스와 발두스 사이에 일어난 맹렬한 싸움에서 그 사건에 여러 모순된 문제가 복잡하게 엇갈린 것을 보고, 그의 조서 여백에 "친구에게 유리한 문제로다"라고 적어넣었다. 다시 말하면 사실이 너무나 뒤섞여서 이론(異論)이 많기 때문에, 이런 사건에서는 자기에게 좋게 보이는 쪽 편을 들어줄 수 있다는 말이다. 그가 어느 사건에서나 "친구에게 유리한 문제"라는 말을 적용하지 못한다면, 그의 재치와 능력이 부족한 탓이다.

우리 시대의 재판관이나 변호사들은 모든 소송 사건을 자기 좋을 대로 처리할 다른 구멍을 찾아낸다. 지식의 분야에서는 그렇게도 많은 견해와 독단적인 판단의 권위가 매어 있어서, 해석을 해야 하는 경우 그 판단에는 극도의 혼란이 일어나지 않을 수 없다. 그래서 한 소송 사건에 사리가 아무리 명백하다 하여도, 여러 의견이 나오지 않는 경우란 결코 없다. 한 패가 이렇게 판결하면 다른 패는 반대로 판결한다. 어쩌다가 다시 한번 판결하면 그 반대로 나온다. 그 때문에 우리 재판정에서는 사건의 처리가 방자하여 우리 정의(재판)의 광휘 있는 삼엄한 권위를 놀랍게 오손하며, 사람들은 상례적으로 한 소송 사건을 가지고 한 판결에 멈추지 않고 이 재판관 저 재판관을 쫓아다니는 것이다.

악덕과 도덕에 관한 철학 사상의 자유에 관해서는 논의를 전개해 볼 필요도 없으며, 사고력이 부족한 사람들에게는 공표하기보다 침묵해두는 편이 더 나은 경우가 얼마든지 있다.

아르케실라오스는 여색(女色)은 어느 방면에서건, 어느 장소에서건 상관없는 문제라고 했다.

여색에 대한 탐욕은 본성이 요구하는 경우에는 혈통이나 문벌이나 지위는 고려할 것이 못 되고, 연령과 용모의 우아함만을 고려할 일이라고 에피쿠로스는 생각한다.

키케로

거룩하게 조절된 사랑은 현자에게도 금지된 것이 아니라고 스토아학파들은 생각한다.

키케로

어느 연령까지 젊은이들을 사랑해서 좋을지 고찰해보자.

세네카

이 마지막 스토아학파의 한 책망은 가장 건전한 철학이 보통의 풍습에서 벗어난 과도하게 방자한 행위도 상당히 용인하고 있음을 보여준다.

감각 기능의 불확실성에 대하여
감각들은 언제나 사고력을 지배하며 사고력이 그릇된 것이라고 판단하는 인상을 그대로 받아들이도록 강제하는 일이 줄곧 일어난다. 촉각은 그 작용이 더 가깝고 더 생생하고 실질적이므로 촉각이 신체에 가져오는 고통의 효과는 스토아적인 훌륭한 결심도 모두 얼마든지 둘러엎는다. 복통이나 다른 병이나 고통 같은 것은 현자가 그의 덕성으로 세워놓은 최상의 행복과 복지를 깎아내릴 아무런 힘도 없으며 아무것도 아닌 일이라고 하는 결심을 가지고 이 학설을 자기 심령에 세워놓은 자까지도 배가 아플 때는 배를 움켜쥐고 고함지르지 않고는 못 견디게 하는 것이니, 이 촉각의 문제는 제쳐둔다.

북소리나 나팔 소리에 가슴이 두근거리며 분기하지 않을 만큼 마음이 약한 사람은 없고, 부드러운 음악 소리에 기분이 나며 부드러워지지 않을 정도로 마음이 냉혹한 사람은 없다. 또한 우리 교회당의 컴컴하고 널따란 방에 들어가서 여러 가지 장식과 종교 의식의 숭엄한 절차를 보고, 오르간의 경건한 소리와 우리 목소리의 부드럽고도 신앙심 깊고 아주 침착한 화음을 들으며 어떤 신앙적인 외경심에 감동을 느끼지 않을 정도로 마음이 비뚤어진 자는 없다. 경멸의 마음을 품는 자들도 거기 들어가면 마음속에 어떤 전율과 공포를 느끼며, 자기들 사상에 대해서 불신을 품게 된다.

나로 말하면 호라티우스나 카툴루스의 시를 예쁘고 젊은 여인의 입이 능숙한 목소리로 노래하는 것을 침착하게 듣고만 있을 정도로 내 마음이 강하다고는 생각하지 않는다. 제논이 목소리는 미인을 장식하는 꽃이라고 말한 것은 옳다. 프랑스 사람이면 누구나 다 아는 한 인물이 자신이 쓴 시를 읽어주며 깊은 감명을 주었는데, 종이에 쓴 시는 읊어본 것과는 다르며 눈으로 본 것은 귀로 들은 것과는 다른 판단을 내리게 한다는 사실을 내게 이해시키려고 했다. 그런 정도로 발음은 작품들에 값어치와 풍류를 주어, 마음대로 좋게 보여줄 수도 있다. 그래서 필록세노스는 누가 자기 작품을 나쁜 곡조로 노래하는 것을 듣고, 그자의 소유인 기왓장을 발로 짓밟아 부수며 "네가 내 것을 망치고 있으니, 나도 네 것을 부순다"고 말했다.

확고한 신념을 가지고 죽음을 택한 자들이 자청해서 매를 얻어맞으면서 무엇 때문에 눈으로 보지 않으려고 얼굴을 돌리는 것일까? 그리고 자기의 건강을 위해서 상처를 찢고 불로 지져달라고 부탁하며 그렇게 시키는 자들이 외과의가 기구를 꺼내어 준비하고 수술하는 것을 눈으로 본다고 해서 더 아파지는 것도 아닐 터인데, 어째서 보지 못하고 얼굴을 가리는 것일까? 그것은 감각이 사고력에 대해서 가진 권위를 증명하기에 적당한 예가 아닌가? 우리가 쓰는 머리다발은 사동(使童)이나 하인에게서 빌려온 것이며, 붉은 연지는 스페인에서 왔고, 백분(白粉)과 마찰분(摩擦粉)은 대양주의 바다에서 온 것임을 아무리 잘 알아도, 치장한 것을 눈으로 보면 모든 이치에 당치 않게 그것을 쓴 인물이 더 예쁘고 귀엽게 보이는 것이다. 실로 거기에는 자기 것이란 아무것도 없다.

우리는 장식에 유혹받는다. 황금과 보석은 결함을 감춘다.
소녀 자신은 우리에게 기쁨을 주는 것의 최소 부분에 불과하며, 흔히 우리는 많은 장식품 속에서 사랑의 본체를 찾기 힘들다.
이러한 풍부한 방비 밑에 사랑은 우리 눈을 속인다.

오비디우스

나르시스가 자기 그림자를 사랑하여 정신을 잃게 한 시인들은 얼마나 감각의 힘을 중시하는 것인가!

> 그는 사람이 자기를 보고 탄복하는 모든 것에 자기가 탄복한다.
> 철부지처럼 자신에게 정욕을 느끼고 사람이 찬미하는 자신을 자기가 찬미하며 자기가 불지른 정열에 자기가 불타오른다.
>
> 오비디우스

철학자 한 사람을 비쳐 보이는 가는 쇠그물의 장 속에 가두어서 파리의 노트르담 탑 위에 매달아보라. 그는 명백한 이치로 자신이 떨어지기는 불가능하다는 것을 알 것이다. 그러나 (그가 기와장이의 직업에 익숙하지 않다면) 그는 이 엄청난 높이에서 내려다보다가 기가 죽어서 기절하지 않을 수 없을 것이다.

우리가 종루(鐘樓) 꼭대기의 복도에 서서 밖을 내다보면, 그것이 돌로 되어 있다 해도 안심하기가 힘든 것과 같다. 그렇게 마음먹어볼 생각조차 못 하는 사람도 있다. 두 탑 위에 사람이 걸어다녀도 넉넉할 만한 굵직한 대들보를 걸쳐보라. 아무리 철학적 예지로 마음이 굳세다 해도 그 대들보가 땅에 놓인 것같이 그 위로 걸어다닐 용기를 가진 사람은 없다.

나는 자주 피레네 이편의 높은 산에서 시도해보았는데(이런 일에는 그리 놀라지 않는 축에 들지만) 무한히 깊은 골짜기를 내려다보면 정강이와 엉덩이가 떨리며 두려움을 참지 못하게 된다. 또한 아무리 높은 곳에 있어도 낭떠러지 앞에 나무나 바윗덩이가 있어서 시야를 좀 막고 앞을 가려주면 마치 떨어지다가 여기서 얼마간의 도움을 받을 것같이 무서움이 덜해지며 좀 안심이 되지만, 앞이 반반하게 싹 끊어진 절벽에서는 앞을 내다보기만 해도 머리가 빙빙 도는 것을 주목했다.

그래서 사람들은 현기증 없이는 아래를 내려다볼 수 없다.
티투스 리비우스

이것은 시각의 명백한 속임수다. 저 훌륭한 철학자(데모크리토스)는 그 때문에 심령이 받는 타락적인 인상을 덜고 더 자유로이 철학하려고 두 눈을 뽑아버렸다.

그러나 그렇게 하려면 테오프라스토스가 말하듯이, 귀는 맹렬한 인상들을 받아들여서 우리 마음을 혼란시키고 변하게 하는 가장 위험한 기관이라고 하니 틀어막아야 하며, 결국은 모든 다른 감각들, 다시 말하면 자기 존재와 생명까지도 없애버려야 할 일이다. 이 감각들은 모두가 우리의 사고력과 심령을 지배하는 힘을 가지고 있기 때문이다.

흔히 어느 광경, 음성, 가창, 고통과 공포심이 정신에 격심한 인상을 주는 일이 있다.
키케로

어떤 자들은 어떤 음성이나 악기의 소리만 들어도 마음이 미칠 지경으로 동요되는 체질을 가졌다고 의사들은 생각한다. 나는 다른 사람이 식탁에서 뼈를 깨무는 소리를 듣고 참지 못하는 사람을 보았다. 그리고 줄로 쇠를 자를 때의 찌르는 듯하게 날카로운 소리를 듣고 불쾌해지지 않는 사람은 없다. 마찬가지로 우리 옆에서 누군가 무엇을 씹는 소리를 내거나, 누가 목이나 코 막힌 소리로 말하는 것을 듣고 불쾌해서 화를 내며 증오심을 품는 사람들도 많이 있다. 그라쿠스의 의식(儀式) 피리장이는 그의 주인이 로마에서 연설을 할 때에 피리 소리로 주인의 목소리를 부드럽게도 강하게도 둥글게도 해주었는데, 그 소리가 작용하는 소질이 청중의 판단력을 감동시키고 영향을 주는 어떤 힘을 가지지 않았던들 무슨 소용이 되었겠는가? 진실로 이렇게도 가벼운 바람결이 아무렇게나 흔들리며 내는 소리에 조종되어 영향을 받다니, 그 훌륭한 이성의 확고한 힘이란 그렇게 떠들어댈 만한 것이 못 되지 않는가!

감각들이 우리의 오성에 가져오는 속임수에는 감각들 자체도 걸려버리는 것이다. 우리의 심령도 감각에 똑같이 보복하며 감각들도 지지 않고 속이고 속고 한다. 우리가 화가 치밀었을 때에 보고 듣고 하는 것은 있는 사실대로 듣는 것이 아니다.

테베시(市)가 둘로 보이며 태양이 둘로 보인다.

베르길리우스

우리가 사랑하는 대상은 실제보다도 더 예쁘게 보인다.

그래서 우리는 추악하고 못난 여자들이 가진 태를 빼며,

지극한 숭배를 받고 날뛰며 좋아하는 것을 본다.

루크레티우스

그리고 우리 마음에 들지 않는 것은 실제보다 더 못나게 보인다. 번뇌와 고통에 잠겨 있는 사람에게는 환한 빛도 컴컴하고 음침하게 보인다. 우리의 감각은 심령의 정열에 따라서 변질될 뿐만 아니라, 때로는 전적으로 마비되는 수가 있다. 정신이 다른 데 팔려 있을 때에는 많은 사물들을 눈앞에 보면서도 보지 못하는 일이 얼마나 많은가!

사물들은 가장 눈에 뜨이는 것까지도

거기 정신을 쓰지 않으면, 언제나 그 자리에 없었던 듯,

요원한 기억 속에 사라진다.

루크레티우스

심령은 속으로 기어들어가서 감각의 힘을 희롱하는 것같이 보인다. 그래서 사람의 안과 밖은 약점과 거짓으로 가득 차 있다.

진실한 존재에 대하여

우리는 종교에 관한 논쟁에서는 이 파나 저 파에 속하지 않고 편

파적 정실(情實)에 매어 있지 않은 심판자가 필요하다고 말하지만 (이것은 기독교인들 사이에서는 불가능한 일이다), 그런 심판자가 있다 해도 마찬가지다.

왜냐하면 그가 늙은이라면 그 자신이 늙은이 당파에 속하니까 늙은이 심정을 판단할 수 없으며, 그가 젊어도 마찬가지고, 건강해도 마찬가지고, 병들었거나 자거나 깨어 있어도 마찬가지기 때문이다. 판단에 선입견을 품지 않고 공평무사하게 이런 제언을 판단하려면 이런 모든 소질들을 갖지 않은 자라야만 할 것이다. 그래서 이러한 점으로 보아 우리에게는 존재하지 않는 심판자가 필요하게 될 것이다.

우리가 객체에게서 받아들이는 외관을 판단하려면 판단 도구가 필요하며, 이 도구의 정확성을 밝히려면 증명이 필요하며, 이 증명을 밝히려면 어떤 도구가 필요하므로 우리는 순환 논법에 빠진다. 감각들은 그 자체가 불확실성으로 충만하므로, 우리의 논쟁에 결단을 내릴 수 없는 이상, 이 일은 이성이 해야만 한다. 어느 이성도 다른 이성 없이는 서지 않을 것이다. 이래서 우리는 무한정 뒤로 물러가야만 한다. 우리의 개념은 우리와 관련 없는 사물들에게 적용되지 않는다. 그러니 개념은 감각을 중개로 품게 된다.

감각들은 그들과 상관없는 객체를 이해하지 못하고 다만 그들 자체가 받은 인상을 담아둘 뿐이다. 그러므로 개념과 외관은 객체에서 오는 것이 아니고, 다만 감각이 피동으로 받아들인 인상에서 오며, 받아들인 인상과 객체는 각기 다른 사물이다. 그러므로 외관을 가지고 판단한다는 것은 객체와는 다른 사물을 가지고 판단하는 것이다. 그런데 감각들이 받아들인 인상이 외부의 사물을 그 닮은 모습으로 심령에게 전달해준다고 하면, 심령이 그것 말고는 객체와 아무런 교섭을 갖지 못하면서 어떻게 심령과 오성은 닮은 모습을 가지고 확실한 것을 알아볼 수 있는가? 마치 소크라테스를 모르는 자가 그의 초상화를 보고 그와 닮았다고 말할 수 없는 것과 같다. 그런데도 외관을 가지고 판단하려고 하는 자는 모든 외관을 다 활용해도 성공할 수 없다. 왜냐하면 외관은, 우리가 경험으로 알다시피, 그들의 모순과 부조화로 서로 방해를 하기 때문이다. 그러면 그중에서 골라낸 외관이 다른 외관들을 조정하는 것일까? 그러자면 이 골라낸 외관은 다른 골라낸 외관으로 밝혀보아야 할 것이며, 이 둘째 것은 셋째 것으로 밝혀가야 한다. 그래서 이 과정은 결코 끝이 나지 않을 것이다.

결국 우리의 존재나 물체들의 존재나 항구적으로 존재하는 것은 없다. 그리고 우리나 우리의 판단이나 모든 사멸할 운명의 사물들은 끊임없이 구르며 흘러간다. 이래서 판단하는 자와 판단의 대상이 되는 자는 피차간에 확실한 아무것도 세울 수 없으며, 계속적으로 동요하며 변화하는 것이다.

우리는 존재와 아무런 연락을 갖지 못한다. 왜냐하면 인간성 전체는 항상 출생과 죽음의 중간에 있으며, 그 자체에 관해서는 희미한 외관과 그림자와 불확실하고도 허약한 의견밖에 얻어내지 못하기 때문이다. 그리고 어쩌다가 그대가 자기 존재를 파악해보고 싶다는 생각을 한다면, 그것은 물을 잡아보려고 하는 것보다 더하지도 덜하지도 않을 것이다.

왜냐하면 본성이 사방으로 흘러버리게 된 것을 아무리 힘주어 움켜잡으려 해보아도 잡으려던 것을 잃고 말 것이다. 이렇게 모든 사물들은 한 변화에서 다른 변화로 넘어가므로, 거기서 진실한 실체를 찾는 이성은 아무것도 항구적으로 지속하는 것이 없음을 이해할 수 없어서 실망한다. 왜냐하면 모든 것은 존재로 들어와도 아직 전혀 존재하지 않거나, 또는 출생하기도 전에 죽어가기 때문이다.

우리는 이미 죽음의 종류들을 거쳐왔고, 하고많은 다른 종류의 죽음들을 겪어가고 있으니, 우리 따위가 죽음 같은 것을 두려워함은 어리석은 노릇이다. 헤라클레이토스가 말한 바와 같이, 불이 죽으면 공기가 되고 공기가 죽으면 물이 되는데, 그보다도 우리는 그것을 우리 자신에게서 더 명백하게 볼 수 있기 때문이다.

노년이 닥쳐오면 꽃다운 세월은 사라져 지나가고, 청년기는 만개한 장년기에 끝맺고, 소년기는 청년기에 끝맺으며, 유년기는 소년기에 끝맺는다. 그리고 어제는 오늘이면 사라지고, 오늘은 내일이면 사라질 것이다. 아무것도 그대로 머무르지 않으며 언제나 하나로 있는 것은 없다. 우리가 항상 똑같은 하나로 머무른다면, 어떻게 우리가 지금은 이 일을 즐기고 다음엔 다른 일을 즐기고 할 수 있을 것인가? 어떻게 우리는 반대되는 일들을 사랑하거나 미워하고, 또는 칭찬하거나 책망할 수 있을 것인가? 어떻게 우리는 동일한 애정을 갖지 못하며, 벌써 한 가지 생각에 한 가지 심정을 유지하지 못하는 것인가?

　우리가 변하지 않고는 다른 정열(심정)을 품는다는 것은 생각할 수 없는 일이기 때문이다. 그리고 변화를 겪는 것은 한 가지로 머무르지 못한다. 그것이 한 가지로 존재하지 않는다면, 결국 존재하지 않는 것이다. 그러나 온전히 하나인 존재와 함께 단순한 존재는 변화하며, 항상 다른 것에서 다른 것으로 되어간다. 따라서 본성의 감각들은 속고 속이며 존재하는 것이 무엇인가를 알지 못하기 때문에 겉으로 나타나는 것을 존재하는 것으로 잘못 아는 것이다.

　그러면 진실로 존재하는 것은 무엇인가? 그것은 영원한 것, 다시 말하면 결코 출생한 일이 없고 결코 종말도 없을 것이며, 결코 세월이 아무런 변화도 가져오는 일이 없는 것이다. 시간(세월)은 움직이는 사물이며, 항상 그림자와 같이 나타나고, 그 재료는 항상 흐르며 유동하고 결코 영속적으로 안정되어 머무르지 않는 사물이다. 그것에는 "앞"과 "뒤", "있었다"와 "있을 것이다"라는 말이 붙어 다니는데, 단번에 보아서 존재하는 사물이 아님을 명백하게 알 수 있다.

　왜냐하면 아직 존재로 있지 않거나, 또는 이미 존재로 있기를 그친 것을 존재한다고 말하는 것은 너무나 명백한 거짓이며 너무나 어리석은 수작이기 때문이다. 그리고 "현재", "순간", "지금" 같은 말은 우리가 주로 시간에 관한 이해를 세우며 유지하는 데 사용하는데, 이성은 그것을 밝히며 단번에 부숴버린다. 이성은 마치 필연적으로 둘로 갈라놓고 보기를 원하는 것같이 즉시 그것을 갈라서 과거와 현재로 나누어놓는다. 자연을 재는 시간에서와 같이 재어지는 자연에게도 마찬가지로 되어간다. 왜냐하면 자연에도 머무르거나 지속되는 것은 아무것도 없으며, 반대로 모든 사물들은 거기서 출생했거나 출생하거나 죽어가기 때문이다. 그러므로 단 하나의 존재자인 하나님을 가지고 "그는 있었다"라든가 "그는 있을 것이다"라고 말하는 것은 죄가 될 것이다.

왜냐하면 이런 어법은 존재로 머물러 있지도 지속하지도 못하는 것의 변화와 경과와 변천을 말하는 것이기 때문이다. 따라서 하나님만이 오로지 존재하며, 그것은 어느 시간적 척도에 따르는 것이 아니고, 부동불변의 영원성으로 존재하며, 시간으로 측량되지 않고, 어느 쇠퇴도 당할 수 없는 한 영원성에 따라서 존재하는 것이고, 그 이전에는 아무것도 존재하지 않으며, 뒤에도 존재하지 않을 것이고, 더 새롭다든가 더 최근의 일이라는 것도 없고, 진실로 존재하는 것이며, 그것은 바로 유일한 "지금"을 가지고 "영속"을 채우며, "그는 있었다"라거나 "그는 있을 것이다"라고 말할 수 없으며, 시작도 없고 끝도 없으며, 하나님 하나밖에는 진실로 존재하는 것이란 아무것도 없다고 결론지어야 할 것이다 (아미오가 번역한 플루타르코스의 도덕론에서 인용).

한 이교적인 인간의 이렇게도 신앙심에 찬 결론에, 나는 재료를 찾으면 한이 없이 나오는 지루하게 긴 문장의 끝맺음으로, 같은 조건에 있던 증인의 말 한마디를 첨가하련다.

"인간이 인간성을 초월하지 못한다면, 인간은 그 얼마나 비루하고 더러운 사물인가!"

그의 모든 스토아주의에서 이보다 더 진실한 말은 없다. 인간이 인간성을 초월하지 못한다면! 이건 참 좋은 말이고 유익한 욕망이다. 그러나 마찬가지로 부조리하다. 왜냐하면 손바닥보다 더 큰 것을 쥐려 하고, 팔에 넘치는 것을 안으려 하고, 우리 다리의 길이보다 더 크게 발을 떼어놓자고 하는 것은 불가능하고도 부자연스런 일이기 때문이다. 그리고 인간이 자기 자신과 인간성을 초월한다는 것도 말이 되지 않는다. 왜냐하면 그는 그의 눈으로밖에 보지 못하고, 그의 파악으로밖에 파악하지 못하기 때문이다.

하나님이 그에게 비상한 은총으로 손을 빌려준다면, 그는 올라갈 것이다. 그는 자기 자신의 방법을 포기하고 단념하며, 순수하게 하늘에서 내린 방법으로 자기를 추켜올려 떠오르며 초월할 것이다. 이 거룩하고도 기적적인 변화는 스토아적인 도덕에 따라서가 아니라, 기독교 신앙으로 이루어질 것이다.

— 제2권 12장 〈레이몽 스봉의 변해〉 중에서

독서에 대하여

나는 내가 이 직업의 대가들이 취급하는 많은 사물들을 가지고 말하는 일이 종종 있다는 것을 의심하지 않는다. 여기에 써나가는 글은 내가 순전히 타고난 소질을 가지고 하는 시도며, 결코 남에게 배워서 하는 것이 아니다. 그리고 이것을 읽고 내가 무식하다고 탓하게 될 사람도 내게 불리한 일은 하지 못할 것이다.

왜냐하면 나는 내 말에 관해서 책임을 지지 못하는 바에야 남에게도 책임을 지지 않을 것이기 때문이다. 그렇다고 내가 거기에 만족하는 것도 아니다. 학문을 탐구하는 자는 지식이 많은 사람들의 글을 읽어볼 일이다. 그렇다고 내가 하고 싶은 말을 하지 않을 것도 아니다. 여기서 나는 내가 생각하는 대로 말한다. 그것으로 내가 사물들을 알려주려는 것이 아니고 나 자신을 내놓는 것이다. 이런 것이 모두 헛된 생각임은 어쩌다가 어느 날 나에게 알려질 것이며, 그리고 지금은 그것이 어디서였는지 생각이 나지 않지만 그전에 우연히 내가 본 일에서 알았을 수도 있다.

그리고 나는 글을 좀 읽었다고 하는 편이지만 기억력은 아주 약한 사람이다.

그래서 지금 당장 내 지식이 어느 정도에 도달할 것인가를 알려주는 것밖에 아무런 확실성도 보장하지 않는다. 그러니 내가 내놓는 재료를 보지 말고 내가 내놓는 방식에 유의할 일이다.

나는 남에게서 재료를 빌려다 쓰는데, 여기서 내가 취급하는 문제를 빛내줄 방법을 잘 알고 쓰는 것인가를 살펴보기 바란다. 왜냐하면 나는 어느 때는 말하는 법이 서툴러서, 그리고 때로는 내 지식이 빈약해서 내가 잘 말하지 못하는 것은 남을 통하여 말하게 한다. 남의 것을 많이 빌려 온다고 자랑하는 것이 아니라 그것을 비판해 보는 것이다.

수량으로 가치를 올리고 싶었다면, 이 갑절은 내놓았을 것이다. 내가 인용하는 작가들은 모두가, 또는 거의 모두가 옛날의 너무나 유명한 이름들이기 때문에 내가 소개하지 않아도 아주 잘 알려져 있다. 그리고 내 작품 속에 옮겨와서 내 것과 혼동시키는 글이나 사상에 관해서 나는 가끔 일부러 그 작가의 이름을 밝히지 않았다. 특히 아직 살아 있는 사람들의 새로운 문장이거나 프랑스 속어로 된 것이라면, 무턱대고 공격하여 대들며 그 사상이나 의도하는 바가 비속한 것이라고 설복하려는 것같이 보이는 성급한 문장들의 당돌한 수작을 억제하려는 것이다. 그들이 나를 조롱하다가 플루타르코스를 경멸하는 것이 되고, 나를 모욕하다가 세네카에서 혼이 났으면 한다. 이런 위인들의 신용 밑에 내 약점을 숨겨두자는 것이다. 누가 내 가면을 벗겨서 진짜를 폭로시켰으면 한다.

그것은 명석한 판단력과 문장의 힘과 아름다움을 식별할 줄 알고서 하라는 말이다. 왜냐하면 나는 기억력이 없기 때문에 어느 나라 작가의 것을 따왔는지를 하나하나 식별해서 알아낼 능력은 없지만, 스스로 헤아려보면 내 터전은 거기에 뿌려놓은 씨가 너무나 풍부한 꽃들을 피우게 할 수는 없고, 내 터전에서 나오는 모든 성과는 뿌린 씨의 값도 못 된다는 것을 아주 잘 느끼고 있기 때문이다.

여기서 내가 내 생각을 잘 다루지도 못하고 내가 하는 말에 허영과 과오가 섞여 있다 하더라도, 그런 것을 지적받아도 그것을 느끼지 못했다든가 또는 느낄 수도 없는 것이라면 내가 책임을 질 일이라고 생각한다. 잘못된 점이 있어도 우리 눈에 뜨이지 않는 수가 있기 때문이다.

그러나 우리 판단력의 병폐는 다른 사람이 우리의 과오를 밝혀주어도 그것을 알아보지 못하는 데 있다. 학문과 진리는 비판력 없이도 우리에게 깃들 수 있으며, 학문과 진리는 없어도 비판력은 가질 수 있다. 사실인즉 자기 무식을 인정하는 일은 판단력을 가졌다는 가장 아름답고도 확실한 증거라고 나는 본다. 나는 내 글을 질서 있게 정렬시킬 능력이 없어서 되는 대로 나열해놓을 뿐이다. 내 공상이 솟아오르는 대로 그저 쌓아갈 따름이다. 때로는 공상들이 뭉쳐서 밀려오고, 때로는 한 줄로 길게 뻗어 온다.

이렇게 나의 생각이 산만하고 무질서하게 웅성거리며 나온다 해도 그것은 내게 심상하게 일어나는 타고난 방식임을 사람들은 알아주기 바란다. 나는 아무 장식 없이, 있는 그대로의 나를 내놓는다. 그러므로 내 글에는 모르면 안 될 재료가 실린 것도 아니고, 아무렇게나 말해서 안 될 제재가 실린 것도 아니다.

나는 모든 일에 대해서 좀 더 완전한 이해를 갖고 싶다. 그러나 너무나 값비싼 노력을 들여서 필요한 지식을 얻고 싶지는 않다. 내 의도는 내게 남아 있는 인생을 힘들이지 않고 순하게 넘기자는 것이다. 학문을 위해서라고 해도, 아무리 그 가치가 크다 해도, 그 때문에 머리를 썩일 필요는 없다. 나는 점잖은 재미로 쾌락을 찾으려고만 책을 뒤지는 것이다. 또는 내가 공부를 한다면, 그 속에서 나 자신을 더 잘 알아보는 일을 하며, 내가 잘 살고 잘 죽는 방법을 가르치는 학문만을 찾는 것이다.

내 말이 전속력으로 질주해갈 목표는 이것이다.

프로페르티우스

글을 읽어나가다가 어려운 구절에 부딪히면 나는 손톱을 깨물며 꾸물대지는 않는다. 나는 한두 번 공격해보다가 집어치운다.

거기 구애되다가는 방향을 잃고 시간만 낭비한다. 왜냐하면 내 정신은 충동적이기 때문이다. 처음 부딪혀보아서 이해하지 못하는 것에 구태여 고집세우다가는 더욱 이해되지 않는다. 무슨 일이든 유쾌해야만 한다. 너무나 굳게 긴장하거나 일을 계속하면, 판단력이 흐리멍덩하게 우울해져서 피로해버리고, 관찰력이 혼란되며 흩어져버린다. 진홍 비단의 광택을 감정하려면 여러 모로 두루 살펴서 눈으로 슬쩍 스쳐보고는 비껴보았다가 또다시 되풀이해서 들여다보기 시작하는 것처럼, 잠깐 판단력을 철회하고 다시 대들어보아야 한다.

이 책이 마음에 들지 않으면 다른 책을 집어든다. 그리고 아무것도 할 일이 없어서 심심해질 때에만 책에 골몰한다. 나는 결코 새로운 책을 탐하지 않는다. 왜냐하면 옛날 책이 더 내용이 풍부하고 충실해 보이기 때문이다. 그리스 책도 즐기지 않는다. 내가 그 말을 배운 것이 불충실하고 배우다가 도중에 그만두었기 때문에 내 이해력 가지고는 판단력을 움직일 수 없기 때문이다.

— 제2권 10장 〈서적에 대하여〉 중에서

서재 생활에 대하여

책과 친근하다는 것은 세 가지 교제 중 하나인데 무엇보다 확실한 우리의 차지다. 이것은 어떤 면에서는 다른 교제들보다 못한 점이 있다. 그러나 그것은 언제든지 제 몫으로 할 수 있으며, 실행하기 쉽다는 장점이 있다. 이 취미는 내 한평생의 반려며, 언제나 나를 도와준다. 책은 나의 노년과 고적함을 위로한다. 또 나의 한가로운 권태의 고역을 덜어주고, 어느 시간에라도 귀찮은 친구를 떼어준다. 신병의 고통이 극도로 심하지 않을 때는 그 고통도 덜어준다. 귀찮은 생각을 쫓고 싶을 때에는 책의 도움만 받으면 된다. 책을 읽음으로써 이런 생각은 쉽사리 흩어져 사라진다.

그뿐 아니라 내가 더 실질적이고 생생하고 본성에서 찾는 다른 편익들을 얻지 못할 때 말고는 책을 찾는 일이 없는 것을 보고도 불평을 말하지 않고 언제나 같은 얼굴로 나를 맞아준다. 고삐를 쥐고 말을 모는 자는 걸어가더라도 속이 편하다는 말이 있다.

그런데 나폴리와 시실리아의 임금인 우리 자크 씨는 미남자요, 젊고 건강하며, 가마를 타고 나쁜 털 베개에 누워서 회색 옷을 입고 같은 천의 모자를 쓰고, 한편에는 침실 가마의 모든 종류와 귀족들과 장교들을 데리고 화려한 행차를 하는데, 아직 용모는 상냥하나 수상쩍은 마음에서 오는 엄격한 모습을 가졌다.

병자라도 고칠 수 있는 약이 있으면 걱정할 게 없다. 너무나 진실을 뚫어본 이 글귀를 살아서 경험하는 것이 내가 수많은 책을 읽어서 얻는 성과다. 사실 나는 책을 읽지 못하는 자만큼이나 책을 들여다보지 않는다. 나는 생각만 내키면 독서를 누릴 수 있다는 것을 알기 때문에, 구두쇠가 보배를 즐기듯 책을 즐긴다. 내 마음은 책을 소유하는 권리에 포만하도록 만족한다.

나는 평화시나 전시(戰時)나 책 없이는 여행하지 않는다. 그렇지만 때로는 며칠이건 몇 달이건 책을 들추어보는 일이 없이 지내는 수가 있다. "조금 있다가 하거나 내일이라도 생각내키면 하지" 하고 나는 말한다. 그러는 동안에 시간은 흘러 사라지며, 그것이 내게 손해될 것도 없다. 왜냐하면 책은 내가 원하는 시간에 쾌락을 주려고 내 옆에 있다는 생각과, 그것이 내 인생에 큰 도움을 주리라는 생각으로 얼마나 마음이 놓이고 즐거운가는 이루 다 말할 수 없다. 이것은 내가 인생 행로에서 발견한 최상의 재산이며, 이해력 있는 사람으로 이런 준비가 없는 사람들을 지극히 가련하게 본다. 이것만은 결핍되지 않을 것이므로 나는 다른 오락은 아무리 변변찮은 것이라도 그대로 받아들인다.

집에 있을 때는 여행할 때보다도 더 자주 서재에 있는다. 여기서는 동시에 집안일도 손쉽게 보살필 수 있기 때문이다. 서재 입구에 자리 잡으면 정원, 양계장, 안마당, 집 안의 대부분이 눈앞에 내려다보인다. 여기서는, 이때는 이 책을, 저때는 저 책을 순서 없이 계획 없이 펴놓은 채 들춰본다. 때로는 몽상도 하고 때로는 이리저리 거닐면서, 이런 명상을 적어도 보며, 적어놓도록 시키기도 한다.

서재는 탑의 4층에 있다. 2층은 나의 예배실이고, 3층은 거처하는 방과 그 부속실이며, 혼자 있고 싶은 때는 자주 거기서 잔다. 서재 위에는 커다란 옷방이 있다. 옛날에는 우리 집에서 가장 쓸모없는 곳이었다. 나는 서재에서 내 인생의 대부분, 하루의 대부분 시간을 보낸다. 밤에는 거기 있는 일이 없다. 거기 붙어서 상당히 얌전한 방이 있는데, 겨울에는 불을 피울 수 있고, 창문도 묘하게 뚫려 있다.

내게 비용이 드는 걱정이 없다면(이 걱정 때문에 아무 일도 못 하지만), 나는 쉽사리 그 양편에 같은 높이로 길이 1백 걸음, 넓이 12걸음의 복도를 붙이고, 성벽은 내게 필요한 높이로 쌓아올려서 모두 다른 용도로 사용하고 싶다.

은퇴한 후의 생활에는 어디나 산책할 곳이 필요하다. 앉아 있으면 생각들이 잠든다. 다리가 흔들어주지 않으면 정신이 움직이지 않는다. 책 없이 공부하는 자들은 모두 그렇게 한다.

서재의 형태는 둥글고, 내 탁자와 의자 놓을 자리밖에 판판한 곳이 없다. 그리고 그 주위에 빙 둘러 다섯 층계로 정렬된 내 책들이 전부 한눈에 보인다. 서재의 세 창문으로 내다보면 눈앞이 넓게 트이며, 풍부한 경치를 보여주고, 방 안에는 지름 16걸음의 공간이 있다. 겨울에는 여기 줄창 와 있지 못한다. 왜냐하면 내 집은 그 이름이 말하듯이 언덕 위에 우뚝 올라앉아서, 이 방만큼 외풍이 센 곳이 없기 때문이다. 외따로 떨어져 있어서 찾아오기도 힘들어서 사람들의 소란도 물리쳐주고 글을 읽기에도 효과적이기 때문에 더욱이 내 마음에 든다. 여기가 내 자리다. 이곳의 지배권도 순수하게 내가 차지하련다. 그리고 이 구석만은 사회생활이나 결혼 생활, 권속의 번뇌와 시민 생활에서 빠져나와서 혼자 차지하고 싶다. 다른 어느 곳에서나 나는 명목상의 권위밖에 안 가졌고, 그거나마 사실은 불확실한 권위다. 자기 집에 있으면서도 자기대로 있을 곳도, 자기만의 궁전을 차릴 곳도, 몸을 감출 곳도 없는 자들은 내가 생각해도 가련한 신세들이다. 어디 가서 내가 내 주인이 될까, 어느 곳에 숨어야 할 것인가! 자기 하인이 많다고 장터의 조상(彫像)처럼 남에게 자랑으로 보이는 야심은 값비싸게 든다.

큰 재산은 큰 노예 생활이다.

세네카

그들은 물러나 들어앉을 편안한 자리 하나 없다. 내가 보기에는 우리 수도사들이 실천하는 생활보다 더 가혹한 생활은 없다. 그들은 무슨 일을 하든지 늘 같은 자리에 수많은 사람들이 모여서 회합을 갖곤 한다. 언제나 혼자 있을 수 없다는 것보다는 언제나 혼자 있는 편이 어느 면에서는 견뎌내기 쉬울 것 같다.

학문을 단지 노리갯감이나 소일거리로 삼는 것은 시신(詩神)들을 천대하는 일이라고 말하는 이가 있다면, 그는 쾌락과 놀기와 소일하는 일이 얼마나 값어치 있는지 모르고 하는 말이다. 자칫하면 다른 모든 목표들은 꼴사나운 일이라고 말하고 싶다. 나는 그날그날을 살아간다. 그리고 미안한 말이지만 나를 위해서만 살고 있다. 나의 의도는 이 점을 넘지 않는다.

나는 젊어서는 남에게 자랑하려고 공부했다. 그 뒤에는 나를 만족시키기 위해서 했다. 지금은 재미로 공부한다. 무슨 소득을 바라고 하는 것이 아니다. 이런 종류의 세간살이(서적들)와 관계를 맺어서 내 필요한 바를 채우는 것뿐만이 아니라, 서너 걸음 더 나아가서 학문으로 양탄자를 깔고 몸치장을 삼을 생각은 이미 버린 지 오래다.

책은 그것을 택할 줄 아는 자에게 많은 쾌감은 주는 소질이 있다. 그러나 좋은 일로 힘 안 드는 일이란 없다. 다른 일과 마찬가지로 이 쾌락도 깨끗하고 순수한 것은 못 된다. 여기에도 상당히 고되고 불편한 일이 있다. 심령은 그것으로 훈련을 받는다. 그러나 신체는(그것도 내가 보살피기를 잊지 않았지만) 그러는 동안 움직이지 않고 머무르며 힘이 빠지고 울적해진다. 나이도 지긋해진 지금은 과도하게 탐하는 독서보다 더 내 몸에 해롭고 피해야 할 일을 알지 못한다.

— 제3권 3장 〈세 가지 사귐에 대하여〉 중에서

148

대화에 대하여

우리 정신의 훈련으로 가장 자연스럽고도 효과가 있는 것은 내 생각으로는 사람과의 대화다. 사람과 이야기하는 것은 우리 인생의 어느 다른 행동보다도 기분좋은 일이라고 본다. 그 때문에 내가 지금 이 시간에 택해야 할 처지라면, 나는 듣기와 말하기를 버리기보다는 차라리 보기를 버리는 편에 동의할 것이라고 생각한다. 아테네 사람들이나 더욱이 로마 사람들은 그들의 학교에서 말하는 법의 훈련을 대단히 중시하며 그것을 보존했다. 우리 시대에 와서는 이탈리아 사람들이 아직도 그 흔적을 지키고 있으며, 우리의 이해력과 그들의 이해력을 비교해보면 그들이 얼마나 혜택을 입고 있는가를 알 수 있다.

책으로 하는 공부는 동작이 느리고 힘이 없으므로 열심히 하기가 어렵다. 그런데 대화로 하면 금방 배우고 훈련이 된다. 내가 정신이 강한 상대자와 대화를 하면 그는 내 옆구리를 밀고 왼쪽과 오른쪽을 번갈아 찌르며, 그의 관념은 내 관념을 약동시킨다. 질투심과 명예욕과 경쟁심이 나를 밀어서 나 자신 위로 추켜올린다. 의견이 합치된다는 것은 대화에서는 아주 멋쩍은 일이다.

우리의 정신은 힘차고 조절된 정신과 의사를 교환함으로써 강화되므로, 비천하고 병적인 정신과 끊임없이 교섭을 가지고 사귐으로써 우리가 얼마나 타락하여 손해를 보는지는 말로 다 할 수 없다. 이런 정신처럼 전염이 잘되는 것은 없다. 나는 경험으로 그 영향력이 얼마나 큰가를 잘 안다.

나는 이야기하고 토론하기를 즐긴다. 그러나 몇몇 사람과만 토론하고, 그것도 나 자신을 위해서 한다. 왜냐하면 도덕가들 앞에서 구경거리 노릇을 하고 다투어서 재주를 부리며 떠들어대는 수작은 점잖은 사람으로서는 할 일이 아니라고 여기기 때문이다.

어리석음은 좋지 못한 소질이다. 그러나 그것을 참고 보지 못하고 화를 내며 속을 썩인다는 것은, 내가 잘 그러지만, 그 폐단이 어리석음에 못지않은 다른 종류의 폐단이다. 그래서 이제 이것으로 내 허물을 비난하고 싶다.

나는 이야기나 토론은 힘 안 들이고 자유로이 한다. 그것은 내 심령은 어느 의견이 침투해 들어가서 깊은 뿌리를 내려볼 터전을 찾지 못하기 때문이다. 나는 어느 논제에도 놀라지 않고, 다른 사람이 가진 신념이 내 것과 아무리 달라도 불쾌해지지 않는다. 아무리 경박하고 터무니없는 생각이라도 인간 정신의 생산에 맞지 않는 것은 없다고 본다. 우리는 자기 판단으로 무슨 결정을 내릴 권한을 주장하지 않으니 여러 가지 반대되는 의견도 부드럽게 보아간다. 그래서 그런 데 동의할 생각은 없어도 시원하게 들어는 준다. 저울의 한쪽 접시가 아주 비었어도 늙은이의 꿈 같은 미신을 올려놓아서라도 다른 쪽의 접시와 나란하게 한다. 그리고 내가 차라리 기수(寄數)를 좋아하고, 금요일보다는 목요일을 좋아하며, 식탁에서는 열세 번째보다는 열두 번째나 열네 번째를 좋아하고, 여행할 때는 토끼가 길을 가로 건너가는 것보다는 길가를 따라 도망가는 편을 보고 싶어 하고, 신발 신을 때는 오른발보다도 왼발을 먼저 내놓는다고 해도 용서받을 만한 일이라고 본다. 우리 주위에서 믿고 있는 이런 모든 잠꼬대는 적으나마 들어줄 값어치는 있다.

나로서는 이런 것이 다만 무위무료(無爲無聊)보다는 나을 뿐인데 어떻든 그것보다는 더 나은 일이 있다. 아무렇게나 내놓는 속된 의견은 무게로서는 성질상 무(無)하고는 다르다. 그리고 이런 정도까지 남의 말에 이끌리지 않는 자는 자칫하면 미신의 악덕을 피하다가 완고라는 악덕에 빠진다.

그러므로 판단이 모순된다고 해서 내 기분이 상하지도 나를 변하게 하지도 않는다. 모순은 단지 내 정신을 일깨워서 훈련시킨다. 우리는 남이 내 의견을 고쳐주기를 원하지 않는다. 그러나 교권(敎權)을 가지고 하는 것이 아니라, 이야기 형식으로 나올 때에는 교정받으러 나갈 만하다. 반대에 부딪히면 사람들은 그것이 옳은가는 보지 않고, 옳건 그르건 해치울 생각만 한다. 반대는 거들어줄 생각은 하지 않고 우리는 앙큼한 발톱을 내민다.

나는 친구들이 "어리석은 소리 마라. 너는 꿈을 꾼다" 하고 쏘아붙여도 버티어낼 것이다. 나는 활달한 사람들끼리는 과감하게 생각을 표현하며, 생각과 말이 부합하기를 바란다. 우리는 청각을 강화하고 단지 예의로 하는 흐리멍덩한 말투에 빠져서 무르지 않게 다져놓아야 할 일이다. 나는 남성다운 씩씩한 친분의 교제로서 억세고 힘차게 사귀며, 피가 나게 찢기고 긁히기를 즐기는 우정을 좋아한다.

싸울 때는 싸워야지, 서로 예의를 찾고 기교를 피우며 상대방의 감정을 상할까 두려워서 태도에 제약을 받는다면, 그것은 힘차게 호방한 우정이 못 된다.

왜냐하면 모순 없이는 토론도 없느니라.

키케로

누가 내 말에 반대하면, 나는 화가 나기보다는 주의력이 환기된다. 나는 내 말을 반박하며 깨우쳐주는 사람에게로 마음이 이끌린다. 진리의 원칙은 이 사람에게나 저 사람에게나 공통되는 원칙이라야 할 것이다. 그가 뭐라고 대답할 것인가 하고 분노의 심정에 사로잡히면 벌써 판단력이 타격을 받으며, 이성을 되찾기 전에 정신이 혼란된다. 그러니 논쟁점에 관해서 내기를 하여 지는 편에 물질

152

적 부담이 가게 해둔다. 그래서 논쟁이 끝나면 하인이 나에게 "지난 해에는 나리가 스무 번 무식하게 고집 부린 탓으로 백 에이커나 손해보았습니다"라고 말하게 하면 좋을 것이다.

나는 진리가 누구의 손에서 발견되었건, 환영하여 받아들인다. 그리고 진리가 아무리 멀리서 와도 유쾌하게 그 앞에 항복하며 무기를 벗어놓는다. 그리고 학교의 훈장처럼 너무 명령조로 얼굴을 붉히며 대들지만 않는다면, 내 글에 대해서 비판하는 편에 가담한다. 그리고 고쳐야 할 필요에서라기보다는 예의상 내 글을 고쳐서 쓰기도 한다.

이렇게 쉽게 양보함으로써 다른 사람이 후한 마음으로 내 잘못을 내게 알려주는 기회는 사실 내게 손해가 온다고 해도 나를 기꺼이 북돋아준 셈이다. 그렇지만 우리 시대 사람들을 이런 방향으로 이끌기는 정말 어렵다. 그들은 자기 생각을 고쳐볼 용기가 없기 때문에 남의 생각을 고쳐줄 용기도 갖지 못한다. 그리고 피차간에 서로 속마음을 감춰가며 말한다. 나는 남의 비판을 받아서 사리를 아는 것을 진심으로 좋아하기 때문에, 내 판단이 두 형태 중 어느 편에 있건 무방하다. 내 생각 자체가 서로 반대하고 비난하는 일이 너무 많아서, 남이 내 대신 반대하는 것도 무방하다. 남이 내게 하는 책망에 대해서 내가 원하는 권위밖에 인정하지 않는다. 그러나 나는 내가 아는 누구처럼, 사람이 믿어주지 않으면 알려주는 것을 후회하며, 자기 생각을 좇아주지 않으면 모욕으로 생각하며 거만하게 구는 사람하고는 사귀지 않는다. 소크라테스는 그의 의견을 반대하는 남의 말을 언제나 웃으면서 받아들였다. 그것은 그의 정신력이 강한 덕이었으며, 자기가 지는 편이 확실히 유리하니까, 이런 반대가 새로운 영광이 될 것을 알고 받아들였다고 말할 수 있다.

그러나 우리는 반대로 자기의 우월감과 상대방에 대한 경멸감보다 더 우리를 민감하게 만드는 것은 없고, 그리고 이치로 보아 약한 편이 도리어 자기를 부축하여 잘못을 고쳐주는 반대 의견을 고마운 마음으로 받아들여야 할 일이라고 생각한다.

나는 사실은 나를 두려워하는 자들보다는 나를 거칠게 다루는 사람들과의 친교를 구한다. 우리를 숭배하고, 우리 앞에 자리를 물려주는 자들과 맞서기란 멋쩍고 해로운 쾌락이다. 안티스테네스는 자녀들에게 자기들의 비위를 맞추어주는 사람을 결코 고맙게 생각하지 말라고 훈계했다. 나는 핏대를 올려가며 토론하다가 상대방이 약해서 승리할 때의 쾌감보다는 상대방의 올바른 이론 앞에 내가 굴복할 때 자신감에 대해서 얻는 승리감에 더 큰 자존심을 느낀다.

어떻든 나는 나를 공격하는 힘이 아무리 약하다 해도 정면으로 직접 질러 오는 모든 종류의 공격을 달게 받아들인다. 그러나 버릇없이 가해 오는 공격은 참아내기 힘들다. 무슨 주제건 꺼리지 않으며, 누구의 의견이건 마찬가지고, 그 논제를 가지고 누가 이기건 거의 무관심하다.

토론이 질서 있게 진행되면 나는 하루 종일이라도 점잖게 토론해 갈 것이다. 나는 논법의 힘과 꾀보다는 질서를 요구한다. 목동들이나 점원들 사이에 일어나는 말다툼은 언제 보아도 이치가 정연하지만, 우리 것에는 도무지 조리를 찾아볼 수 없다. 그들이 상식을 벗어난다면 예절이 없기 때문이다. 그것은 우리도 역시 마찬가지다. 그러나 그들은 참을성 없이 소란스러워도 논제에서 벗어나는 일이 없다.

그들의 말은 한 길을 좇는다. 그들은 남의 말을 기다리지 못하고 서로 상대방을 앞질러서 말하는 일이 있어도, 적으나마 서로 이해한다. 사람들이 격에 맞게만 대답한다면 내게는 너무 좋은 대답이다. 그러나 말다툼이 험해져서 혼란스러워지면 나는 사리를 버리고 화가 나서 주책없이 형식을 따진다. 그리고 고집을 세우며 심술궂게 억눌려보려는 투로 말을 뱉는다. 그러고는 다음에 낯이 뜨거워진다.

어리석은 자와 진심으로 토론하기는 불가능하다. 명령조로 나오는 상전의 손에 걸리면, 내 판단력이 타락할 뿐 아니라 내 양심은 썩어버린다.

우리의 논쟁도 언어에서 생기는 다른 범죄와 같이, 금지되고 차별되어야 할 일이다. 분노에 지배받고 조정되면 무슨 악덕을 일으키고 쌓아올리지 못할 것인가! 우리는 먼저 이성에 대해서, 다음엔 사람에 대해서 적의를 품게 된다. 우리는 단지 반박하려고 논쟁하는 버릇이 생긴다. 서로 반박하고 반박을 당하다가 토론하는 성과는 진리를 없애고 잃어버리는 것밖에 안 된다. 그래서 플라톤은 그의 《공화국》에서, 어리석고 못나게 태어난 사람들에게는 토론법을 못 배우게 했다.

— 제3권 8장 〈대화법에 대하여〉 중에서

의향에 대하여

나는 한 도시의 네거리나 어느 교회당 속이나 광장 한복판에 조
상(彫像)을 하나 세워놓으려고 글을 쓰는 것이 아니다.

나는 이 저서를 야심적인 허풍으로 채우려는 것이 아니다.
나는 독자와 면대해서 말하련다.

페르세우스

어느 서재의 구석에 앉아서 내 작품을 읽으며 같은 영상을 꾸며
보기를 좋아하는 이웃 사람이나 친척이나 친구에게 흥을 돋우어주
기 위함이다. 다른 작가들은 자기들 속에서 풍부한 재료를 찾기 때
문에 자기들의 말을 해볼 용기를 가졌다. 나는 그 반대로 내 재료가

156

너무나 척박(瘠薄)하고 빈약하다는 것을 알기 때문에 자랑거리로 내어놓을 생각은 가질 여지도 없다. 나는 다른 사람의 행동은 즐겨서 비판해본다. 그러나 내 행동은 너무나 무가치하기 때문에 비판할 거리도 되지 못한다. 나에 관한 말 중에서 얼굴을 붉히지 않고 말할 수 있는 것이 없다.

누가 내게 우리 조상들이 보통 때 하던 말과 겪어본 일과 그들의 풍습, 용모, 자세 등에 관해서 이야기해주면 얼마나 재미있을 것인가! 나는 얼마나 주의해서 들을 것인가! 우리 친구들과 조상들의 초상, 그들의 의복과 무기의 형태까지도 경멸한다면, 진실로 그것은 성정(性情)이 못된 사람들이 할 수작일 것이다. 그래서 나는 그들이 쓰던 단도, 갑옷, 장검 등은 그들을 추념하여 내 힘 닿는 한 세월의 모욕을 받지 않게 잘 보존하고 있다. 나는 그들이 사용하던 필구와 인장과 기도서와 특수한 장검 하나를 보관하고 있으며, 부친께서 늘 손에 들고 다니시던 긴 지팡이 같은 것도 언제나 내 서재에 그대로 두어둔다.

> 부친의 의복과 반지는 그에 대한 자녀들의 애정이 두터웠을수록 그들에게 소중해진다.
>
> 성 아우구스티누스

그렇지만 내 후손들의 생각이 그와 다르다면 거기에 대한 앙갚음이 있을 것이다. 왜냐하면 그들은 내가 지금 그들에 대해서 심려하

는 것보다 더 못하게 내 생각을 할 수는 없을 것이기 때문이다. 내가
이 서적으로 공중과 맺는 관계는 기껏해야 그들의 인쇄 기계를 빌
리는 것이다. 그래야 일이 더 빠르고 쉽게 된다. 그 대신 내 책의 종
이로 사람들이 버터를 싸는 일이 없게 조심해야 할 일이다.

방어(箭魚)나 감람(橄欖)을 쌀 포장지가 있어야지.

마르티알리스

또 나는 청어(鯖魚)의 피봉(皮封)을 충분히 제공하련다.

카툴루스

그리고 아무도 내 글을 읽어주는 사람이 없다고 한들 내가 이렇
게도 유용하고 유쾌한 사색으로 한가로운 때를 보낸 것이 시간의
낭비가 되었을 것인가? 내 모습을 이 저작에 박아넣으며, 나를 뽑아
내려고 그렇게도 여러 번 손질하고 꾸며보아야 했기 때문에 나라고
하는 원형이 어느 점에선 굳어지고 만들어져갔다. 남에게 보이려
고 나 자신을 묘사해가다가 나는 결국 내 본 모습보다 더 뚜렷하게
나를 그려볼 수 있었다. 내가 내 작품을 만들었는지 내 작품이 나를
만들었는지 모를 정도로 작품은 그 작가와 동체(同體)며, 작가 자신
만이 취급되고, 내 생명의 일부가 된 것이다. 다른 모든 책들이 자기
이외의 제3의 목적을 위해서 꾸며진 것과는 본질이 다르다. 내가 그
렇게 끊임없이 심혈을 기울여서 나 자신을 살펴본 바를 사람들에게

알려주는 것이 시간의 낭비였을까?

왜냐하면 단지 어쩌다가 한두어 시간 말로만 자기를 돌아보는 자들은 자기를 연구해서 그것으로 자기의 작품과 직업으로 삼으며 온 성심으로 전력을 다해서 후세에 전해줄 기록을 남기는 자만큼 본의적으로 자기를 살피지도, 자기 속에 침투하여 들어가지도 못한다.

가장 감미로운 쾌감은 그것이 진실로 내면적으로 녹아들어서 자기 자취를 남기기를 피하며, 일반 공중의 눈뿐 아니라 다른 사람의 눈에 뜨이는 것을 꺼린다.

이 일에 마음을 씀으로써 얼마나 여러 번 나는 괴롭고 번잡스런 생각에서 벗어날 수 있었던가! 그리고 모든 부질없는 상념들은 울적한 것으로 간주되어야 한다. 자연(본성)은 우리에게 따로 자기 자신과 이야기해보는 소질을 풍부하게 선사했다. 그리고 우리는 일부분은 사회에서 배우는 것이지만, 대부분은 우리 자신에게서 배운다는 것을 가르쳐주기 위해서 자주 우리 자신과 이야기하라고 권유한다.

몽상을 하더라도 어느 질서와 계획을 세워서 하도록 내 공상을 정리하고, 산만하게 바람결에 흩어져나가는 것을 막으려면 이 공상에 떠오르는 모든 자디잔 생각들에 형체를 주어서 기록으로 남겨둘 수밖에는 없다. 나는 내 몽상들을 기록해야만 하므로 이런 몽상들을 주의해서 귀담아듣는다. 얼마나 여러 번 나는 어느 행동에 대해서 점잖은 체면과 이치로 보아서 드러내놓고 책망해서는 안 될 일로 속을 썩이다가 그것을 여기에 토해놓은 것인가. 그것을 공중에게 알려줄 생각이 없던 바도 아니다!

　사고앵의 눈 위에, 배때기 위에, 등짝 위에 한번!

마로

　그리고 이 시의 채찍은 몸뚱이 위에보다도 종이 위에 때릴 때 더
아프게 박힌다. 뭐라고? 남의 책을 뒤져서 내 책을 장식하고 뒷받침
할 만한 것을 도둑질하려고 남의 말을 좀 더 주위해서 귀담아듣는
편이 낫지 않겠느냐고?

　나는 책을 하나 꾸며보려고 아무것도 연구한 바가 없다. 이 작가
나 저 작가의 머리나 발끝을 스쳐보거나 꼬집어보는 일을 연구라고
한다면 말이다. 그렇다고 내 의견을 만들어보고 싶어서 한 일도 아
니다. 이미 오래전에 형태가 잡힌 사상들을 보충하고 거들어주려고
하는 일이다.

　　　　　　　— 제2권 18장 〈그릇됨을 깨우치기에 대하여〉 중에서

결혼과 사랑에 대하여

나는 내 수상록이 어느 부인들의 객실에 가보아도 서가(書架)에 장식으로만 꽂혀 있는 것이 속상하다. 이 장(章)은 내게 침실 노릇을 할 것이다. 나는 부인들이 몰래라도 이 장을 들춰보았으면 한다. 공개적으로는 환영도 못 받고 멋쩍다. 우리는 작별할 때에는 버리고 가는 것에 대해서 필요 이상으로 애정이 두터워진다. 나는 세상 사람들과 상대하는 것은 극도로 회피한다. 이것이 우리의 마지막 인사다. 그러나 우리의 논제로 돌아오자.

성적(性的) 행위는 사람들에게 무슨 짓을 했기에 그렇게도 자연스럽고 필요하고 정당한 일을 사람들이 부끄러워하지 않고는 감히 말을 못 하며, 근직하고 점잖은 말에서는 빼놓는단 말인가? 우리는 "죽인다", "도둑질한다", "배반한다"라는 말은 과감하게 한다. 그런데 그 일만은 입속에서 우물거리기만 할 뿐 입 밖에 내놓지 못한단 말인가? 우리가 말로 발산시키지 않으면 않을수록 그만큼 너 그 생각을 키워갈 권한이 생긴단 말인가?

역시 가장 쓰이지 않고, 글로 적어놓지도 않고, 가장 침묵이 잘 지켜진 말들이 가장 잘 알려지고 가장 일반적으로 이해된다는 것은 좋은 일이다. 어느 나이에도, 어느 풍습에서도 빵과 마찬가지로 그것을 알지 못하는 자는 없다. 그 말들은 표현되지 않고, 소리도 없고, 형태가 없어도 각자의 마음속에 새겨져 있다. 이 행동이 침묵의 보호를 받는다는 것은 좋은 일이다.

비난하고 비판하려고라도 침묵에서 그 말을 끌어내오면 죄악이 된다. 그리고 간접적으로 말하는 표현이 아니고는 감히 견책하지도 못한다. 정의가 접촉하거나 보기만 해도 부정한 일로 간주할 만큼 혐오스럽게 여겨진다는 것은 범죄자로서는 다행스런 일이다. 그 처벌이 혹독하다는 이유로 그는 자유며 구제받는 것이다. 책에 삭제된 글이 있으면, 그 책이 더 잘 팔리고, 더 많이 읽히는 것과 같은 격이 아닌가? 나는 아리스토텔레스의 말을 그대로 받아들여서 수치스런 일이 청춘에게는 장식이 되고, 늙은이에게는 책망이 된다고 말하련다.

베누스를 피하려고 너무 애쓰는 자는
그녀를 너무 추구하는 자와 마찬가지로 실패한다.

플루타르코스

여신이여, 그대만이 세상의 사물들을 지배한다.

그대 없이는 아무것도 광명 세계에서

성장하지 않으며, 세상에 유쾌한 것도 귀한 것도 없어진다.

루크레티우스

나는 누가 팔라스와 뮤즈와 베누스의 의를 상하게 하고, 그들을 사랑의 신에 대해서 냉담하게 만들었는지 모르겠다. 그러나 나는 어느 다른 신들이 이 신들만큼 더 짝이 맞고 서로 의존하는지 알지 못한다. 뮤즈들에게서 사랑에 관한 공상을 빼앗아놓으면, 그들이 가진 가장 아름다운 이야기와 그들의 작품 속의 가장 아름다운 재료를 빼앗는 것이 된다. 그리고 사랑에게 시상의 사용과 전달을 못하게 하면, 그의 최강의 무기를 빼앗아 약화시키게 될 것이다. 그 때문에 사람들은 사랑의 신에게는 친교와 호의가 없다고 공격하고, 인간성과 정의의 수호자인 여신들에게는 배은망덕과 오해의 악덕이라는 죄로 공격한다.

나는 이 신의 힘과 품위에 관해서 들은 기억을 잃을 만큼 그의 장교(將校)와 종자(從者) 명부에서 제명된 지 오래된 것은 아니다.

나는 옛 정열의 흔적을 알아본다.

베르길리우스

열병 뒤에는 아직도 얼마간의 감격과 정열이 남아 있는 법이다.

이 열은 내 인생의 겨울에도 남아 있어주기를.

장 2세

아무리 내가 메마르고 둔중해졌다 해도, 나는 아직 이 지나간 정
열의 혼혼한 나머지를 느낀다.

이리하여 에게 해는, 북풍과 남풍이 뒤흔들어 둘러엎다가 다시
그치면 그렇다고 폭풍우 뒤에 바로 이어 평온이 오는 것이 아니다.

오랜 격동의 뒤라 바다는 아직도 흔들리며 포효(咆哮)한다.

타소

그러나 내가 여기서 이해하는 바는 이 신의 힘과 공덕이 그 자체
들의 본질보다도 시의 묘사로 더 한층 생기를 띤다는 것이다.

그리고 시구(詩句)는 손가락을 가졌다.

유베날리스

시는 사랑 자체보다도 무엇인지 모르게 더 사랑에 잠긴 풍모를
표현한다. 베누스는 발가벗고 생기 있고 숨가빠하는 모습으로는 여
기 베르길리우스가 묘사하는 것만큼 아름답지 못하다.

그녀는 말을 끝냈다. 그래도 그가 주저하고 있으니,
여신은 그녀의 백설 같은 팔로 그의 목을 껴안으며,

훈훈한 포옹으로 그를 덮혀준다.

마치 창공을 쪼개는 벼락이

휘황하게 밝혀진 구름 속을 관통하며 질주하듯,

그는 갑자기 여느 때의 정열을 느끼며,

그가 잘 아는 정열이 골수에까지 스며들어

뼈가 저리게 속을 달리는 것을 느꼈다.

……이 말을 한 다음 그는 베누스에게 고대하던 포옹을 주며,

아내의 품에 누워 달콤한 잠의 매력 속에 잠긴다.

베르길리우스

여기서 고찰해야 할 것은 그가 남편에게 안긴 베누스를 좀 너무 흥분한 것으로 묘사하는 점이다. 이 얌전한 부부의 현명한 흥정에서는 정욕은 그렇게 미치광이처럼 나오지 않는다. 그들의 정욕은 좀 더 약하고 둔하다. 사랑은 사람들이 사랑 이외의 것으로 맺어지는 것을 싫어한다. 그리고 결혼과 같이 다른 자격으로 세워지고 유지되는 성적인 관계에는 비굴하게 참여한다. 그런 경우에는 미모나 아담한 태도에 끌리기보다는 이성으로 따져서 친족 관계나 재산 따위의 수단을 찾으며 관계를 맺는다.

사람들은 누가 뭐라 해도 자기를 위해 결혼하는 것이 아니다. 사람들은 그보다 더 자기 후손과 가족을 위해서 결혼한다. 결혼의 습관과 그 관심은 우리를 넘어서 멀리 우리 혈통에 결부된다. 그러므로 나는 당사자들끼리보다 제삼자의 손에 인도되어서, 자기 판단보

다는 다른 사람의 판단에 따라서 결혼하는 방식이 좋을 것 같다. 이 모든 것은 사랑의 인습과는 얼마나 반대되는 일인가! 그러므로 내가 다른 데서도 한번 말한 듯싶지만, 이 거룩하고도 엄숙한 친족 결연(결혼)을 허무맹랑하게 방종한 사랑의 노력에 맡긴다는 것은 일종의 간음이다.

아리스토텔레스는 "아내를 너무 음탕하게 애무하다가는 쾌감 때문에 이성의 테두리에서 벗어날 위험이 있으니, 아내와는 조심스레 엄숙하게 접촉해야 한다"고 했다. 그가 양심을 위해서 말하는 것을 의사들은 건강을 위해서 그렇게 말한다. 지나치게 열렬하고 끈질기게 탐욕스러운 쾌감은 종자를 변질시켜서 잉태를 방해한다는 것이다. 그리고 그들은 다른 면에서 말하기를, 결혼의 본성은 위에서 말하는 경우처럼 그렇게 되지만, 완만한 교섭에서는 그것을 잉태시키기에 알맞은 열기로 채우려고 상당한 간격을 두고 드물게 접촉해야 한다고 말한다.

> 그녀가 베누스의 선물을 탐하여 잡아서 태내에 깊숙이 감춰두려고.
>
> 베르길리우스

나는 오히려 미모와 사랑의 정욕에 끌려서 하는 것보다도 더 빨리 실패하여 혼란을 일으키는 결혼을 보지 못한다. 거기엔 더 단단하고 꾸준한 기반이 있어야 하며, 조심스레 진행시켜야 한다. 끓어

오르는 정욕은 아무 값어치가 없다. 결혼에 사랑을 결부시켜서 생각하는 것이 더 명예롭다고 여기는 자들은, 마치 도덕을 존중한다고 생각하고 귀족이라는 것과 도덕을 동일시하는 자들과 마찬가지로 보인다. 그런 것은 서로 사촌뻘은 된다. 그러나 그 사이에는 큰 차이가 있다.

좋은 결혼이라는 것이 있다면 그것은 사랑의 동반과 조건을 거부한다. 좋은 결혼은 우정의 조건을 재현하도록 노력한다. 좋은 결혼은 절조와 믿음과 무수히 많은 유용하고도 견실한 상호간의 봉사와 의무로 가득한 안온한 공동생활이다. 어느 여자도 혼례의 횃불로 사랑하는 자와 맺어진 여인은, 자기 남편의 정부(情婦)나 간부(姦婦)의 자리를 맡으려 하지 않을 것이다. 그 여자가 아내로서의 애정으로 자리 잡았다면, 그녀는 확고하고 명예롭게 자리 잡은 것이다. 남편이 밖에 나가서 바람을 피우고 다니는 경우, 그때 누가 그에게 자기 아내나 정부가 수치를 받게 된다면 어느 편이 낫겠느냐고, 누구의 불행이 그에게 더 괴롭겠느냐고, 누가 더 영광받기를 바라느냐고 물어본다면, 건전한 결혼에서는 이런 질문에 대한 답이 어느 편인가는 의심할 여지가 없다. 훌륭한 결혼의 예가 대단히 보기 드물다는 것은 결혼의 진실한 값어치와 품위를 말하는 표징이다. 결혼 생활을 잘 꾸며서 올바르게 살아가면 우리 사회에서 그보다 더 아름다운 일이 없을 것이다.

우리는 결혼하지 않고는 못 견디면서도 그것을 멸시한다. 그래서 우리가 새장에서 보는 일이 일어난다. 밖에 있는 새들은 거기 못 들어가서 애를 태우고, 안에 있는 새들은 똑같은 정도로 밖에 나가려고 애쓴다. 소크라테스는 아내를 갖는 편이 좋으냐 갖지 않는 편이 좋으냐는 질문을 받고, "어느 편을 취하건 후회할 것이다"라고 대답했다. "사람은 사람에게 신(神) 아니면 이리다"라고 하는 말은 아주 딱 맞는다. 사람을 파악하려면 그 속의 많은 소질들을 보아야 한다.

이 시대에는 평민들같이 단순한 마음을 갖는 편이 더 편할 수 있다. 그들은 쾌락이나 호기심이나 한가로움 때문에 그리 마음이 동요되지 않기 때문이다. 나와 같은 방자한 성미로는 모든 구속이나 의무 같은 것을 싫어하기 때문에 이 시대에는 맞지 않는다.

나 역시 이 쇠사슬을 목에 매지 않는 편이 유쾌하다.

막시미아누스

내 의도로는 예지가 나에게 결혼을 청했다 하더라도 예지와의 결혼도 피했을 것이다. 그러나 뭐라 해도 우리는 공동생활의 풍습과 습관에 끌려간다. 내 행동의 대부분은 내가 택해서 하는 것이 아니고 남의 본을 받아서 한다. 어쨌든 나는 결혼을 자청한 것이 아니고, 사람들에게 끌려서 한 것이며, 외부의 사정에 실려간 것이다. 왜냐하면 불편한 일들뿐 아니라 아무리 비천하고 악덕스럽고 피해야 할 일이라도 조건과 사정에 따라서는 용납되지 못할 일이 없기 때문이다. 이렇게 사람의 태도는 허망한 것이다.

그런 일을 경험하고 난 지금보다도 오히려 그 당시에는 더욱 마음의 준비가 없었고, 나의 뜻과 반대로 끌려갔다. 그리고 사람들이 나를 아무리 방자하게 보아도 나는 사실은 약속하거나 기대한 것보다 더 엄격하게 결혼의 법칙을 지켜왔다. 한번 걸려들고 나서는 싫다고 마다해도 이미 때가 늦다. 자기 자유는 조심스럽게 아껴두어야 한다. 그러나 한 번 의무에 복종하고 난 다음에는 공동 책임의 법칙을 따라야 하며, 적으나마 그렇게 애써야 한다. 거기에 증오심과 경멸을 품고 살아갈 생각으로 흥정하는 자는 옳지 못하며 불편만 끌어온다. 그리고 여자들끼리 서로 주고받아 온 이 훌륭한 규칙에

네 남편을 주인과 같이 섬겨라.
그리고 배신자처럼 그를 조심하라

라는 말은 거룩한 신탁과도 같으며, "강제되고, 적대적이고, 경계하는 존경심으로 그를 대하라"는 뜻이니, 마치 전투의 외침 같아서 똑같이 부당하고도 실행하기 어려운 가르침이다. 나는 이런 가시돋은 생각을 품기에는 너무나 무르다. 진실을 말하면, 내 정신은 아직 사리와 불의를 혼동하고, 내 취미에 맞지 않는 모든 질서와 규칙을 우스개로 넘길 만큼 완벽하게 교묘하고 화려한 정도에 도달하지 못했다. 내가 미신을 싫어한다고 하여도 바로 무신앙에 몸을 던지진 않는다. 항상 의무를 지키지는 못할망정 적으나마 그것을 존중하고 인정하기는 해야 한다. 서로 화합하지 않고 결혼하는 것은 배반 행위다.

우리의 시인*은 결혼을 예절 바르고 화기에 차 있지만 반면에 신실성(信實性)이 없는 것으로 묘사한다. 그는 연애의 고된 고비도 넘어보고 나서 얼마간 영혼의 의무를 좀 지켜주는 것은 불가능한 일이 아니며, 결혼을 손상시키면서도 전적으로 파경에까지는 이끌지 않을 수 있다고 말하려는 것인가? 어떤 하인은 주인의 돈을 속여먹지만, 그렇다고 주인을 미워하는 것은 아니다. 미모와 기회와 운수(운수는 여기에도 손을 뻗친다)는

> 우리의 의복이 가리고 있는 부분에는
> 운수가 붙어 있다. 운성(運星)이 그대를 보호하지 않으면,
> 처녀성의 가장 아름다운 외모도 그대에게 아무 소용 없을 것이니,
>
> 유베날리스

그 여자를 딴 남자에게 붙여주었는데, 아마도 여자에게는 아주 전적인 관계는 아니지만 남편에게 맺어진 인연이 남아 있다. 그녀에게는 각기 혼동되지 않고 다른 길을 좇는 두 마음이 있다. 어느 여자는 그녀가 결코 결혼할 생각이 없는 남자에게 몸을 맡길 수도 있다. 남자의 신분이나 재산 때문이 아니고 사람됨 때문일 수도 있다. 친해진 여자와 결혼하고 나서 후회하지 않는 남자란 드물다. 저 신들의 세상에서도 그랬다. 유피테르는 먼저 사랑해서 결혼한 아내와

---

* 베르길리우스를 말한다.

170

얼마나 나쁜 결혼 생활을 했던가? 광주리에 똥을 누고는 머리에 이는 격이다.

나는 우리 시대에 어느 점잖은 사람이 해서 안 될 사랑을 수치스럽게도 결혼으로 대신하는 것을 보았다. 사정의 고찰은 보기에 따라서 아주 다르다. 우리는 서로 반대되는 두 가지 사물들을 동시에 좋아하고도 모순을 느끼지 않는다. 소크라테스는 말하기를, 아테네는 우리가 사랑으로 섬겨주는 여자들같이 사람의 마음에 든다고 했다. 각기 거기 와서 거닐며 시간을 보내기를 즐기는데, 아무도 거기서 결혼하려고 하지는 않았다. 다시 말하면 거기에 집을 두고 살 생각으로 사랑한 것은 아니다. 나는 사내들이 아내를 속이는 이유 때문에 아내를 미워하는 것을 보고 울분을 느꼈다. 자기 잘못 때문에 아내를 미워해서는 안 된다. 적으나마 후회와 동정으로라도 여자가 더 귀여워져야 할 일이다.

그것은 어느 점에서 보면 목표는 다르지만 서로 융화될 수 있는 심정이라고 우리 시인은 말했다. 결혼에는 그 내용으로 효용과 정의와 명예와 절조가 있다. 멋은 없지만 그러나 보편적인 쾌감이 있다. 사랑은 쾌감에만 근거를 둔다. 이 쾌락은 진실로 더 간절하며 더 강렬하고 더 흥분시킨다. 얻기가 힘드니까 더 자극되는 쾌감이다. 찌르는 맛과 지지는 맛이 필요하다. 화살촉과 불덩어리가 없으면, 이미 사랑이 아니다. 부인들은 결혼하면 마음이 너무 후해져서 애정과 정욕의 자극을 둔하게 만든다. 이러한 결점을 피하려고 리쿠르고스와 플라톤이 법을 만들 때 얼마나 애썼는가를 보라.

여자들이 세상에 행해지는 생활 규칙을 용납치 않는 것은 전적으로 그녀들의 잘못은 아니다. 왜냐하면 그 규칙은 여자와 상의하지 않고 남자들이 만들었기 때문이다. 여자들과 우리 사이에는 당연히 음모 술책과 말다툼이 있다. 우리가 여자와 가장 친밀하게 화합이 되었을 때에도 말썽과 소란은 있다. 우리 작가*의 견해로는 우리는 이 점을 고려하지 않고 여자들을 다룬다는 것이다.

즉, 여자들은 우리보다 사랑의 실천에 훨씬 능력이 있고 열렬하며, 때로는 남자요, 때로는 여자로 되었다는 저 옛날의 제관(티레시아스)이 "베누스는 양면의 모습으로 알려졌다"고 증언한 바 있다. 그밖에도 옛날 로마의 한 황제(프로쿨루스)와 한 황후(멧살리나)는 이 방면의 유명한 명수로서, 황제는 하룻밤에 사로잡은 사르마디아 처녀 10명을 해치웠는데, 황후는 하룻밤에 25번 자기 취미와 필요에 따라서 상대방을 갈아가며 이 짓을 했다.

아직도 쾌락에 대한 욕망에 불타며 그녀는 기진맥진
그러나 포만하지 못한 채 물러갔다.

유베날리스

그리고 카탈로니아에서는 한 여자가 남편이 너무 지긋지긋하게 달려든다고 소송을 걸었는데, 내 생각으로는 그 때문에 여자가 견

---

* 베르길리우스를 말한다.

디지 못한 것이 아니고(결코 나는 신앙에서밖에는 기적을 믿지 않는다),
바로 결혼의 기본 행동인 이 점에서도 이것을 구실로 횟수를 제한
해서 남편의 아내의 대한 권한을 억제하고, 남편의 심술궂은 행패
는 잠자리를 넘어서 베누스의 달콤한 우아함까지도 유린하는 것을
보여주려는 듯이 남편을 고발한 것인데, 고소를 당한 남편이란 자
의 대답을 보면 진실로 변태적이고 짐승 같은 남자였다. 그는 단식
일(斷食日)에도 열 번을 안 하고는 못 참는다는 것이었다. 여기에 대
해 아라공 여왕님은 훌륭한 판결을 내렸다.

그 착하신 여왕님은 이 사건을 심사숙고한 다음, 정당한 결혼 생
활에서 요구되는 절제와 겸양의 모범이 될 규칙을 모든 사람에게
내리려고, 합법적이고 필요한 한도로서 하루에 여섯 번이라는 수를
정해주면서, 성인 여자들의 성욕의 필요를 충분히 채워서 완화시켜
주며 실행하기 쉽고 따라서 영속적인 불가변의 규칙을 세워주는 것
이라고 말했다. 여기에 대해서 박사들은 "여자들의 이성에 의한 개
혁과 도덕으로 정한 것이 이런 정도니, 그녀들의 음탕한 욕심은 우
리 남자들의 욕심에 관한 여러 판결에 비해서 얼마나 엄청난 일인
가 알 수 있다"고 개탄했다. 법률학파의 시조인 솔론은 결혼 생활의
집념을 위축시키지 않으려고 한 달에 세 번밖에 의무를 지우지 않
았던 것이다.

　　　　— 제3권 5장 〈베르길리우스의 시구에 대하여〉 중에서

질병에 대하여

내가 이 글을 쓰기 시작한 지 6, 7년이 되었다. 그동안 새로운 소득이 없었던 것도 아니다. 나는 그사이 나이 탓으로 담석증에 걸려서 요양해왔다. 세월과 오랫동안 친하게 지내오면서도 이런 소득 없이 지나가는 것은 쉬운 일이 아니다. 세월이 그들과 오래 교제하는 사람들에게 주기로 되어 있는 여러 선물들 중에도 내게 용납될 만한 것을 그들이 하나라도 골라주었더라면 좋았을 것 같다.

왜냐하면 내가 지낸 세월은 어릴 적부터 내게 아주 흉칙하게 여겨지는 일밖에 줄 수 없었기 때문이다. 그것은 바로 노년기의 모든 사건 중에 내가 가장 두려워하던 일이었다. 나는 여러 번 나 자신에게 내가 지나치게 오래 산다고, 그리고 이렇게 오래 길을 가다가는 마침내는 영락없이 어느 불편한 일에 부딪히고 말 것이라고 생각했

174

다. 나는 이미 이제는 떠나야 할 때가 왔으며, 마치 외과의가 신체의 한 부분을 끊을 때의 규칙을 좇듯이, 이 인생이 생생한 동안 삶의 품 속에서 딱 끊어야 한다고 어지간히 느끼며 주장했다. 그리고 때 맞 춰서 생명을 내놓지 않는 자에게 자연은 더 심한 고리(高利)를 붙여 서 찾아가는 버릇이 있다고 생각했다.

그러나 이것은 쓸데없는 생각이었다. 나는 그때 그런 일을 할 준 비가 되어 있기는커녕 이렇게 불쾌한 상태에 있어본 지 18개월쯤 되었을 무렵, 벌써 적응할 줄 알았던 것이다. 나는 벌써 이 담석증과 의 삶에 화합해가고 있었다. 거기서 위안과 희망을 발견했다. 그렇 게도 인간들은 그들의 비참한 상태와 야합(野合)하고 있기 때문에 아무리 험한 경우라도 목숨을 보존하려고 용납하고 마는 것이다.

우리가 단순한 심령으로 느끼는 고통은 내게는 대부분의 다른 사 람들보다 훨씬 덜 괴롭다. 이런 고통은 부분적으로는 판단력에서 나온 것이고(대다수의 사람들은 대수롭지 않은 많은 일들을 대단히 무서 운 일이거나 생명을 희생해서라도 피해야 할 일같이 본다), 부분적으로 는 내게 직접 가해지지 않는 사건에 대해서 둔중하고도 무감각한 기질을 가진 탓인데, 나는 이 기질을 내가 타고난 조건들 중 가장 나 은 부분의 하나라고 생각한다.

그러나 나는 진실로 본질적이며 육체적인 고통들은 대단히 심하 게 느낀다. 그래서 옛날에도 이런 사태를 희미하게는 예측해보았으 나, 하나님 덕택으로 내 생애의 가장 좋은 시절에는 오랫동안 행복 스런 건강과 안온한 생활을 누려왔기 때문에 마음이 연약해지고 물러져서, 이런 고통을 도저히 이겨내지 못할 것이라고 두려워해왔다. 그러나 사실을 말하면 나는 병 때문에 당하는 고통보다 병에 대한 공포심이 더 괴로웠다. 그래서 내게는 우리 심령의 소질들 대부분은 그 작용이 우리에게 안정을 주기보다는 오히려 교란시키고 있다는 신념이 늘 강해져가고 있다.

나는 모든 병 중에서도 가장 나쁘고 가장 급격하게 오며 가장 고통스럽고 가장 치명적이고 가장 고치기 힘든 병에 걸려 있다. 벌써 아주 길게 끄는 괴로운 발작을 대여섯 번이나 겪었다. 그러나 내 자랑을 하는 것인지 모르지만, 의사들이 이 병에 대해 우리에게 고집하는 위협과 결론과 결과 따위에 대한 생각도 떨어버리고 죽음의 공포에서 벗어난 심령을 가진 자에게는 이런 경우 역시 참아내는 힘이 있다. 그러나 실제로 고통 그 자체는 침착한 사람이 그것 때문에 미쳐서 절망할 지경으로 그렇게 쓰리고 찌르듯이 괴로운 것은 아니다. 나는 적으나마 죽음과 전적으로 화해하고 친밀해지려고 여태까지 해볼 수 없었던 일을 이 담석증이 완수해주리라는 이득을 얻는다.

왜냐하면 이 병이 나를 압박하며 귀찮게 굴면 굴수록 나는 죽음이 덜 무서워질 것이기 때문이다. 나는 이미 생명으로서만의 생명에 매여 있다는 사실을 터득했다. 이 담석증은 나를 인생에서 풀어줄 것이다. 그리고 결국은 그 호되게 아픈 고통을 내 힘으로 지탱하지 못하게 될 경우에, 하나님은 마침내 나를 다른 극단으로 몰아넣어 그에 못지않게 악덕스런 일로 내가 죽음을 사랑하며 빨리 죽음이 왔으면 하고 바라는 지경에 이르지는 않게 할 것이다.

죽음을 두려워하지도 바라지도 말라.

마르티알리스

이 두 가지가 모두 두려워해야 할 격정이다. 그러나 한편의 치료
는 다른 편보다 훨씬 더 손쉽게 얻을 수 있다.

그런데 나는 사람들이 침착한 태도와 자세를 가지고 고통을 경
멸하며 참아내라고 너무나 엄격하고 정확하게 명령하는 훈계가 대
개 격식에 지나지 않는 말임을 알았다. 실체와 행동만 존중하는 철
학이 어째서 이런 외적인 치레를 일삼는 것일까? 이런 것은 몸짓을
아주 중히 여기는 배우나 수사학자들에게 맡겨둘 일이다. 이런 목
소리의 비굴성이 심장이나 창자 속까지 박힌 것이 아니라면, 터놓
고 고통에 내맡길 일이다. 마음이 공포에 사로잡히지 않았고 말에
절망이 드리워 있지 않다면, 철학은 그것으로 만족해야 한다! 우리
가 우리 사상까지 비틀지 않는다면, 우리 팔뚝이 좀 비틀린들 어떤
가! 철학은 남을 위해서가 아니라, 우리를 위해서 우리를 훈련시킨
다. 철학은 철학이 책임 맡아서 가르쳐주는 우리의 오성을 지배하
는 것으로 그칠 일이다. 담석증을 다루는 데에 철학은 우리 심령이
자기를 알아보고 습관화된 행습을 좇게 하고, 고통의 발밑에 수치
스럽게 굴복하지 말고 그것과 싸워나가도록 마음을 견지시킬 일이
다. 이 싸움에 흥분하며 악을 쓰더라도 지쳐서 쓰러지지는 말고, 어

느 정도까지는 대화도 하고 재미도 찾게 할 일이다. 신체의 고통이 극히 심한 경우에 우리에게 아주 침착한 태도를 요구하는 것은 잔인한 일이다.

우리의 마음이 태평하면 언짢은 얼굴을 한다 해서 대단한 일은 아니다. 한탄해서 몸이 풀린다면 해도 좋은 일이다. 몸을 움직이고 싶거든 하고 싶은 대로 비비꼬아 보고 수선을 떨어볼 일이다. 맹렬하게 소리를 질러서 아픈 것이 얼마간이라도 덜어진다면(의사들이 여자들이 해산할 때 그렇게 하는 편이 낫다고 말하듯이), 또는 그것으로 아픈 생각이 헷갈리게 된다면, 실컷 소리 질러볼 일이다. 이 소리에게 일부러 나오라고 명령할 것은 아니나 소리가 나오는 대로 나오게 두자. 에피쿠로스는 그의 현자들에게 아프거든 소리 지를 것을 허락할 뿐만 아니라, 권하기까지 한다.

투사들도 역시 그들의 적수를 강타할 때 철갑장을 휘두르며 소리친다. 왜냐하면 소리를 내는 노력으로 전신이 강직해지며 내리치는 타격에 더 힘이 배기 때문이다.

키케로

우리는 이런 쓸데없는 규칙에 수고하지 않아도 고통받는 수고만으로도 과하다. 나는 이 병의 발작과 충격에 몸부림치는 사람들을 변명해주려고 이렇게 말하는 것이다. 왜냐하면 나로서는 지금까지 체면을 차려가며 고통을 견뎌왔지만, 그렇다고 외부적인 체면을 지키려고 애쓰는 것도 아니기 때문이다. 나는 그런 것을 중하게 여기지 않는다. 이 점에서는 고통으로 하여금 하고 싶은 대로 하도록 놓아둔다. 그러나 내 병의 고통이 너무 심한 것이 아니거나 내가 여느 사람들보다 더 굳세게 견뎌내는 것일 게다. 나는 몸이 아파서 쑤시는 것을 느낄 때에는 한탄하며 짜증을 낸다.

> 탄식, 고함, 신음, 비탄이 애조 띤 소리로 울려 나온다.
>
> 키케로가 인용한 힐록테르소의 시 중에서

그러나 위의 시처럼 내 정신을 잃게까지는 되지 않는다.

나는 고통이 심할 때는 몸을 더듬어보며, 그래도 다른 때만큼이나 건전하게 말하고 생각하고 대답할 수 있음을 발견했다. 다만 고통 때문에 정신이 흔들리고 헛갈려서 아주 꿋꿋한 태도를 갖지는 못하는 것이다. 사람들이 내가 심하게 지쳤다고 보며 옆에서 나를 아껴줄 때에는 나는 자주 내 힘을 시험해보며, 스스로 내 상태와는 관계가 없는 말을 꺼낸다. 급박한 노력으로는 무슨 일이라도 할 수 있다. 그러나 오래 가지는 못한다.

오오, 어째서 나는 키케로와 같은 몽상가의 소질을 갖지 못한 것일까. 그는 소녀를 포옹하는 꿈을 꾸다가 담석이 빠져나갔다는데, 내 병은 이상하게도 내게서 소녀를 빼앗아간다!

이런 극심한 고통이 멎어 내 수담관이 그렇게 심하게 쑤시지 않고 맥이 풀려 있는 동안에는, 내 심령은 감각과 신체의 조건으로 밖에 놀란 것이 없기 때문에 나는 갑자기 심상한 상태로 돌아간다.

이제부터 내게는 뜻밖의 새로운 고통은 없다.
그런 것은 모두 경험해서 내 심령은 미리 준비되어 있다.

베르길리우스

그러나 나는 처음 당하는 자로서는 좀 호되게 걸렸다. 너무 심하게 갑자기 닥쳐온 변화였기 때문에, 그때까지 아주 순탄하고 행복했던 생활에서는 생각해볼 수도 없던 가장 고통스럽고 힘든 상태에 빠져버렸다. 왜냐하면 이 병은 대단히 두려워해야 할 질병일 뿐 아니라, 내게는 그 시초가 여느 경우보다도 훨씬 더 힘들고 호되었던 것이다. 발작이 너무 자주 일어났기 때문에 나는 전혀 건강 상태라는 것을 느껴보지 못했다.

그렇지만 꾸준히 마음만 단단하게 가지고 있으면 수많은 다른 사람들보다 내 인생을 상당히 좋은 상태에 두고 있다고 보는 정신 상태를 지금까지 유지해왔다. 생각을 잘못 갖기 때문에 자기가 청해서 열병이나 질환을 얻는 것이다.

어느 방식의 겸손은 묘하게도 오만한 심정에서 나온다. 다음에 말하는 것이 그런 식이다. 여러 가지 사물에 관해서 자기의 무식을 인정하며, 자연의 소산 중에서 그 어느 소질과 조건들은 우리에게 지각되지 않기 때문에, 우리 능력으로는 그 작용과 원인 등을 발견할 수가 없는 것이 있다고 아주 얌전하게 고백하는 따위가 그것이다. 그리고 이렇게 모르는 것은 모른다고 양심적으로 정직하게 말하는 사물들에 관해서도 사람들이 그대로 믿어주기를 기대한다.

우리는 기적이라든가 이해하기 어려운 외국의 사물들을 찾아다니며 골라낼 필요도 없다. 우리가 보통 보는 사물들 중에도 여간해서 이해할 수 없는 기적보다도 더 괴기하고 이상한 일들이 많다. 한 방울의 정액으로 우리가 만들어지며, 육체적인 형태뿐 아니라 생각하는 방식까지도 조상들의 경향을 따르게 되다니, 이런 괴상한 일이 또 있는가? 이 한 방울의 액체는 그 속의 어디에다 이 무한한 수의 형태를 담아두는가?

그리고 어떻게 그렇게도 무질서하고 혼란된 과정에서 증손자가 증조부를 닮고 조카가 숙부를 닮는 이런 상사성을 갖게 되는 것인가?

나는 부친에게서 담석증을 물려받은 것이라고 생각할 만하다. 왜냐하면 그는 쓸개에 큼직한 돌이 생겨서 심하게 고생하다가 돌아가셨기 때문이다. 그는 나이 예순일곱이 되어서 비로소 담석증이 있는 것을 깨달았다. 그리고 그전에는 어깨에나 허리에나, 다른 어느 곳에도 이 병에 걸렸다는 아무런 위협이나 징후도 느낀 일이 없었다. 그리고 그때까지는 건강이 좋아서 병도 별로 없이 살았다. 그리고 이 병에 걸린 다음에도 7년 동안 계속해서 아주 고생스럽게 질질 끌다가 생애를 마치셨다.

나는 부친이 스물다섯 살 때, 아직 병도 나기 전이고 건강이 가장 좋으신 시절에 서열로는 세 번째 아들로 태어났다. 그러면 어떻게 그렇게 오랫동안 이 결함을 가지게 될 경향이 몸속에 숨어 있었던 것일까? 그가 이 병에 걸리기 오래전에 나를 만들어낸 그 실체의 작은 조각이 어떻게 그 속에 이렇게도 큰 결과를 가져올 흔적을 지녔던 것일까? 그리고 한 어머니에게서 나온 하고많은 형제와 자매 중에서 40년이 지난 뒤에 나 혼자만이 그것을 느끼기 시작했을 정도로 어떻게 그토록 깊이 숨어 있었던 것일까?

이 과정을 내게 밝혀줄 사람이 있다면, 나는 그것만큼 다른 기적들도 그가 바라는 대로 믿어줄 것이다. 다만 사람들이 하는 식으로 사물 자체보다도 훨씬 더 어렵고 허황한 학설을 내게 안기는 것만 아니라면 말이다.

— 제2권 37장 〈어린아이들이 아버지를 닮는 일에 대하여〉 중에서

어느 원칙으로 우리의 행위를 조절할 것인가

다른 사람들이 칭찬해주는 것이 도덕적 행동에 대한 보상이라고 생각하는 것은 그 근거가 너무나 불확실하고 어지럽다. 특히 지금과 같은 무식하고 부패한 시대에는 사람들의 존경을 받는다는 것은 오히려 모욕이 된다. 누구의 말을 믿고 칭찬할 만한 일을 알아볼 줄 안다고 할 것인가? 사람들이 이것이 명예스런 일이라고 자신을 추켜세워 말하는 식의 착한 사람이 될 생각은 제발 그만둘 일이다!

"지난날의 악덕은 오늘날에는 풍습이 되었다."

내 친구들 중 몇몇은 자진해서 또는 내 청을 받아서 가끔 마음을 터놓고 훈계하거나 책망하려고 했다. 그것은 점잖은 마음을 가진 사람이 그 유용성뿐만 아니라 상냥한 마음씨의 우정으로 할 수 있는 모든 봉사보다 더 나은 호의에서 나오는 일이다. 나는 이런 말을 항상 예의 바르게 그리고 가장 고마운 마음으로 받아들였다.

그러나 지금 이 시간 양심적으로 말하자면, 그들의 책망이나 칭찬에는 항상 그들이 바라는 식으로 잘 실행하기보다는 차라리 잘못하는 편이 좋았을 것 같은 그릇된 의견이 너무나 많았다. 개인 생활을 자기 자신에게밖에 보여줄 거리가 없이 사는 우리 따위는 무엇보다 마음속에 모범을 세워서 그것을 좇아서 우리 행동을 비판하고, 그에 따라서 때로는 우리 자신을 칭찬하기도 하고 때로는 징계하기도 해야 한다. 나는 나 자신을 심판하려고 나 자신의 법과 재판정을 가지고 있다. 그리고 다른 데서보다 그곳에 호소한다. 자주 다른 사람의 의견을 따라서 내 행동을 제한한다.

그러나 내 행동을 확대할 때는 오로지 내 의사만을 좇는다. 그대가 비굴한지 잔인한지 충실한지 경건한지를 아는 자는 그대밖에 없다. 다른 사람들은 그대를 보지 못한다. 그들은 불확실한 추측으로 그대를 짐작한다. 그들은 그대의 기교를 보는 만큼 그대의 본성을 보지 못한다. 그러니 그들의 판단에 매이지 말라. 그대 양심의 판단을 존중하라.

그대가 자신에게 하는 판단을 사용해야 한다.

키케로

도덕과 악덕에 관한 양심의 판단은 지극히 중요하다. 그것을 제거해보라. 만사가 붕괴된다.

키케로

　사생활에까지 질서가 유지되는 인생은 훌륭하다. 누구든지 광대놀이에 한몫 끼어 무대 위에서는 정직한 사람 노릇을 해볼 수 있다. 그러나 요점은 우리의 모든 일이 허용되고 모든 것을 감추어두는 가슴속에 질서를 세워보는 일이다. 다음 단계는 아무한테도 보고할 필요도 없고 마음을 써서 꾸며 보일 필요도 없이 살아가는 자기 집 안에서의 행동에 질서를 세우는 일이다. 자기 아내나 자기 하인이 보아서 아무것도 눈에 뜨일 짓을 하지 않은 자는 세상에서도 훌륭한 인물이다. 자기 집안사람들에게 숭배받는 사람이란 거의 드물다.

　자기 집에서뿐 아니라 자기 고향에서 예언자가 되어본 자는 아무도 없었다고 역사의 경험은 말한다. 어줍잖은 일에서도 역시 마찬가지다. 이러한 비속한 예에서 위인들의 모습이 보인다. 우리 가스코뉴 지방에서는 내 글이 인쇄되어 나온 것을 모두 괴상한 일로 본다. 나에 관해서 아는 사람은 내 은신처에서 멀리 떨어진 곳에 있을수록 나를 더 높이 평가한다. 나는 귀엔느 지방에서는 돈을 써 가며 내 책을 인쇄시킨다. 다른 데서는 사람들이 내 책을 모두 사본다. 죽어서 없어진 다음에 세상의 신용을 얻어보려고 현존하는 동안 사람들이 은신하는 것은 이런 사실에 기초를 두는 것이다. 나는 그런 신용은 덜 얻는 편이 낫다. 내가 지금 세상에서 얻는 몫밖에 나를 세상에 내놓지 않는다. 내가 이 세상을 하직한 후에는 신용이건 무엇이 건 다 소용없다.

사람들은 공적인 의식이 끝난 다음, 탄복하여 그 집필자를 우러러 보며, 그의 집까지 바래다준다. 그 사람은 옷을 벗어놓으면서 그의 역할도 벗어놓는다. 집 안에 들어가면 모든 일이 혼잡스럽고 비속하다. 그의 행동에 질서가 있다 하더라도, 그의 비천한 사적 행동에서 그것을 알아보려면 예민하게 식별하는 판단력이 있어야 한다. 더욱이 질서란 것은 희미하고 침침한 덕성이니 말이다.

성(城)을 공격하여 돌파한다, 사절(使節)로서 외국에 나가서 담판한다, 한 국민을 통치한다 하는 것은 찬란한 행동이다. 자기 식구들과 자기 자신을 부드럽고 올바르게 꾸지람하고, 웃으며, 팔고 사며, 사랑하고, 미워하며, 교섭하고, 되는 대로 일하지 않고, 자기 말을 어기지 않는 것, 이런 일은 그리 드러나 보이지 않지만 더 드물고 어렵다.

그러므로 누가 어떻게 말을 하건, 은퇴한 생활은 다른 어느 생활들만큼이, 또는 그보다 더 거칠고 긴장된 의무를 지탱해나가야 한다.

아리스토텔레스는 개인은 관직을 맡은 자들보다 더 힘들고 고매한 도덕을 섬긴다고 했다. 우리는 양심보다는 명예욕 때문에 영예로운 자리에 나선다. 영광에 도달하는 가장 가까운 지름길은 우리가 영광을 위해서 하는 일을 양심을 가지고 하는 데 있을 것이다. 그리고 알렉산드로스가 그의 활동 무대에서 보여준 덕성은 소크라테스가 그의 변변찮고 드러나 보이지 않는 행동에서 보여준 것보다도 훨씬 힘이 덜 드는 일이었다고 생각된다. 소크라테스가 알렉산드로스의 자리에 있었다면 훌륭하게 해냈을 것이지만, 알렉산드로스가 소크라테스의 일을 제대로 해냈으리라고는 상상이 되지 않는다. 누가 그에게 할 줄 아는 것이 무엇이냐고 물어보면, "세계를 정복하는 일"이라고 그는 대답할 것이다. 소크라테스에게 같은 질문을 하면, "타고난 조건에 맞게 인생을 살아가는 것"이라고 말할 것이다. 이것은 보다 더 보편적이고 더 무게 있고 더 합법적인 지식이다. 심령의 가치는 높이 올라가는 데 있지 않고, 질서 있게 살아가는 데 있다. 심령의 위대성은 위대한 일에 행사되는 것이 아니고, 평범한 일에 행사되는 것이다.

― 제3권 2장 〈후회에 대하여〉 중에서

권세의 옹색함에 대하여

우리는 거기 도달하지 못할 것이니 분풀이로 욕이나 해보자(어떤 일에 단지 결점을 찾아내는 것만으로는 전적으로 욕하는 것이 아니다. 아무리 아름답고 훌륭한 것이라도 결점이 없는 것은 없다). 대체로 권세라는 것은 자기만 좋으면 아래로 내려갈 수도 있고 위쪽 조건이건 아래쪽 조건이건 거의 마음대로 택할 수 있다는 것이 명백한 이점이다.

사람은 높은 데서 반드시 떨어지기만 하는 것은 아니다. 떨어지지 않고도 내려올 수 있는 일이 더 많은 법이다. 아마도 우리는 높은 자리에 너무 많은 값어치를 두는 것 같다. 그리고 높은 자리를 경멸한다거나 높은 자리를 자기 의사로 물리쳤다고 하는 자를 보거나 듣거나 하면 그들의 결심을 너무 가치 있게 본다. 권세라는 것의 본질은 기적이 아니고는 거절하지 못할 정도로 명백하게 편리한 것만은 아니다.

불행을 참아내기는 대단히 어렵다고 나는 본다. 그러나 대단치 않은 재산으로 만족하거나 높은 자리를 회피한다는 것은 대단한 일로 보지 않는다. 그것은 나 같은 바보도 그리 힘 안 들이고 도달할 있는 덕성이라고 본다. 높은 자리에 오르고 싶은 욕심이나 그 자리를 누리는 것보다 더 큰 야심을 가지고 그것을 거부하는 데 따르는 영광을 고려하는 자들은 어찌할 것인가? 더욱이 야심이라는 것은 보통의 길을 벗어난 특이한 길로밖에는 결코 달성되지 않는 것이 아닌가?

나는 참을성을 가지고 욕심은 갖지 말자고 마음을 단단히 먹는다. 나도 다른 사람들만큼이나 바라는 것이 있다. 그리고 이런 방자한 욕심에는 조심성이 없다. 그렇지만 한 제국을 갖고 싶다거나 왕위를 바란다거나 사람들을 지배하는 높은 자리를 바란다거나 한 적은 결코 없었다. 내 목표는 그쪽이 아니다. 나는 자신을 너무 사랑한다. 내가 성장하기를 바란다면 그것은 결단성으로나 조심성으로나 건강으로나 미(美)로나 재산으로나 나 자신에 적합하도록 겁 많고 제한된 성장을 생각한다. 그러나 권세에 결부되는 저 강력한 신망과 권위라는 것이 내 상상력을 압박한다.

그러나 누군가(케사르) 말한 바와는 아주 반대로, 나는 파리에서 첫째 되기보다는 페리괴외 지방에서 둘째나 셋째가 되기를 원하겠다. 적으나마 거짓 없이 파리에서 첫째의 직책을 맡기보다는 셋째가 되는 것이 더 좋다. 나는 가련한 무명 인사로 어느 집 문지기와 말다툼하고 싶지도 않으며, 길을 갈 때에 군중의 숭배를 받아서 길을 가르며 다니고 싶지도 않다. 나는 내 운수에 따라서, 그리고 내 취미에 맞게끔 중류 계급에 길들어 있다. 그리고 내 인생의 일을 처리하는 데 하나님께 받은 나의 타고난 지체를 뛰어넘기를 바랐다기보다는 차라리 그런 생각을 피해왔다. 본성과 지체에 맞게 세워진 모든 것은 정당하고 편안하다.

내 마음이 이렇게 겁쟁이인지라, 나는 높은 지체를 높이대로 재지 않고 그 안이성으로 재어본다.

그러나 내 마음은 그렇게 너그럽게 크지는 않은 대신 열려 있어서, 약점을 과감하게 공표한다. 누가 내게 한편에는 한량이고, 미남자고, 학자며, 건강하고, 이해성이 깊고, 모든 종류의 편익과 쾌락을 풍부하게 누리고, 안온하게 자기 자신의 생활을 영위하며, 죽음이나 미신이나 고통 등 인생의 모든 다른 장애를 견뎌낼 결심으로 자기 나라를 방어하려고 무기를 들고 마침내 전투의 마당에서 죽어간 토리우스 발부스의 생애를 놓고, 또 다른 편에는 세상이 모두 그 이름을 알 만큼 위대하고 지체가 높으며 훌륭한 종말을 맞은 레굴루스의 생애를 놓고, 하나는 이름도 권세도 없는 무명 인사요, 또 하나는 경탄할 만큼 모범적인 영광의 인물인 이 둘을 비교하여보라고 한다면, 내가 키케로만큼만 말을 잘한다면 나도 그와 같은 말을 할 것이다. 그러나 그들을 내 인생과 비교해본다면, 전자가 내 분수에 맞고 내 욕심에 맞으며 후자는 내게서 거리가 먼 만큼 후자는 존경을 바치는 것으로밖에 도달할 가망이 없지만 전자는 내 습관대로 해서 쉽게 도달할 수 있다고 말하겠다.

우리가 처음에 다룬 세속적 권세의 문제로 돌아오자.

나는 내가 행하건 내가 당하건 지배라는 것이 싫다. 페르시아의 왕권을 주장할 수 있던 일곱 사람 중 하나였던 오타네즈는 내가 취하고 싶은 태도를 취했다. 그는 자기가 지배하기도 지배받기도 싫은 만큼, 자기와 자기 가족들이 그 제국 안에서 고대의 법률을 위반하는 일이 없는 한 아무런 지배할 일도 지배받을 일도 없이 전적으로 자유롭게 살아가게 해달라는 조건으로 선거에 따르거나 제비를 뽑아서거나 왕위에 오르는 권리를 동료들에게 양보했다.

내 생각으로는 세상에서 가장 거칠고 어려운 직업은 임금답게 임금 노릇을 하는 일이다. 나는 생각만 해도 두려워지는 그들 직책의 무서운 무게를 고려해서 대개 세상 사람들이 하는 것보다도 더 그들의 잘못을 용서해주고 싶다. 그렇게도 큰 권력을 가지면 절도를 지킨다는 것은 어려운 일이다. 그 때문에 좀 탁월하지 못한 자들이라도 그 자리에서 조금이라도 좋은 일을 하면 반드시 기록에 오르고 사람들의 입에 오르며, 조금이라도 일을 잘하면 대단히 많은 사람들이 혜택을 받고, 그의 역량은 설교자들과 같이 주로 판단이 정확하지 못하고 속이기 쉽고 만족시키기도 쉬운 민중 전체에 영향이 미치기 때문에 도덕적으로 처신하려는 특이한 자극을 받는다.

우리는 어느 방식으로든 한 사물에 개인적인 이해 관계를 가지고 있으므로, 어떤 일에 성실한 판단을 내리기는 대단히 힘들다. 우월과 열등, 지배와 복종의 지위에 앉으면 서로 타고난 시기심과 경쟁의식에 사로잡힌다. 그들은 피차간에 영원히 싸워가게 되어 있다. 나는 어느 편의 권리도 인정하지 않는다. 우리가 이성을 행사할 수 있다면 이 냉철하고도 굽히지 않는 이상에게 말을 시켜보자.

한 달이 좀 못 된 일이지만 나는 스코틀랜드 작가의 책 두어 권을 들춰본 적이 있다. 그 책에는 인민당은 임금을 수레 제조공만도 못하게 여긴다는 것, 그리고 왕당은 임금을 하나님보다도 몇 발 위에 올려놓고 있다는 것을 문제로 토론한 내용이 실려 있었다.

그런데 최근에 내가 알게 된 바를 지적해보면, 권세의 옹색함은 이런 데 있다. 사람들의 상호간 교제에서, 신체의 훈련에서건 정신의 훈련에서건 서로의 명예와 공훈을 시기하며 서로 경쟁하는 것보다 더 재미있는 일은 없으리라. 이런 것은 주권의 권세와는 아무런 상관도 없다. 실로 사람들은 흔히 제왕들을 너무 존경하기 때문에 그들을 도리어 경멸하며 욕되게 대접하는 것같이 보인다고 나는 생각했다.

어렸을 적에 나는 나와 함께 경기하는 아이들이 나를 싸워볼 가치가 없는 상대로 여겨 온몸의 힘을 쓰지 않는 것에 대해 대단히 불쾌해했다. 마찬가지로 모두 다 임금을 따위는 상대할 값어치가 없다고 여기는 이런 일을 임금들은 날마다 겪는다. 누군가 다소나마 이기고 싶은 욕심이 있다 해도 왕에게 자기 승리를 넘겨주려고 애쓰지 않는 자는 없으며, 왕의 영광에 손상을 주기보다 자기 영광을 배반하려고 하지 않는 자는 없다. 이런 경우에는 임금들의 명예를 위해서 필요 이상의 노력을 기울이지는 않는다. 모두가 임금들 편을 드는 전투에서 그 임금들이 낸 힘의 몫은 얼마나 되는가?

옛날의 무사들이 신통력을 갖춘 신체와 무기를 가지고 무술 경기나 전투에 나오는 것을 눈앞에 보는 듯하다. 브리송이 알렉산드로스와 대항해서 달음질하다가 달리기를 포기했다. 알렉산드로스는 그를 꾸짖었다. 그리고 그 때문에 그를 태형에 처하라고 명령했다.

이 점을 고려해서 카르네아데스는 말하기를, 임금의 아들들은 말[馬]을 다루는 것밖에 다른 일은 아무것도 배우지 못한다고 했다. 다른 경기에서는 모두가 그들 밑에 무릎을 꿇으며 그들에게 승리를 돌리기 때문이다. 그런데 말은 아첨할 줄도 시중을 들 줄도 모르니, 임금의 아들이건 인부의 아들이건 차별 없이 땅에 떨어뜨린다.

호메로스는 트로이 전쟁에서 베누스에게 상처를 주지 않을 수 없었다. 그렇게도 거룩하고 연약하고 부드러운 몸이지만 위험이 면제된 신들에게 결코 있을 수 없는 소질인 용기와 과감성을 주려면 불가피한 일이었다. 신들에게도 우리에게 있는 불완전한 소질에서 나오는 덕성으로 명예를 주려고, 그들도 분격하고 두려워하고 도망가고 서로 질투하고 아파하고 열중하게 만드는 것이다.

모험과 곤란에 참여하지 않는 자는 이런 위험한 행동에 따르는 명예와 쾌감의 혜택을 요구할 수 없다. 무슨 일을 하건 모두가 자기한테 지게 할 만큼 대단한 권세를 갖는다는 것은 가련한 일이다. 그대의 운수가 사회와 친구를 그대에게서 멀리 떼어놓고, 그대를 너무나 외따로 세워놓는다.

이렇게 비굴하고도 쉽게 모든 것을 자기 앞에 굽히게 하는 안일감은 모든 쾌락의 적이다. 그것은 미끄러지는 것이지 가는 게 아니다. 그것은 잠자는 것이지 사는 게 아니다. 전능의 힘을 가진 인간을 생각해보라. 그는 그대에게 장해와 저항을 달라고 구걸해야 할 것이다. 그의 존재와 행복이 궁지에 빠진 것이다.

— 제3권 7장 〈권세의 옹색함에 대하여〉 중에서

정치에 대하여

자신에 관해서 방심하게 하고 다른 일에 사로잡히게 하는 심정 (정열)에는 나는 정말 온힘을 다해서 반대한다. 내 생각으로는 남의 일에 열중하여도 자기 자신을 잃어서는 안 될 일이다. 내 의지가 어떤 일에 몰두하기 쉬운 경향이 있다 하여도, 그 상태가 계속되지는 않는다. 나는 천성으로나 버릇으로나 너무 무르다.

일을 피하고, 한가하게 노닐며 조용히 은거하려고 세상에 나오다.
오비디우스

고집 세워서 논쟁하던 토론의 결말이 상대방에게 유리하게 되거나, 의안(議案)을 하나 내어 열렬히 주장했으나 결과가 내 얼굴만

뜨거워지는 판국이 되면, 아마도 나는 너무 심하게 속을 썩이게 될 것이다. 다른 사람들처럼 바로 물고 늘이져본다고 하여도, 내 마음은 사람을 지나치게 골리는 자들이 잘 만들어내는 격심한 감정을 견디어낼 힘을 결코 갖지 못할 것이다. 내 마음은 속에서 치미는 울화 때문에 당장에 부서져버리고 말 것이다.

어느 때 사람들이 내게 자기의 일을 처리해달라고 청해도 나는 맡아보겠다고만 하지 심혈을 기울이겠다고는 약속하지 않는다. 일을 떠맡아도 그 일을 내 몸에 합체시키지는 않는다. 일을 보살펴주기는 하지만 절대로 열중할 생각은 없다. 일을 쳐다보기는 하지만 끌어안을 생각은 전혀 없다. 내 집안일도 소란스러워 그것을 보살피고 처리하기도 힘에 겨운 터에 수많은 남의 일을 가슴에 담아가며 고통을 받을 여유는 없다. 외부에서 다른 걱정거리를 청해 오지 않아도, 타고난 나 자신의 본질적인 일에 매여 있기도 벅차다.

자기에게 얼마나 책임이 있으며 자기 자신을 위해서 할 일이 얼마나 많은가를 아는 자들은 대자연이 자기에게 충분한 일거리를 맡겨서 결코 여가를 주지 않고 있음을 잘 안다. 그대 자신의 일만으로도 대단히 바쁘다. 자기를 떠나지 말라.

사람들은 자기를 세(貰)로 내준다. 그들의 소질은 자기들 것이 아니다. 이 소질은 그들이 섬기는 자를 위해서 있다. 그들의 임차인이 그들 속에 들어앉아 있다. 그들 자신이 들어앉아 있는 것이 아니다. 사람들이 이렇게 생각하는 것이 내 비위에는 맞지 않는다. 우리 심령의 자유는 아껴두어야 하고, 정당한 경우 이외에는 저당잡혀선 안 된다. 우리가 건전하게 판단해보면, 그런 기회는 그리 많지 않다. 걸핏하면 남의 일에 열중해서 얽매이는 사람들을 보라. 그들은 작은 일에나 큰 일에나, 자기에게 관계 있는 일에나 관계없는 일에나, 어디를 가도 그 모양이다. 그들은 해야 할 일이건 아니건 일이라면 모두 참견하며 달려든다. 그리고 어수선하게 부산을 떨지 않으면 사는 것 같지 않다.

그들은 일거리를 위해서만 일거리를 찾는다.

세네카

그들은 앞으로 나아가길 원하지도 않고, 그렇다고 가만히 있을 수도 없으니까 그러는 것이다. 마치 돌이 흔들리며 떨어지기 시작하면 계속해서 굴러 바닥에 닿을 때까지 멈추지 못하는 것과 같다.

직무라는 것은 어느 부류 사람들에게는 능력과 권위의 표징이다. 그들의 정신은 마치 요람 속에 있는 어린아이같이 동요 속에서 휴식을 찾는다. 그들은 자기 자신의 일은 귀찮아하는 만큼 친구들의 일은 서둘러 보살펴준다고 말할 수 있다. 아무도 남에게 자기 돈을 나누어주지 않지만 누구나 다 남에게 자기 시간과 생명을 나누어준다. 우리는 이런 것만큼 낭비하는 것이 없는데, 사실인즉 이런 일에 인색해야만 유익하고 칭찬받을 만한 것이다.

내 태도는 이와는 아주 다르다. 나는 나 자신에게 집착하고 대개 내가 원하는 것도 순하게 원하며 그다지 바라지도 않는다. 일을 맡아보는 태도도 마찬가지다. 일도 드물게 하지만 침착하게 한다. 사람들은 원하여 행하는 것은 온 의지로써 맹렬하게 해나간다. 세상에는 실수가 너무 많으므로, 가장 확실한 길은 세상을 좀 가볍게 피상적으로 흘려보내는 일이다. 미끄러져 가야지 그 속에 처박혀서는 안 된다. 쾌락에 대한 욕망도 너무 깊이 들어가면 고통이 된다.

> 그대는 믿지 못할 재로 덮인
> 불 위를 걷는다.
>
> 호라티우스

보르도의 의원들은 나를 그 도시의 시장으로 선출했다. 그때 나는 프랑스를 떠나 있었으며, 그런 일은 꿈에도 생각한 일이 없었기 때문에 사양했다. 그러나 사람들은 그래선 안 된다고 강권했고 왕의 명령도 있어서 거부할 수가 없었다. 이 직책은 일을 집행하는 명예밖에 다른 소득이나 보수가 없는 만큼 더욱 훌륭한 자리로 보여야 한다. 임기는 2년이고, 재선으로 중임할 수도 있으나, 그런 일은 드물다. 내가 이 경우에 해당했고, 그전에도 두 번밖에 그런 예가 없었다. 몇 해 전에 랑사크 씨가 그랬고, 최근에는 프랑스 원수인 드 비롱 씨가 그랬으며, 그 뒤를 내가 이었다. 그리고 내 자리는 역시 프랑스 원수인 드 마치뇽 씨에게 넘겨주었는데, 나는 이렇게 고귀한 분을 동료로 맞이하는 데 큰 긍지를 느꼈다.

양편이 다 탁월한 관리며 용감한 전사였다.

베르길리우스

운수는 이 특수한 사정에 참여하듯이 내 출세에도 참여하려 했다. 그것은 전혀 허망한 일은 아니었다. 알렉산드로스는 코린토스의 사절들이 그들 도시의 시민권을 증정하러 온 것을 경멸했다. 그러나 그들에게서 바커스와 헤라클레스도 그들의 시민으로 등록되어 있다는 말을 듣고 흔연히 받아주며 감사했다.

나는 돌아와서 내 인물됨을 느끼는 대로 양심적으로 성실하게 설명해보였다. 기억력도 좋지 못하고, 조심성도 없고, 경험도 없고, 정력도 부족하며, 증오심도 없고, 야심도 없고, 욕심도 없고, 괄괄한 성미도 아니라고 말했다. 그들에게 내 봉사에는 그렇게 기대할 게 없으리라는 사실을 알려주기 위해서였다. 그리고 그들은 돌아가신 내 부친에 대한 지식과 그에 대한 명예로운 기억 때문에 나를 선출했는데, 그들이 나를 불러다 앉히는 자리에서 부친이 직책을 맡아보는 동안 이 도시의 사무를 처리하며 겪었던 그런 신고(辛苦)를 내가 또 겪게 된다면, 나로서는 대단히 괴로운 일이라고 아주 명백하게 말했다.

내가 어릴 적에 허약하신 몸으로 집안 살림이나 건강이나 오랫동안 애착을 가지고 지내던 온화한 가정의 분위기도 잊어버리고, 일을 위해서 먼 여행을 하시다가 자칫 생명까지 잃을 뻔하면서 시끄러운 공무에 호되게 시달리며 지내시던 아버지의 모습이 생각났다.

그분은 그런 성격이었다. 그것은 본성이 대단히 착하신 때문이었다. 다른 사람의 일이라면 칭찬하겠지만 이런 인품을 나는 좋을 생각이 없다. 그리고 변명거리도 있다. 부친은 이웃을 위해서 자기를 잊어야 하며, 전체에 비하면 개인의 사정은 고려에 넣어선 안 된다는 말을 들어왔던 것이다.

세상일 대부분의 규칙과 가르침은 우리를 우리 밖으로 밀어내서 공공 사회의 일로 몰아넣는 길을 취한다. 사람들은 우리가 타고난 애착심으로 너무 자기 자신에게 집착해 있다고 짐작하고, 자기 자신에게서 벗어나서 다른 생각을 하도록 하는 것이 좋은 효과를 얻는다고 생각한 것이다. 왜냐하면 현자들에게 사물들을 있는 그대로 말하지 않고 어떻게 소용된다고 설명하는 것은 새로운 격식이 아니기 때문이다. 진리는 우리에게 장애가 되고 불편하고 융화되지 않는 면이 있다. 우리는 간혹 속지 않으려고 속여야 하며, 일부러 눈과 이해력을 단련시켜서 보충하려면 눈을 깜박거려야 하고 이해력을 둔화시켜야 하는 경우가 있다.

무식한 자들이 판단하며 따진다. 그들이 과오에 빠지지 않게 하려면 종종 그들을 기만해야 한다.

퀸틸리아누스

그들이 우리에게 우리보다 세 단계, 네 단계, 다섯 단계 앞선 사물들을 사랑하라고 명령하는 것은 궁수들이 과녁을 맞추려면 과녁 위의 훨씬 떨어진 곳을 겨누어야 한다고 가르치는 격이다. 휜 나무를 바로잡으려면 거꾸로 휘어야 한다.

나는 우리가 다른 종교에서 보는 바와 같이, 지혜의 신 팔라스의 신전에 평민들에게 보여주려는 신비로운 의식이 있었고, 그 밖에도 그 신앙의 오의(奧義)에 통한 사람들에게만 보여주려는 더 고급의 비밀스런 의식이 있었다고 생각한다. 오의에 통한 자들은 각자 서로 진실한 우정의 비결을 체득하고 있었다고 보는 게 진실일 것이다. 우리가 명예욕이나 학문에 대한 욕심이나 제물에 대한 욕심이나 또는 이런 따위의 사물들에 극심한 애착심을 무절제하게 품게 하는 그릇된 우정도 아니고, 또는 인동덩굴같이 달라붙어서 벽면이 썩어들어가게 하는 나약하고 지각 없는 우정도 아니고, 사람에게 힘을 돋워주고 조절되고 유익하고 즐거운 우정이었으리라. 우정의 의무를 알고 실행하는 자는 진실로 시신(詩神)들과 친근하게 지내는 자다. 그는 인간의 예지와 행복의 절정에 도달한 자다. 그는 자기에 대한 의무를 정확히 알았으므로, 자기 역할 속에 사회와 다른 사람들을 위해 소용되는 행위를 발견하며, 그렇게 함으로써 자기 자신에게 관련된 의무와 봉사를 가지고 공공 사회에 기여할 줄 안다. 다른 사람을 위해 살지 않는 자는 결코 자기 자신을 위해 살지 못한다.

자기 자신의 친우는 역시 모든 사람의 친우임을 알라.

세네카

우리가 가진 주요한 책임은 각자가 자기 자신을 지도하는 데에 있다. 그 때문에 우리는 이 세상에 태어난 것이다.

자기가 착하고 거룩하게 살아야 하는 것을 잊고, 다른 사람들을 그 방향으로 지도하고 훈련시키는 것으로 자기 의무를 다했다고 생각하는 자는 천치다. 그와 마찬가지로 다른 사람에게 봉사하려고 자기 일에 건전하고 유쾌하게 살아가기를 저버리는 자는 내 생각으로는 좋지 못한 타락의 길을 잡은 것이다.

사람들이 자기가 취하는 직책에 주의력과 동조와 약속, 필요하다면 신고와 생명까지도 거절하기를 나는 원치 않는다.

　친애하는 친구들과 조국을 위해서, 나 자신 죽기를 두려워하지 않노라.

호라티우스

그러나 이것은 일을 맡아 하며 우연히 일어나는 일이고, 정신은 항상 안정되어 있으며, 그렇다고 행동이 없는 것이 아니라 동요하거나 정열에 치우치지 않고 하는 일이다. 단순히 행한다는 것은 그에게는 거의 힘이 안 들며, 잠을 자면서라도 그는 행한다. 그러나 행동은 조심스레 시작해야 한다. 왜냐하면 신체는 사람들이 짊어지는 짐을 바로 무게대로 받아주지만, 정신은 짐의 무게를 자기 좋을 대로 정하고 흔히 희생으로 짐을 늘리며 무겁게 만들기 때문이다. 사람들은 각기 다른 의지와 노력과 긴장을 가지고 이와 똑같은 일을 한다. 행동과 의지는 반드시 병행하지는 않는다.

많은 사람들이 자기와 상관없는 전쟁에 날마다 생명을 내걸며 위험한 전투의 마당으로 몰려간다. 이기건 지건 아무도 눈 하나 깜짝하지 않을 전쟁이 아니던가? 자기 집의 위험에서 멀리 떨어져 있고 감히 구경하지도 못 할 작자가 전쟁에 관해서 그곳에서 피와 생명을 내놓은 병정보다도 더 맹렬한 정열을 가지고 마음을 쓴다.

나는 손톱 넓이만큼도 나 자신을 떠나지 않고 공무를 맡아보며, 나 자신에게서 나를 빼앗지 않고 남을 위해 봉사할 수 있다.

— 제3권 10장 〈의지를 아낌에 대하여〉 중에서

난세와 재앙에 처하여

안온한 평상시에는 사람들은 대단치 않은 범상한 변고에나 대비하고 지낸다. 그러나 우리가 30년 동안이나 겪어오는 이 혼란 시대에는 프랑스 사람들은 누구나 다 개인적으로나 전체적으로나 시시각각으로 자기 운수가 전적으로 둘러엎어지는 찰나에 있음을 본다. 그런 만큼 우리는 마음을 더 강하고 굳게 가지고 있어야 한다. 오히려 이렇게 흥청거리지도 무르지도 한가롭지도 않은 시대에 살아볼 수 있는 팔자를 고맙게 여길 일이다. 다른 방법으로 이름을 남길 방도가 없던 자라도 자기의 불행 때문에 유명해지는 수가 있다.

나는 다른 나라의 혼란 상태에 관한 글을 읽어나가다가 그때 내가 살아서 직접 내 눈으로 똑똑히 관찰해보지 못한 것을 유감으로 생각했던 만큼, 우리 공공 생활의 파멸과 그 징조, 형태 등의 특기할 만한 광경을 내 눈으로 본다는 것은 어느 점에서는 호기심에 대한 만족도 된다. 그리고 내 힘으로 이런 사태를 지연시킬 수 없는 이상, 내가 거기 참여해서 알아볼 수 있게 된 것도 고마운 일이다.

그래서 우리는 극장에서 상연되는 꾸며낸 이야기 속에 인간 운명의 비극적인 희롱이 표현되는 것을 탐해서 구경한다.

그렇다고 요새 귀에 들리는 사태에 동정을 느끼지 않는 것도 아니다. 그러나 전에 보지 못하던 참혹한 사건들에 오히려 인생의 고통을 되새기며 쾌감을 느낀다. 꼬집는 맛이 없으면 즐거운 맛도 없다. 그래서 탁월한 역사가들은 평온한 이야기는 죽음의 바다나 잠자는 물과도 같이 말하기를 꺼리고, 반란이나 전쟁의 시대를 다루어간다. 그런 이야기를 우리가 좋아한다는 것을 그들은 잘 알기 때문이다.

수치스러운 일이지만, 내 생명의 안정과 평온을 얻으려고 내 나라가 패망해가는 동안 얼마나 비굴하게 인생의 반 이상을 보내왔는가를 어떻게 수치스럽게 고백할 염치를 가졌는지 모르겠다. 나는 나 자신이 당하지 않은 불행은 너무나 수월히 참아내며, 내가 사람에게 빼앗기는 것보다도 내 집 안이나 밖에서 성하게 살아오면서 내게 관계되는 일만 가지고 불평을 말한다. 우리는 이런 불행, 저런 불행이 때를 이어 닥쳐올 듯하다가 이번에는 이런 꼴을 면하고 다음에는 저런 꼴을 면하는 것에 위안을 느낀다.

그래서 공적인 사물에 관해서와 같이, 내 심정이 더욱 보편적인 사물들로 확대됨에 따라서 내 심정은 그로 인해 더 약해진다.

우리는 단지 자신에게 관계되는 사실밖에는 공적인 불행에 대해
서 느끼시 않는나.

티투스 리비우스

이 말은 거의 진실한 심정이다. 그리고 병이 시작되기 전의 건강
상태 자체가 지금은 그렇지 못하다는 애석감을 덜어준다. 그것은
단지 그 뒤에 이어 온 병에 비교해서 한 말에 지나지 않는다.

우리는 결코 좋은 상태에 있다가 나빠진 것이 아니다. 사회의 부
패상과 강도의 횡행은 지금으로선 가장 견뎌내기 힘든 일같이 보인
다. 도둑을 맞아도 안전한 장소에서보다 숲속에서 맞으면 덜 억울
하다. 그것은 마치 신체의 모든 부분 하나하나가 다 썩어가고 그 각
개의 썩은 부분들이 한데 뭉치는 격이며, 그 대부분이 고질화해서
치료받을 수 없고 치료받기를 요구하지도 않는 종창과 같은 상태
였다.

어쨌든 내가 마음을 단지 평화롭게 가졌을 뿐 아니라 초연하게
대처했던 덕으로 사회의 이런 괴멸 상태는 내 정신을 위축시키기는
커녕 오히려 활기를 띠게 해주었다. 그러니 나는 아무런 불평할 거
리를 발견하지 못했던 것이다. 하나님은 인간에게 순수한 행복이나
순수한 불행만을 보내는 것이 아니므로, 그동안 내 건강은 여느 때
보다 더 잘 유지되었다. 그리고 건강하지 않으면 아무 일도 못 하는
것과 마찬가지로, 건강하고서는 못 할 일도 그리 없었다. 건강은 내
게 정신의 양식을 심사해보며, 그렇지 않았다면 간과하고 지났을

마음의 상처를 보살필 여유를 주었다.

그리고 내가 가진 인내성 속에는 운수에 대한 저항력이 있으며, 커다란 타격을 받지 않고는 줏대를 잃는 일은 없으리라는 것을 알았다. 운수가 내게 더 호된 타격을 주게 하려고 이런 말을 하는 것이 아니다. 나는 운수에게 굴복하며 애원의 손을 내민다. 제발 이것으로 면제해주시기를! 내가 그 공격을 느끼느냐고? 느끼고 말고. 마치 비탄에 사로잡혀 치우친 자들이 그래도 가끔 어떤 쾌감을 느끼며 웃음짓듯이, 나는 괴로운 공상을 벗어던지고 안온한 평소의 상태를 유지할 힘은 가지고 있다. 그러나 가끔 언짢은 생각을 쫓아버리거나 싸우려고 악을 쓰는 동안에도 이런 생각이 물어뜯는 듯 불쑥 치밀어오르며 침울함에 사로잡히는 일이 있다.

그런데 여기 모든 불행에 뒤이어 불행을 악화시키는 사태가 일어났다. 내 집 안팎으로 페스트가 다른 것보다도 더 혹독하게 나를 맞아주었다. 왜냐하면 건강한 신체는 병에 걸리면 더 중하게 앓는 법이므로, 이런 병마에는 당해낼 도리가 없기 때문이다. 지금까지는 전염병이 발을 들여놓은 기억이 없을 정도로 아주 건전하던 내 집 공기에는 기괴한 현상이 일어났다.

노인이나 청년이 뒤범벅으로 묘에 쌓인다.
아무도 잔인한 프로세르피나의 손에서 벗어나지 못한다.

호라티우스

나는 내 집을 보기만 해도 무서워지는 묘한 곤경을 당했다. 그곳에 있는 모든 것이 방비 없이 누구든지 욕심내는 자의 손에 넘어갈 판이었다. 사람 접대를 그렇게 좋아하는 나지만, 내 가족이 피할 곳을 어디 가서 찾아야 할지 방편이 없는 지경에 처했다. 자기 친구에게도, 자기 자신에게도 공포의 대상이 되며, 어디를 가도 공황을 일으키며, 일행 중 하나가 손가락 끝이라도 아프기 시작하면 당장에 그곳을 떠나야만 했다. 아프다고 하기만 하면 모두 페스트로 보인다. 무슨 병인지 알아볼 여유도 갖지 못한다. 그리고 의술의 규칙대로 위험이 가깝다고 느끼면 40일 동안은 이 병이 아닌가 하는 공포에 떨어야 하며, 그동안 상상력은 제멋대로 작용해서 멀쩡한 사람이라도 열병에 걸리게 한다.

남의 고통을 내 것으로 느껴가며 여섯 달 동안 이 대상(隊商)의 안내자 노릇을 할 필요가 없었던들, 나는 모든 사정에 타격을 덜 받았을 것이다. 왜냐하면 나는 결단성과 참을성이라는 예방약을 가지고 있었기 때문이다. 이 병에서 특히 사람들이 무서워하는 병의 징후는 나에게 그렇게 대단하게는 작용하지 않는다.

그러니 내가 홀몸이었다면, 기꺼이 병에 걸리고 싶었을 것이다. 그것이 훨씬 더 유쾌하게 멀리 도피하는 방법이 되었을 것이다. 이 병으로 죽는다는 것이 내게는 가장 나쁜 죽음으로 보이지는 않았다. 이 병은 짧은 시간에 정신 차릴 사이 없이 진행되며, 고통도 없고, 모두 그런 상태라는 것이 위안이 되며, 범절을 차릴 것도, 장례를 치를 것도 없고, 사람들이 와서 법석거리지도 않을 것이다. 그러나 주위 사람들은 백에 하나도 목숨을 건질 수 없다.

목자(牧者)의 영역에 인기척이 없고
목장은 정적에 빠진 광막한 곳이 됨을 볼 것이다.

베르길리우스

이 고장에서 내 수입의 대부분은 사람의 손으로 생산된다. 일꾼 1백 명이 나를 위해 일하던 것이 오랫동안 중단된다.

그런데 이때 모든 평민들이 순박성 속에서 얼마나 결단성의 좋은 예를 보였던가? 일반적으로 사람들은 각자가 자기 생명을 보살필 생각을 포기했다. 이 지방 주요 산물인 포도는 포도덩굴에 달린 채였고, 모두가 무관심하게, 죽음이 오늘 저녁에 올까 내일 올까를 기다리며 준비했고, 얼굴이나 말소리에 두려워하는 기색이 하나도 없어서, 마치 그들은 이 운명에 몸을 맡겼으며 모두가 불가피한 처단으로 생각하는 것 같았다. 죽음은 언제나 그렇다. 그러나 죽는다는 결심을 갖는다는 것은 얼마나 드문 일인가. 몇 시간 더 살고 못 살고의 차이일 뿐이다. 다만 같이 있는 사람들 생각 때문에 죽음의 해석이 가지각색으로 다른 것이다.

이 사람들을 보라. 모두 같은 달에 같이 죽어 가기 때문에 놀라지도 않고 서로 울어주지도 않는다. 그중에 남보다 뒤늦게 죽는 것을 무서운 고적에 빠지는 것같이 두려워하는 자를 보았다. 그리고 공통적으로 무덤 걱정밖에는 다른 걱정이 없었다. 그들은 시체들이

들판에 흩어져 있어서 짐승들이 곧바로 떼지어 달려들지 않을까 속을 썩였다(사람들의 상상력은 얼마나 서로 다른가. 알렉산드로스는 정복한 네오리트 사람들 중 죽은 자들의 시체를 숲속 깊이 갖다 버려서 짐승들에게 뜯기게 했는데, 그들 사이에서는 이것이 유일한 행복한 장례라고 간주되었다).

어떤 자는 아직 건강한데도 벌써 자기 무덤을 파두고, 어떤 자들은 아직 살아 있는데 무덤 속에 누워 있다. 내 집에서 일하던 직공 하나는 죽어가며 제 손과 발로 제 몸에 흙을 끌어다 덮었다. 이것이 바로 좀 더 편하게 자려고 몸을 덮는 것이 아니던가? 그것은 어느 점에서는 칸나의 전투가 끝난 다음, 로마 병정들이 제 손으로 구덩이를 파고 그 속에 머리를 처박고 제 손으로 흙을 끌어다 채워서 질식해 죽던 것과 비길 만하게 고매한 기도다. 결국 한 국민 전체가 단번에 실천적으로 어떠한 궁리와 상의 끝에 이루어진 결심에도 지지 않는 수준으로 올라갔던 것이다.

우리의 마음을 북돋우려는 학문의 가르침 대부분은 힘보다는 겉치레가 더 많고 실속보다는 장식이 더 많다. 우리는 본성을 버리고, 우리를 그렇게도 행복하고 확실하게 지도하던 본성에 그 본성의 교훈을 가르치려고 한다. 그런데 학문은 본성의 가르침의 흔적과 무식함 덕택으로 박혀서 남아 있는 본성의 모습을 시골 사람들의 생활에서 찾으며 날마다 배울 거리를 빌려다가 제자들에게 지조와 순진성과 마음의 평정의 본으로 보여주어야만 한다.

그런데 제자들은 그렇게도 훌륭한 지식을 잔뜩 가지고서 이런 어리석은 순박성을 모방하다니, 그것도 자기들이 가진 도덕의 일차적 행동에 이것을 모방하다니, 그리고 우리의 예지는 우리 생활의 가장 크고도 필요한 부분, 즉 어떻게 살고 어떻게 죽어야 하며, 어떻게 재산을 아끼고 어떻게 어린아이를 사랑하고 키우며, 어떻게 법을 지켜야 하는가 등 우리에게 가장 유용한 가르침을 바로 짐승들한테서 배워 오다니, 이것은 인간이 가진 결함의 특이한 증거며, 우리 마음대로 조종되는 이성이란 것은 늘 잡다하게 신기한 것만 찾아다니고, 우리에게 본성이 드러난 자국은 아무것도 보여주지 않으니, 모두가 참 볼 만한 꼴이다.

사람들은 이성을 마치 향수 장사가 기름을 다루듯, 외부에서 받아들인 하고많은 논법과 의견 등으로 본성을 너무 심하게 조작해서, 본성은 그 때문에 사람에 따라서 특수하게 변하고, 본성 고유의 항구적이고 보편적인 모습을 잃어버렸기 때문에, 우리는 사람들의 잡다한 의견이나 부패나 편벽(偏僻)의 영향을 받지 않은 짐승들에게서 본성의 증거를 찾아야만 한다. 왜냐하면 짐승들 자체도 언제나 정확하게 본성의 길을 걷는 것은 아니지만, 그들이 길에서 벗어나는 폭은 극히 좁아서 언제나 흔적을 알아볼 수 있기 때문이다.

마치 사람이 몰고 가는 말이 아무리 날뛰며 달아나도 고삐의 길이를 벗어나지 못하며, 그동안 늘 몰고 가는 자의 걸음을 따라가는 격이고, 또한 밭에 매인 새가 아무리 날아보았자 발에 맨 끈의 길이를 벗어나지 못하는 격이다.

추방, 고형, 전투, 질병, 난파 등을 생각하라.

세네카

어떤 불행도 그대에게 새로운 것이 아니다.

세네카

— 제3권 12장 〈특징에 대하여〉 중에서

당파심에 대하여

나는 세도가들에 대한 증오심이나 애착심에 얽매여 지내지는 않는다. 그리고 내 의지가 개인적인 원한이나 의무감으로 사로잡힌 일도 없다. 나는 우리 임금들을 단순히 국민으로서 가져야 할 정당한 애정으로 쳐다보며, 어느 개인적인 이해 관계로 끌리거나 비위가 상하거나 하는 일은 없다. 그러는 내 마음씨가 고맙다. 보편적인 정당한 원칙 따위에도 애착을 느끼는 법이 없이 절도 있게만 마음을 쓴다.

어떤 사상이 내적으로 침투해서 내 마음이 저당잡혀 매여 지내지 않는다. 분노와 증오는 정의의 의무에서 벗어난다. 그런 것은 단순히 이성만으로 자기 의무를 잘 지키지 못하는 자들에게나 필요한 정열이다. 모든 정당하고 공평한 의지는 그 자체로서 공평하게 조절된다. 그렇지 않으면 그것은 부당하게 반란의 마음으로 변질된다. 그래서 나는 어느 곳에서나 고개를 쳐들고 얼굴과 마음을 터놓고 지낸다.

진실을 말하면, 고백해도 두렵지 않지만, 필요하다면 저 늙은 할머니의 뜻을 따라서 생 미셸에게 촛불 하나를 켜서 바치고 그의 뱀에게도 하나 바치겠다. 화형을 당한다 하더라도 옳은 편을 들겠다. 그러나 구태여 타 죽겠다는 말은 아니다. 필요하다면 몽테뉴가(家)의 성(姓)이 국가의 멸망과 함께 스러져버려도 좋다.

그러나 그럴 필요가 없다면, 그런 재해와 변고를 면해준 운명의 신에게 감사하겠다. 그리고 내 의무가 내게 자유를 허용하는 한, 나는 내 성(姓)을 보전하기에 노력을 아끼지 않는다. 아티쿠스는 정당한 당파에 가담했다가 그 당파가 패하고 세상이 전반적으로 뒤엎어지고 세태가 만화경같이 변해가는 속에서도 지조 있는 처신으로 화를 면하지 않았던가?

그와 같은 사람에게는 자기 의지대로 살아간다는 것이 쉬운 일이다. 그리고 이런 따위의 일에는 야심을 가지고 자청해서 나서서 참견하지 않는 편이 옳을 수도 있다고 본다. 이편도 저편도 아니고 중간에 끼어서 주저하며, 국민이 분열되어 나라가 혼란에 빠졌는데도 마음이 어느 편으로도 움직이지 않고 기울어지지 않는다는 것을 나는 훌륭하게도 명예롭게도 보지 않는다.

그것은 중도(中道)를 취함이 아니다. 그것은 운수가 좋은 편을 들려고 사건을 기다려보는 태도지, 어느 길도 취함이 아니다.

티투스 리비우스

그런 태도는 이웃 나라의 일이라면 무방하다. 시라쿠사의 폭군 겔론은 이방인과 그리스인들의 전쟁 때에 운수가 어느 편으로 기우는가를 엿보아서 승리자와 타협하려고 델포이 신전에 사신을 보내어 선물을 바치게 한 후 마음의 결정을 미루고 기다렸다. 그러나 이런 태도는 국내 사정으로 미루어 심사숙고해서 불가피하게 어느 한편을 들어야 할 때는 일종의 배신 행위가 될 것이다. 그때는 필연적으로 자기의 뜻을 세워서 한편에 가담해야만 한다. 그러나 서두르지 않는 태도는 자기에게 급박하고 명백한 책임도, 지휘권도 없는 처지라면 외국과의 전쟁에 참여할 때보다 더 변명할 수 있는 일이라고 본다.

우리 법에 따르면 외국과의 전쟁에는 원치 않으면 참가하지 않아도 무방하다(그러나 나 자신을 위해서는 이 변명을 쓰지 않는다). 그러나 이런 데 전적으로 참여하는 자들이라도 질서와 절도를 가지고 행하면 손해를 입지 않고 폭풍우가 머리 위로 흘러 지나가게 할 수 있다.

개인적인 이해 관계나 정열에서 나오는 마음속의 앙심과 원한을 의무라고 불러서는 안 되며, 악의와 배신에 찬 행위를 용기라고 불러서도 안 된다. 사람들은 곧잘 악의와 폭력으로 향하는 마음을 열성이라고 부른다. 그들은 대의명분 때문이 아니라 사사로운 욕심 때문에 열을 올린다. 그들은 전쟁이 정당하기 때문이 아니라 전쟁을 위해서 전쟁을 도발한다.

제3권 1장 〈효용과 정직성에 대하여〉 중에서

취미에 대하여

나는 사람으로서 가능한 한도의 자유를 누리며 구애받지 않는 분
위기 속에서 성장했는데도, 무료한 탓으로 늙어가면서부터는 어느
형태에 집착하게 되었고(내 나이는 이미 교육받을 시기가 지났고 나 자
신을 지키는 것밖에 달리 목표를 둘 곳이 없었다), 습관은 이미 부지불식
간에 내게 어떤 사물에 대한 버릇을 박아놓았기 때문에, 지금에 와
서 그런 버릇에서 벗어나려는 것은 지나친 일이다. 그래서 낮잠을
자거나, 식사 사이에 간식을 하거나, 아침 식사를 하거나, 저녁 식
사 뒤에 세 시간 간격을 두지 않고 자러 가거나, 땀을 씻지 않고 두거
나, 찬물이나 포도주를 마시거나, 오래 모자를 벗은 채 있거나, 식사
뒤에 머리를 깎거나 하는 것이 불쾌했고, 장갑이나 내의를 벗고 지
내거나, 침대에서 일어날 때와 식탁에서 물러날 때 세수를 않거나,

침대에 덮개와 커튼을 치지 않거나 하면 못 견딜 만큼 이런 일들이 필요불가결해졌다. 나는 식탁보는 덮지 않고 식사할 수 있지만, 독일식으로 흰 냅킨을 사용하지 않으면 대단히 불편하다. 나는 독일인이나 이탈리아인들보다도 더 냅킨을 더럽힌다. 그리고 포크와 숟가락은 그다지 쓰지 않는다. 나는 임금의 음식을 차려낼 때처럼 접시와 함께 냅킨을 갈아주지 않는 것이 섭섭하다.

고된 일을 잘 겪어내던 늙은 병정 마리우스는 늙어가며 술 마시는 성미가 꽤 까다로워져 자기 술잔이 아니면 술을 마시지 않았다고 한다. 나도 역시 술잔의 모양을 가린다. 그리고 공동으로 쓰는 잔이나 아무나 따라주는 술잔을 달갑게 받지 않는다. 맑고 투명한 잔이 아닌 금속으로 된 모든 잔은 쓰기 싫다. 술의 질에 따라서 내 눈도 역시 술맛을 음미해야만 한다.

나는 습관 때문에 이런 여러 가지 약점이 생겼다. 한편에 타고 난 기질 때문에 다른 버릇이 생겼다. 식사를 하루에 두 번 모조리 다 하면 위가 견뎌내지 못하고, 한 끼라도 굶으면 뱃속에 바람이 차고 입술이 마르며 배고픔을 참지 못하고, 밤바람을 오래 쏘이면 몸이 견디지 못한다. 몇 해 전부터 전쟁 복무에서 모두가 겪듯이 밤새도록 근무하면 대여섯 시간 뒤에는 배가 거북해지기 시작하며 맹렬한 두통이 나고 새벽에는 반드시 토하게 된다. 그래서 다른 사람들이 아침 식사하러 갈 때에 나는 잠자러 간다. 그리고 나서 잠이 깨면 전과 같이 유쾌해진다.

젊은이들에게는 활동성과 조심성보다 더 권할 만한 일은 없다.

우리의 생명은 움직임에 불과하다. 나는 몸을 움직이기가 힘이 들고, 모든 일이 느리다. 일어날 때나 잘 때나 식사 때나 다 마찬가지다. 7시가 내게는 아침이다. 내가 주인인 곳에서는 10시 전에 점심 먹는 일이 없고, 저녁은 6시가 지나야 먹는다. 옛날에는 열이 나거나 병에 걸려서 몸이 무겁고 찌뿌드드해지는 것을 잠을 많이 잔 탓으로 돌리고, 늘 아침에 깨었다가 다시 자는 것을 후회했다. 플라톤은 술이 과한 것보다 잠이 과한 것을 더 나쁘게 여겼다.

나는 딱딱한 자리에서 혼자, 즉 여자도 없이 임금처럼 잘 덮고 자기를 좋아한다. 침대에는 결코 뜨거운 물통을 넣지 않는다. 그러나 늙어가면서 발과 배를 따뜻하게 하려고 이불을 덥게 해둔다.

사람들은 위대한 스키피오를 잠꾸러기라고 책망했는데, 내 생각으로는 그에게 아무런 책망거리가 없다는 것이 사람들의 비위를 상하게 했다고밖에는 다른 이유가 없다고 본다. 내 몸가짐에 특별히 조심하는 것이 있다면, 다른 일보다도 잠자리에 관해서다. 그러나 나는 대체로 다른 사람들만큼은 부족할 때 양보하며 참아 나간다. 잠은 내 인생에 큰 부분을 차지했다. 그리고 이 나이에도 단숨에 여덟 시간이나 아홉 시간을 계속해서 잔다. 나는 이 게으른 버릇에서 유익하게 벗어나고 있으며 그만큼 몸에 좋은 것을 명백하게 느낀다. 나는 변화의 충격을 좀 느끼는 편이다. 그러나 그것도 한 사흘뿐이다. 그리고 필요한 경우에는 나만큼 부족한 대로 지내는 사람도 없으며, 나만큼 꾸준히 몸을 단련하며 군대 복무를 고되다고 느끼지 않는 사람도 없다.

내 몸은 견실한 동작은 할 수 있으나 맹렬하고 급격한 운동은 하지 못한다. 요새는 땀이 나게 하는 맹렬한 운동은 피한다. 팔다리가 더워지기 전에 피로해진다. 나는 하루 종일이라도 서서 지내며, 산책하는 데 싫증을 느끼지 않는다. 그러나 보도 위에서는 어려서부터 말 타고 가는 것 외에는 즐기지 않는다. 걸으면 엉덩이까지 흙이 튀어오른다. 그리고 거리를 가다가 키 작은 사람들은 잘 보이지 않아서 팔굽으로 채이든지 부딪치기가 쉽다. 그리고 쉴 때는 앉아서건 누워서건 다리를 자리와 같거나 더 높게 쳐들고 있기를 좋아한다.

나는 모든 감각을 거의 전적으로 완전하게 타고났다. 내 위는 머리에 못지않게 쓸 만하게 좋다. 그리고 열병에 걸릴 때는 여간해서 탈이 나지 않으며, 내 숨결도 그렇다. 나는 얼마 전에 56세가 되었다. 어느 나라에서는 이 나이를 적당한 인생의 종말점으로 정해놓고, 이 나이를 넘지 못하게 한 것에도 이유가 없는 것은 아니다. 그렇지만 내게는 불확실하고 짧기는 하지만 아직도 신병 없이 쉬고 있기 때문에, 젊었을 때에 건강과 안일을 갖지 못했다고 불평할 거리는 거의 없다.

내 얼굴과 눈은 즉각에 내 건강 상태를 알려주며 나의 모든 변화가 거기서부터 시작되는데, 실제의 상태보다도 더 나쁘게 나타내 보인다. 내가 아직 느끼기도 전에 친구들이 먼저 내 건강을 걱정해준다. 나는 거울을 보고서 놀라지 않는다. 왜냐하면 젊었을 때에도 아무런 큰 고장 없이 어디가 성치 못한 안색과 모습으로 좋지 못한

징조를 보여준 일이 여러 번 있었기 때문이다. 그래서 의사들은 이 외부의 변화에 상응하는 내부의 원인을 발견하지 못하고, 내 속을 좀먹는 어떤 숨겨진 정열이나 정신의 탓으로 돌렸다. 그들은 잘못 보았던 것이다. 육체가 우리의 심령과 마찬가지로 자기를 제어할 줄 안다면, 우리는 좀 더 편히 살아갈 것이다. 나는 그 당시 아무런 번민도 없었을 뿐더러 반은 체질로, 반은 의지로써 만족과 즐거움에 가득 차 있었다.

> 내 지체들은 내 정신의 동요로 손상을 받지 않았다.
>
> 오비디우스

나는 심령의 절제로 여러 번 신체의 퇴락을 방지했다고 본다. 신체는 일쑤 지치는 일이 있으나, 심령은 유쾌하지는 못할망정 적으나마 고요한 안정 상태에 있는 것이다. 나는 학질을 너더댓 달 앓아서 얼굴빛이 아주 참혹했다. 그러나 정신은 늘 평온할 뿐 아니라 상쾌하게 지냈다. 내가 고통을 느끼는 것은 어찌할 수 없었으나, 몸이 허약하여 기운이 없다고 해서 결코 우울해지진 않았다.

나는 이름만 말해도 끔찍해지는 여러 가지 신체적 퇴락을 알고 있지만, 내가 늘 겪는 수많은 정열이나 정신적 동요보다는 두려울 것 없다. 나는 세상을 부산하게 뛰어다니는 편을 취하지 않겠다. 몸을 질질 끌어가는 것만도 힘이 든다. 그리고 내가 처해 있듯이 당연히 오는 노년기의 쇠퇴에도 불평을 하지 않는다.

그리고 내 생명이 떡갈나무만큼 온전하게 길지 못하다고 해서 불평을 하지도 않는다. 나는 내 상념들로 불평할 거리가 없다. 한평생 생각 때문에 잠을 못 이루어본 적이 거의 없었다. 그렇게 자주 꿈을 꾸지도 않는다. 꿈을 꾼대야 그것은 대개 재미있는 생각에서 나오는 공상이고, 슬프다기보다는 차라리 우스꽝스럽다. 그리고 꿈들이 우리 마음 경향의 충실한 해설자라는 말은 진실이라고 생각한다. 그렇지만 이 꿈들을 바로 맞추어 이해하려면 기술이 필요하다.

사람들이 그들이 일상생활에 행하고 명상하고 추구하고 보고하며 전심하던 사물들을 꿈속에 다시 발견하여 다음에 깨어나서 꿈에 본 사물들을 따라서 행동하는 일이 있다고 하여도 놀랄 일이 아니다.

키케로

내가 꾸는 꿈들은 순해서 신체에 아무런 동요도 가져오지 않고, 꿈꾸다가 잠꼬대를 하게 하지도 않는다. 나는 오늘날 여러 사람들이 꿈 때문에 근심하는 것을 많이 보았다. 철학자 테온은 꿈꾸며 걸어다녔고, 페리클레스의 하인은 기왓장을 타고 지붕 꼭대기까지 기어올라가서 걸어다녔다.

나는 식탁에서는 음식을 가리지 않고 아무것이나 가까운 데 있는 것을 집어든다. 그리고 이 맛에서 저 맛으로 옮기기를 그리 즐기지 않는다. 무턱대고 많이 내오는 접시의 수는 다른 혼잡만큼이나 싫다. 나는 적은 수의 음식으로 만족한다. 그리고 파브리누스가, 향연에서는 그대 입맛에 맞는 것을 사람들에게 빼앗기는 법이며, 늘 새것으로 차려내야 하며, 여러 가지 새고기로 손님들을 배불리고 벡카피고라는 작은 새의 고기로 대접하지 않으면 시시한 잔치라고 한 말을 나는 경멸한다.

나는 절인 육류를 잘 쓴다. 그래서 빵은 소금을 치지 않은 것을 좋아하며, 우리 집에 빵을 대주는 요리사는 이 지방 습관과는 달리 이렇게 만들지 않은 것은 보내지 않는다. 내가 어렸을 적에는 대개 그 나이에 좋아하는 설탕이나 설탕절임, 구워낸 과자 같은 것을 싫어했기 때문에 집에서는 주로 이 버릇을 고쳐주려고 애를 썼다. 내 선생님은 이렇게 맛있는 음식을 싫어하는 것을 일종의 까다로운 취미라고 책망했다.

내게 아들이 있었다면 나는 그 아이들에게 내 운수를 물려주고 싶었을 것이다. 하나님이 내게 내리신 착하신 아버님은(그분은 내게서는 착하심에 대한 감사의 마음밖에 못 받았지만, 이 감사의 마음만은 정말 진실한 것이다) 내가 아직 요람 속에 있을 때, 자기 영지에 사는 어느 가난한 유모에게 나를 맡겼다. 그리고 유모에게 맡겨둔 동안 그곳에 머무르게 하고, 더 나아가서 가장 천한 평민들의 생활 방식으로 단속을 받게 했다. 어린아이를 양육하는 책임을 그대 아내에게서 결코 빼앗지 말라. 그리고 맡겨두는 것은 더 안 될 일이다. 그 아이들을 평민들의 자연스런 생활 법칙 아래에서 사람이 되게 놓아두라. 습관에 따라 소박과 궁핍 속에서 단련시켜서 거친 생활에도 힘들어하지 않고 오히려 더 쉬운 일이 되게 만들어주라. 아버님의 심정은 또한 나른 목표를 노렸다. 그것은 우리의 원조를 필요로 하는 평민들에게 나를 맺어줌으로써 우리에게 등을 보이는 자들보다는 우리에게 손을 내미는 자들에게 눈을 돌리도록 하려는 생각이었다. 그리고 그는 이런 이유에서 나를 사회의 가장 천한 층과 인연을 맺어 애착심을 갖게 하려고 그런 사람들에게 수양아들로 내어주었다.

그의 의도는 결코 성공을 거두지 못한 것은 아니다. 나는 그것을 영광으로 삼아서건, 내 속에 무한히 우러나는 타고난 동정심에서건, 못 사는 자들의 일에 깊은 관심을 갖기를 매우 좋아한다. 우리의 전쟁에서 내가 비난할 당파는 세력이 강하고 우세할 때 더 혹독하게 비난하련다. 그들이 패배하여 비참해지는 날, 나는 그들과 화해하게 될 것이다.

나는 메론 외에는 채소나 과실 등을 그렇게 탐내지 않는다. 부친은 소스 종류는 모두 싫어했지만, 나는 소스라면 모두 좋아한다. 나는 과식하면 거북하다. 그러나 그 소질로 보아서 어떤 음식이건 내게 해가 되는 것을 아직 확실히 알지 못한다. 그리고 또 보름날이건 그믐이건, 봄이건 가을이건 식욕이 변하는 법이 없다. 우리에게는 줏대 없고 이유를 알 수 없는 변화가 있다.

예를 들면, 겨자는 처음에는 좋더니, 다음에는 언짢아졌다가, 지금은 다시 좋아졌다. 여러 음식에 대해서 내 위(胃)의 비위와 입맛이 달라지는 것을 느낀다. 나는 백포도주에서 담홍빛 포도주로 갔다가 다시 백포도주로 갔다. 나는 생선을 즐기며, 금육일(禁肉

日)에 고기를 먹고, 단식일(斷食日)에 잔치를 차린다. 나는 생선은 육류보다 소화가 잘된다는 어떤 사람들의 말을 믿는다. 의식적으로 생선을 먹어야 하는 날에 육류 먹는 것이 꺼림칙하듯이 생선과 육류를 섞어 먹는 것도 마음에 걸린다. 그것은 이 두 가지 맛이 너무나 다르다고 보기 때문이다.

나는 젊었을 때부터 가끔 식사를 걸렀다. 그것은 다음날 식욕을 돋우기 위함이었다. 왜냐하면 에피쿠로스가 풍성한 음식 없이 지낼 수 있도록 식욕을 길들이려고 단식을 하고 소식(素食)으로 만족했듯이 나는 그 반대로 풍성한 음식을 즐기고 쾌락에 대한 욕망을 돋우려고 조식(糟食)하는 것이며, 그리고 정신과 육체의 어떤 행동을 위해서 정력을 보존하려고 단식도 하는 것이었다.

왜냐하면 배부를 때는 정신이나 육체가 모두 매우 나태해지기 때문이다. 특히 나는 건전하고 경쾌한 여신 베누스와 술기운에 살이 져서 뚱뚱한 소화불량증의 게으름뱅이 키작다리 신 바커스를 붙여놓는 어리석은 수작을 혐오한다. 그리고 병든 위를 고치려고, 또는 같이 식사할 적당한 사람들이 없어서 단식하는 것이다. 왜냐하면, 나는 에피쿠로스와 같이, 먹는 음식이 무엇인가보다는 누구와 함께 먹는 것인가를 보아야 한다고 생각하며, 킬론이 페리안드로스의 잔치에 초대받았을 때에 초대한 다른 손님들이 누구인지 알기 전에는 승낙하지 않았음을 칭찬한다. 나로서는 아무리 구미를 돋우는 소스일지라도 같이 모인 사람들과의 재미만큼은 못하다고 생각한다.

나는 좋은 음식을 적게 그리고 자주 먹는 편이 더 건강에 좋다고 생각한다. 그러나 식욕과 배고픔에 더 가치를 주고 싶다. 의술에 처방에 따라서 억지로 하루에 세 번씩 보잘것없는 식사를 질질 끌며 하는 것에서는 아무 재미도 느끼지 않는다. 오늘 아침에 있던 입맛이 저녁에 다시 있을 것이라고 누가 내게 보장할 것인가! 특히 노인들은 무엇보다도 입맛이 당기는 때를 놓치지 않고 잡아서 식사를 해야 한다. 나날의 메뉴는 달력장이나 의사들에게 맡겨두자.

내 건강의 가장 큰 소득은 쾌락에 대한 욕망이다. 우리가 아는 쾌락은 무엇이건 놓치지 말고 잡아두자. 나는 이 단식의 법칙을 규칙적으로 지키는 것은 피한다. 한 형식에서 재미보려고 하는 자는 그것을 계속하다가 재미를 잃는다. 우리는 형식 속에 굳으며, 그 때문에 우리의 정력도 잠들어버린다. 여섯 달이 지나면 그대의 위는 마비되어서 다른 방법으로 위를 대접하다가는 탈이 나는 자유를 얻는 것만이 소득일 것이다.

나는 겨울이나 여름이나 엉덩이와 다리를 가리지 않고 비단 양말 하나로 지낸다. 나는 천식을 조심하느라고 머리를 따뜻하게 하고 지내며, 담석증에 대비해서 배도 따뜻하게 해주었다. 그러나 내 병은 며칠 안 가서 거기에 길들어버리고 여간해서는 말을 듣지 않게 되어버렸다. 나는 모자를 쓰다가 머리싸개로 한 겹 모자에서 두 겹 모자로 더 두껍게 씌워 갔다. 내 양복 윗저고리에 솜을 넣은 것은 이제는 장식에 지나지 않는다. 거기다가 토끼나 독수리 가죽을 대고, 머리에는 뒤집어쓰는 모자를 씌우지 않으면 소용이 없다. 이 단계를 밟아가다가는 재미나는 꼴이 될 것이다.

나는 아무 짓도 않겠다. 감히 말할 수 있다면 처음에 시작한 것도 무효로 하고 싶다. 어떤 새로운 불편이 생기면, 이런 개혁도 소용이 없다. 거기에 습관이 되어버리니, 다른 개혁을 찾아야 한다. 가혹한 요양법으로 온갖 치닥거리를 일삼으며 미신적으로 구애받는 자들은 이렇게 해서 몸을 버리고 만다. 그들에게 다른 요양법을 써야 하며, 그다음에는 또 다른 요양법을 써야 하며, 이렇게 한이 없다.

나는 건강할 때나 병들었을 때나 술 생각 때문에 못 견디는 일이 결코 없다. 입은 잘 마른다. 그러나 술 생각은 없다. 다만 나는 식사하려다가 생각이 나서 마실 뿐이다. 그것도 한참 식사하다가 마신다. 나는 보통 사람으로서는 많이 마시는 편이 아니다. 여름철에, 그리고 맛있는 음식 앞에서도 나는 아우구스투스가 마시던 한도(필요한 한도)를 넘지 않는다. 그는 정확하게 세 잔밖에는 마시지 않았다. 그러나 넷이라는 수가 불길하다고 거기서 멈추기를 금했던 데모크리토스의 규칙을 범하지 않으려고, 나는 필요하면 다섯 잔까지, 즉 반 스티를 셋까지는 한다.

왜냐하면 나는 작은 잔을 잘 쓰기 때문인데, 다른 사람들은 점잖지 못하다고 피하지만 나는 이 잔을 들기를 좋아한다. 나는 내 포도주에 물을 반, 어느 때는 3분의 1을 타서 마시는 때가 많다. 그리고 내가 집에 있을 때는 옛날에 부친이 살아 계실 때부터 의사가 부친께 권하던 바를 따라 습관이 되어서 술을 가져오기 두서너 시간 전에 창고에서 미리 물을 타놓게 시킨다.

나는 탁한 공기를 두려워하며, 연기가 자욱한 방은 사람을 죽일 것 같아서 피한다(내가 최초로 내 집 수리를 시작한 것은 굴뚝과 변소였다. 대개 오래된 건물에는 거기에 참고 지낼 수 없는 결함이 있다). 그리고 전쟁으로 고생하던 동안에 하루 종일 무더운 방에 처박혀서 먼지를 뒤집어쓰던 고역도 이와 같은 고역이다. 나는 호흡이 자유롭고 편하다. 감기가 들어도 폐에 영향을 받거나 기침하는 일도 없이 넘긴다.

여름의 폭서는 겨울의 혹한보다도 더 힘든 적이다. 왜냐하면 추위보다 방비할 길 없는 더위가 더 괴로울 뿐 아니라, 태양볕이 머리에 내리쪼이는 것은 그만두고라도 광선이 너무 강해서 눈이 상하기 때문이다. 나는 지금도 휘황하게 타오르는 불길 앞에 앉아서는 식사하지 못할 것이다. 한창 독서하는 버릇이 있었을 때에는 종이의 흰빛을 부드럽게 하려고 책 위에 유리 쪽을 하나 펴놓고 읽으면 눈이 훨씬 편했다.

나는 지금까지 안경은 쓰지 않는다. 그래도 전만큼 그리고 다른 사람들만큼이나 멀리 내다본다. 실은 해가 질 무렵에는 읽는 것이 좀 힘들고 시력이 약해진 것을 느낀다. 내 눈은 독서로 늘 피로했다. 특히 밤의 독서에는 피로가 심했다. 이것이 거의 느낄까 말까 하는 일보퇴각이다. 나는 한 걸음에서 두 걸음으로, 두 걸음에서 세 걸음으로, 세 걸음에서 네 걸음으로 순하게 후퇴하며, 내 시력이 노쇠와 퇴락을 느끼기도 전에 장님이 되어갈 것이다. 이렇게도 운명의 신들은 우리 생명을 묘하게도 비틀어 간다. 더욱이 나는 청각이 둔해지고 있다고는 꿈에도 생각지 않으며, 청각을 반이나 잃고 나서도 내게 말하는 상대방의 목소리 탓이라고 원망할 것이다. 심령이 얼마나 흘러나가는가를 느껴보려면 심령을 상당히 긴장시켜야 한다.

내 걸음은 빠르고 야무지다. 그리고 정신이나 육체 중 어느 편을 동일한 한 점에 잡아두기가 더 힘드는 일인지 알 수 없다. 한 설교사가 설교하는 동안 사뭇 내 주의력을 끌어보려면, 그는 상당히 내 호감을 사야 할 것이다. 예식의 자리에서 보면, 모두 긴장한 자세로 몸을 곧게 하고, 어느 부인들은 눈동자 하나 움직이지 않는데, 나는 아무리 애써보아도 언제나 나 자신의 어느 부분이 한눈 파는 것을 막을 길이 없었다. 그 자리에 앉아 있어도 마음은 그곳에 침착하게 있지 않았다.

철학자 크리시포스의 침모가 주인을 두고 말하기를, 그는 다리만 취한다고 했지만(그는 어느 자리에 앉아서도 다리를 흔드는 버릇이 있었으며, 남들이 다 술에 취해서 떠들어도 그는 끄덕 않는 것을 보고, 그녀는 이렇게 말했다), 사람들은 나를 보고도 어릴 적부터 다리가 미쳤거나 수은이라도 들어 있는 듯 잠시도 다리를 그대로 두지 않는다고 말하곤 했다. 그렇게까지 나는 어디에다 다리를 두건 늘 움직이며 가만히 있지 못했다.

나처럼 먹기를 탐하는 버릇은 건강에도 해롭고 쾌락에도 손해될 뿐 아니라 점잖지 못한 일이다. 나는 너무 급하게 굴다가 가끔 혓바닥을 깨물고 손가락을 깨무는 수가 있다. 디오게네스는 한 어린아이가 이렇게 먹는 것을 보고, 그 아이 선생의 뺨을 갈겼다. 로마에서는 얌전하게 먹는 법과 걷는 법을 가르치는 선생들이 있었다. 식탁에서는 이야기를 짤막하고 재미있게 하면 아주 좋은 양념이 되는데, 나는 먹기에 바빠 말할 틈도 없다.

우리의 쾌락에는 질투심과 시기심이 있어서 서로 부딪치며 훼방 놓는다. 바로는 잔칫집에 가기 전에 먼저 "참석한 인물들이 점잖은가, 이야기는 재미있게 하며, 벙어리도 아니고 떠벌이도 아닌 사람들인가, 음식은 진미롭고 장소는 깨끗한가, 날씨는 청명한가" 하고 물어본다. 식탁에 음식을 잘 차려낸다는 것은 적지 않은 기술과 쾌락에 대한 욕망이 있는 향연이다. 전쟁의 위대한 장수들이나 위대한 철학자들은 이런 일의 지식과 실천을 거부하지 않았다.

나는 범속한 일밖에 다루지 못하기 때문에 우리가 신체를 가꾸는 일을 경멸하고 반대하게 하는 비인간적인 예지를 미워한다. 나는 사람이 타고난 욕망에 대해서 역정을 낸다든가, 그런 것을 너무 탐내는 수작은 똑같이 옳지 못한 일이라고 본다. 모든 인간적인 욕망에 둘러싸여 있음에도 다른 쾌락의 욕망을 찾아오는 자에게는 상을 주겠다고 포고한 크세르크세스는 바보였다. 그러나 자연(본성)이 자기에게 주는 쾌락을 끊어내버리는 자는 그에 못지않은 바보다. 쾌락에 대한 욕망은 추구해도 안 되고, 피해도 안 된다. 그 욕망은 그냥 받아들여야 한다. 나는 쾌락에 대한 욕망을 좀 걸직하고 우아하게 받아들인다. 그리고 기꺼이 자연의 경향을 따르련다. 쾌락에 대한 욕망의 허황함을 과장해도 쓸데없다. 그 허황함은 충분히 느껴지고, 드러나 보인다. 우리의 정신 자체와 아울러 쾌락들에 싫증나게 하며, 파흥(破興)의 구실을 하는 우리의 병든 정신의 간섭은 거부하자. 정신은 경박하게 헤매며 포만할 줄 모르는 성질에 따라서, 그 자체나 그것이 받아들이는 모든 것을 과하게도 또 부족하게도 다룬다.

항아리가 불결하면 거기 넣는 모든 것이 시어버린다.

호라티우스

인생의 편익을 아주 조심스럽게, 아주 독특하게 파악한다고 뽐내는 나로서는 그것을 자세히 들여다보면 거의 바람밖에 발견하지 못한다. 그런데 어쩌란 말인가? 우리는 어디서나 바람 같은 존재다. 그런데 바람 자체는 우리보다 더 현명하게 부스럭거리고 흔들리기를 좋아하며, 자기 소질이 아닌 안정성이나 고착성 따위를 바라지 않고, 자기 고유의 기능만으로 만족한다.

— 제3권 13장 〈경험에 대하여〉 중에서

여행에 대하여

인간 조건들 중에서 자기 것보다도 다른 사람의 것을 더 좋아하고 동요와 변화를 즐기는 성미는 상당히 공통적이다.

대낮의 광명조차도 시간이 준마(駿馬)를 갈아타고 달리기 때문에 겨우 우리에게 기쁨을 주는 것이다.

페트로니우스

나는 내 식으로 살련다. 우리와는 다른 극단을 좇으며, 자기들 자신에 만족하고, 다른 무엇보다도 자기가 가진 것을 존중하고, 자기가 보는 것밖에 아무것도 더 아름다운 형태를 인정하지 않는 자들은 우리보다 더 총명하지는 못할망정 진실로 더 행복한 자들이다. 나는 그들의 총명을 부러워하지 않으나, 그들의 행운을 부러워한다.

이렇게 자기가 알지 못하는 새로운 사물들을 탐하는 성미는 내게 여행하고 싶은 욕망을 돋우어주지만, 사실은 다른 사정들이 큰 영향을 준다. 나는 내 집안일을 내버려두고 시원스럽게 집을 나선다. 설사 광에서 일을 시키더라도 사람을 부린다는 것, 그리고 집안사람들의 복종을 받는다는 것에는 어떤 재미가 있다.

그러나 그런 쾌감은 너무나 천편일률적이고 이완된 것이다. 그리고 거기에는 때로는 하인들이 궁핍해서 의기소침해 있다든가, 때로는 이웃 간에 싸움이 벌어진다든가, 때로는 내 권리를 침해당하여 속을 썩인다든가 하는 여러 가지 언짢은 걱정이 필연적으로 섞여든다.

여행에는 비용만이 걱정거리가 된다. 그것은 내 힘에 겨울 만큼 엄청나다. 때때로 수행원을 데리고 가는 습관은 필요한 일일 뿐 아니라 체면을 지키는 일이기 때문에 그만큼 여행은 기한을 짧게 하고 횟수를 줄여야 하며, 저축해놓은 돈만을 쓰므로 그것이 마련되기까지 기다리거나 연기해야만 한다. 나는 돌아다니는 쾌락 때문에 휴식하는 쾌락이 손상되기를 원치 않는다. 그 반대로 이 두 가지가 서로 거들고 가꾸어가는 것이라고 생각한다.

나는 무엇 때문에 여행하느냐고 묻는 사람들에게 대개 이렇게 대답한다. 내가 버리고 떠나는 것은 무엇인지 잘 알지만, 무엇을 찾으러 떠나는지는 잘 모르겠다고. 누가 나에게 객지에 나가면 건강을

유지하기가 어렵고, 그들의 풍속도 우리 것보다 나을 것이 없다고 말하면, 나는 먼저,

그만한 범죄상을 갖는 것

베르길리우스

은 쉽지 않은 일이고, 둘째로, 나쁜 상태를 불확실한 상태와 바꾸어 보면 늘 소득이 있으며, 남들의 불행은 우리의 불행만큼은 괴롭지 않을 것이라고 대답한다.

이런 이유 외에도 여행은 내게는 유익한 수양(修養)이라고 본다. 심령은 여행하는 동안 이제껏 알지 못하던 새로운 사물들을 주목하느라고 계속적으로 훈련받는다. 내가 여러 번 말한 바와 같이, 인생을 형성하는 데에 끊임없이 다른 나라의 생활 형태나 사상과 풍속 등을 보아가며, 우리 인간 본성의 끊임없이 변해가는 형태를 꾸준히 음미하는 것보다 더 좋은 공부는 없다고 생각한다. 여행하는 동안 육체는 한가롭지도 바쁘지도 않으며, 이렇게 알맞은 운동에서 활기를 얻게 된다. 나는 아무리 담석증을 앓아도 말을 타면 고통을 느끼지 않고 여덟 시간이나 열 시간 동안 내리지 않고 매달려 지낸다.

햇볕이 내리쪼이는 혹독한 더위가 덮쳐오는 때보다 더 괴로운 계절은 없다. 왜냐하면 고대 로마 때부터 이탈리아에서 써오던 양산은 머리를 가리기보다는 오히려 팔에 짐이 되기 때문이다. 크세노

폰이 말한, 저 옛날 페르시아에서 처음 사치가 시작되던 시절에 마차에 탄 사람에게 그늘과 시원한 바람을 만들어주었다는 장치가 무엇인지 알고 싶다. 나는 거위처럼 비를 좋아한다. 공기나 풍토가 달라지는 것은 내게는 상관없다. 어느 나라 하늘이건 내게는 똑같다. 나는 나 자신 속에 일어나는 내적인 변화만이 두렵다. 그런데 이런 일은 여행 중에는 잘 일어나지 않는다.

나는 잘 움직이는 성미가 아니다. 그러나 한 번 길을 떠나면 가는 데까지 가고 본다. 작은 일에나 큰 일에나, 하룻길로 이웃사람을 찾아가거나 또는 먼 여행을 떠나거나 똑같은 채비를 한다. 나는 스페인식으로 단숨에 가는 일정을 꾸미는 법을 배웠다. 멀고도 알맞은 노정이다. 극심한 더위에는 밤을 타서 해질 무렵부터 해뜰 때까지 길을 간다. 길을 가다가 다른 방식으로 소란하게 서둘러서 식사하기란 특히 낮이 짧을 때는 불편하다. 내 말들은 이런 여행에 잘 견딘다. 나는 결코 말에 불만을 느낀 적은 없다. 어느 것이나 다 처음 하룻길은 태워주었다. 나는 아무 데서나 말에게 물을 먹인다. 다만 여정이 충분히 남아 있는가를 보아서 물에 뛰어들게 한다. 나는 일어날 때는 몹시 게으르므로 수행하는 자들에게는 떠나기 전에 충분히 식사할 시간의 여유가 있다. 나는 식사를 억지로 하지는 않는다. 먹으면서 식욕이 저절로 생긴다. 그래서 별다른 방법을 쓰지 않는다. 식탁에 앉아야만 배가 고파진다.

간혹 내게 결혼도 하고 나이도 들었는데 왜 계속해서 여행을 즐기느냐고 책망하는 사람이 있다. 그것은 모르는 말이다. 집안일을 자기가 없어도 잘되어가게 해놓고, 과거의 방식에 벗어나지 않게 질서를 세워놓은 다음에는, 가정을 뒤에 두고 떠나는 것도 좋은 일이다. 자기 집을 지키는 사람이 충실하지 않고 우리가 하는 일을 대신 잘 처리해주지 못하는데 길을 떠난다는 것은 대단히 철없는 수작이다.

여자에게 가장 유익하고 명예로운 지식과 임무는 살림살이에 대한 일이다. 내게는 구두쇠 여자들은 더러 보이지만, 살림꾼은 여간해서 보이지 않는다. 이것이 여자의 가장 중요한 소질이며, 무엇보다도 이 점을 유일한 혼수로 알고 잘 살펴보아야 한다.

그 소질에 집안이 망하고 흥하는 것이 달려 있다. 내게 딴 말을 할 필요가 없다. 경험으로 배운 바에 따르면, 결혼한 여자에게는 다른 어떤 덕성보다도 살림 잘하는 덕성이 요구된다. 나는 아내가 그 수완을 발휘하게 둔다. 그리고 내가 집을 비워두는 동안 집안일의 모든 처리를 그 손에 맡긴다. 나는 여러 가정에서 남자가 일처리에 뒤숭숭해진 머리로 우울하게 점심때 돌아왔는데, 여자는 아직도 자기 방에서 머리를 올리고 화장을 하고 있는 꼴을 보면 울화가 치민다. 그것은 여왕님이나 할 일이다. 여왕이라 해도 용납할 수 없다. 우리가 땀을 흘려 일하는 동안 아내들은 빈둥빈둥 놀고만 있다는 것은 부당하고 꼴사나운 일이다.

부부 간의 애정적 의무감이 이렇게 오래 떨어져 있음으로써 영향을 받는다는 말도 나는 믿지 않는다. 그 반대로 너무 계속해서 옆에 같이 있으면, 오히려 애정이 냉각되고 귀찮아질 우려가 있다. 남의 여자들은 모두 탐스럽게 보인다. 그리고 늘 같은 얼굴을 보면 서로 떨어졌다가 다시 만날 때 느끼는 쾌감을 모른다는 것은 누구나 다 아는 일이다. 이러한 이별은 내 집 사람들에 대한 새로운 애정이 우러나게 하며, 가정생활을 한층 더 정답게 만든다. 이렇게 왔다 갔다 하면, 상호간의 욕망이 더 강렬해진다.

나는 우정의 손이 세상 이 구석에서 저 구석까지 뻗어가서 서로 잡고 지낼 만큼 길다는 것을 안다. 더욱이 서로 염려해주는 연락을 계속 주고받으며, 우정의 의무와 추억을 일깨우는 경우에는 더욱 그렇다. 스토아학파들이 흔히 말하듯이, 현자들 사이에는 대단히 밀접한 관계가 있어서, 하나가 프랑스에서 식사하면 이집트에 있는 친구의 배가 불러지며, 어디 있든 간에 손가락을 뻗기만 하면 사람이 살 수 있는 땅 위의 모든 현자들이 그 도움을 느낀다는 것이다.

소유의 쾌감은 특히 상상력 속에 있다. 상상력은 우리가 찾는 것을 우리가 손에 잡은 것보다도 더 열렬하게 더 계속적으로 품어 갖는다. 그대 나날의 명상을 검토해보라. 친구가 옆에 있을 때 더 외로움을 느끼며, 그의 도움을 받음으로써 오히려 주의력이 해이해져서 어느 시각에나, 어느 경우에나 떨어져 있고 싶은 생각이 난다. 나는 여행을 가서 어느 숙소에 도착하면 반드시 내가 여기서 병이 들지나 않을까, 그리고 편안하게 죽어갈 수 있을까 하고 상상해본다. 나는 나의 숙소로, 시끄럽지 않고 더럽거나 연기가 차 있거나 숨막히지 않는 나만의 전용 자리에 들려고 한다. 나는 이런 부질없는 사정들로 죽음을 구슬리려고 해본다. 또는 더 잘 말해보면, 다른 모든 괴롭고 짐되는 일을 벗어던짐으로써 죽음이 힘들지 않게 하려는 것이다. 죽음이란 다른 짐을 걸머지지 않아도 그것만으로 상당히 힘겨울 것이다. 죽음을 기다리고만 있으면 되게끔 하고 싶다.

이렇게 나는 숙소를 찾는 데 마음을 쓰지만 화려하고 풍족한 곳을 탐내지는 않는다. 그런 곳은 오히려 싫다. 그러나 그렇게 기술이 발휘되지 않았는데도, 대자연이 그 자체가 가진 독특한 우아함으로 영광을 주는 어떤 소박한 청결미만 있으면 된다.

풍부보다는 청결이 군림하는 식사.

노니우스

사치보다도 재치있게.

네포스

그리고 여행 중에 길을 잃는 곤경에 빠지는 것은 한겨울에 일에 끌려다니는 스위스의 그리종 지방 사람들이나 당할 일이다. 나는 대개 재미로 여행하기 때문에, 그렇게 서투른 짓은 하지 않는다. 오른쪽이 싫으면 왼쪽으로 향한다. 말을 타기가 거북하면 멈춘다. 이렇게 하다 보니 내 집보다 유쾌하고 편한 곳은 아무 데도 보이지 않는다. 사실 나는 언제나 부질없는 것은 부질없게 보고, 까다로운 취미나 풍부한 생활에도 군색함이 있음을 본다. 내가 보아야 할 것을 뒤에 두고 왔다고 느끼면 돌아간다. 그것이 늘 나의 여정이다.

똑바로도 굽어지게도 아무런 확실한 선을 그어놓지 않는다. 남이 판단한 것은 항상 내 생각과 부합되지 않으며 그것이 그릇된 판단이었음을 여러 번 발견했던 터이므로, 내가 가본 곳에 사람들이 말해준 것이 없었다고 해서 헛수고를 했다고 불평하지도 않는다. 나는 다른 사람이 거기 있다고 말하던 것이 거기에 없음을 알게 된 것이다.

나는 세상의 어느 누구만큼이나 환경에 잘 적응하며, 취미도 평범하다. 이 나라 저 나라 사이에 행해지는 다른 방식은 내게는 색다른 흥미 이외에는 아무런 감명을 주지 않는다. 모든 풍습에는 각기 그 이치가 있다. 접시가 납으로 된 것이건 목기건 토기건, 고기를 삶아냈건 구워냈건, 기름이 버터건 호도 기름이건 올리브유건, 음식이 덥건 차건, 내게는 마찬가지다. 너무나 가리지 않기 때문에 나이가 들어가면서부터는 이 후한 성미를 잘못이라고 생각한다. 좀 까다롭게 음식을 가림으로써 무절제한 식욕을 막아서 위의 부담을 덜어줄 필요도 있을 것이다.

언젠가 프랑스 밖에 나갔을 때, 누가 내게 대접을 하느라고 프랑스식으로 차려 내오라 할까 물어보면, 나는 코웃음치며 언제나 외국인들이 가장 빽빽이 앉은 식탁으로 끼어들곤 했다.

나는 우리 나라 사람들이 어리석은 습성에 도취해서, 자기 풍습과 반대되는 형식에 놀라는 꼴을 보면 낯이 뜨거워진다. 그들은 자기 마을 밖으로 나가면, 그들의 본질에서 벗어나는 것같이 보인다. 어디를 가든, 그들의 방식을 고집하고, 색다른 방식을 아주 싫어한다. 어쩌다가 헝가리에서 고국 사람을 만나면, 그것이 천재일우(千載一遇)의 기회인 듯 서로 결탁하고 합심해서 그들이 본 하고많은 야만적 풍속을 비난한다. 어째서 프랑스 풍속이라고 야만이 아닌가? 더욱이 그중에서도 가장 교양 있는 자들이 이런 문화의 차이를 들어 욕설을 일삼는다. 대개는 단지 돌아오려고 떠난다. 그들은 마차의 뚜껑을 덮고 좁게 앉아서 묵묵한 조심성으로 말도 하지 않고, 알지 못하는 풍습에 전염될까 자기를 방비하며 여행한다.

이런 자들의 태도를 보면, 우리 젊은 궁신(宮臣)들 중 어떤 자가 하는 수작을 가끔 본 일이 생각난다. 그들은 자기 편만 사람으로 여기며, 우리는 마치 딴 세상 사람인 양 경멸과 동정의 눈초리로 바라본다. 그들에게서 궁궐 안의 신비로운 말투를 떼어보라. 그들은 토끼를 놓친 사냥꾼 꼴이 되어, 우리 앞에서 신출내기고 그들이 우리에 대해서 생각하는 만큼이나 일에 서투른 인물들로 보인다. 품위 있는 사람이란 혼합된 사람을 일컫는 것이라는 말은 옳다.

이와는 반대로 나는 우리 방식으로 실컷 여행하는데, 우리 풍습에 진저리가 났기 때문이지, 시칠리아에 가서 가스코뉴 사람을 찾아보려는 게 아니다(그런 치는 고향에 듬뿍 남겨두었다). 나는 차라리 그리스 사람이나 페르시아 사람들을 찾는다. 그들에게 접근해서, 그들을 고찰한다. 바로 이런 일에 바쁘게 마음을 쓴다. 그리고 그보다 더한 일로, 나는 그들에게서 우리 나라 풍속만 못한 것을 본 일이 없는 듯싶다. 별로 멀리 가본 것도 아니다. 왜냐하면 언제나 내 집 지붕이 눈에서 떠나지 않았기 때문이다.

길을 나가서 우연히 아는 사람을 만나본대야 대개는 반갑기보다 오히려 불편하다. 나는 그들과 사귀고 싶지가 않다. 더욱이 나이가 든 지금은 사람들에게서 떨어져서 내 식으로 놀고 싶다. 그대는 다른 사람 때문에, 다른 사람은 그대 때문에 속을 썩인다. 피차간에 불편이 심하다. 그런데 저편이 내 걱정을 해주는 것이 더욱 괴롭다. 견실한 이해력을 가지고 행습이 자기와 맞는 점잖은 인물이 여행에 동행하기를 원한다면, 얻기 어려운 행운이며, 비길 수 없는 위안이 된다.

여행을 많이 했지만, 그렇게 재수가 좋아본 적이 없었다. 이런 동행자를 얻으려면 미리 집에 있을 때 골라봐야 한다. 어느 쾌락도 통해줄 사람이 있어야 맛이 난다. 나는 마음속에 좋은 생각이 떠오르기만 하면, 누구한테 전해줄 사람이 없다는 것에 속이 상한다.

예지를 누구에게도 전하지 않고 자기 혼자만이 갖는 조건이라면, 나는 그것을 거절하겠다.

세네카

또 한 사람은 이것을 더 심한 어조로 말한다.

한 현자가 모든 재물이 풍족하고, 사람으로서 알아야 할 만한 모든 지식을 관찰하고 연구하기에 충분한 시간을 가졌다면, 그러고도 그가 아무도 만날 수 없는 고적 속에 지낸다면, 그는 생명을 버려야 할 것이다.

키케로

천국에 가서 위대하고 거룩한 천체 속을 산책한다 해도 같이 갈 친구가 없다면 불쾌할 것이라고 한 아르키타스의 의견은 내 비위에 맞는다.

그러나 어색하고 불편한 동행자와 같이 여행하는 것보다는 차라리 혼자 하는 편이 낫다. 아리스티포스는 어디서나 이방인처럼 살기를 좋아했다.

운명이 내게 내 뜻대로 살게 허용한다면

베르길리우스

나는 안장 위에서 보내기를 택하겠다.

태양의 화염이 맹위를 떨치는 지역이나,
검은 먼지가 덮인 지역, 혹한의 지대를 방문하는 자는
행복하여라.

베르길리우스

나는 여행의 쾌락에 불확실성과 불안정성이 따라붙는다는 사실을 안다. 이것이 또한 우리 인생을 지배하는 주요한 소질이다. 그렇

242

다, 내 고백하지만, 나는 꿈으로나 소원으로나 확실하게 의지할 곳을 알지 못한다. 적으나마 내게 보람을 주는 것이 있다면 그것은 단지 변화성, 그리고 잡다한 인상을 차지해보는 것이다. 여행을 떠나면 나는 아무 데나 멈춰도 좋고 아무 데로나 내가 편리한 대로 길을 돌릴 수 있다는 것에 힘을 얻는다.

— 제3권 9장 〈허영에 대하여〉 중에서

세간살이에 대하여

나는 살림을 늦게 시작했다. 나보다 앞서 세상에 나온 분들은 오랫동안 내게 그 책임을 맡겨주지 않았다. 내게는 벌써 내 기질대로 살림에 맞지 않는 다른 버릇이 생겨 있었다. 어쨌든 내가 본 바에 따르면 살림살이란 어렵다기보다는 귀찮은 일이다. 다른 일을 할 수 있는 자라면 아무라도 쉽사리 살림을 맡아볼 수 있다. 내가 부자가 되려는 마음을 먹었다면 내가 택한 길은 너무나 동떨어진 것으로 보였을 것이다. 다른 무엇보다도 이익이 많이 남는 장삿속으로 임금을 섬겼을 것이다. 나는 잘하지도 못하지도 않는 소질이며, 내 인생의 다른 면만큼이나 벌어놓은 것도 없고 낭비한 것도 없으며, 그저 세월을 보낼 생각만을 가졌다는 평판밖에 요구하지 않는 이상, 고마운 일로, 그리 큰 주의를 하지 않고도 살림살이는 할 수 있다.

244

내가 아무리 집안일을 경시하며 아무것도 모르고 지낸다 해도 집에 있다는 것만으로 집안일 처리에 큰 힘이 된다. 내가 일을 본다면 엉망이 된다. 설상가상으로 내가 내 몫으로 한편에 돈을 쓰면, 그렇다고 다른 편이 아껴지는 것도 아니다.

그와 마찬가지로 내가 집을 나가 있어서 오는 손해는 그냥 어떻게든 견뎌나갈 수 있으므로, 집을 지켜야 하는 고역을 면해버릴 수 있는 기회를 거절할 필요가 있다고 보지 않는다. 항상 어느 한구석은 엉망으로 되어간다. 어느 때는 이 집 일, 어느 때는 저 집 일과의 거래로 끌려다닌다. 너무 심하게 일을 따져가면, 다른 데서 해를 입는 것만큼 여기서 해를 입는다. 나는 속 썩을 일은 기회만 있으면 피하고, 잘되지 않는 일은 알려고 하지 않는다. 그래도 나는 내 집에서 계속 무엇이든 불쾌한 일에 부딪치지 않고 지낼 수는 없다. 그리고 사람들이 내게 가장 감춰두려고 애를 쓰는 협잡질은 내가 가장 잘 아는 것이다. 그래서 일을 덜 나쁘게 만들려면, 내가 거들어서 감춰주어야 한다. 부질없는 걱정이다. 때로는 부질없는 짓을 해도 속 썩기는 매일반이다. 가장 보잘것없고 자디잔 피해가 가장 속을 썩인다. 잔 글씨가 눈을 아프게 하고 피로하게 하는 것처럼 작은 일들이 가장 마음을 상하게 한다. 크고 맹렬한 불행보다는 수많은 작은 불행들이 뭉치면 더 사람을 해친다. 이런 집안 살림의 잔가시들은 숭숭 솟아 뾰족해짐에 따라서 더 날카롭게 우리 살에 박히며, 예고도 없이 엉겁결에 쉽사리 닥쳐 온다.

나는 철학자가 아니다. 여러 불행은 그 무게에 따라 나를 유린한다. 그리고 형체에 따라, 재료에 따라 나를 골린다. 그리고 때론 더 심하게 군다. 나는 속인(俗人)들보다 그것을 더 잘 안다. 그런 만큼 더 잘 견딘다. 어쨌든 이런 일들이 내게 상처를 주지 않는다 해도 모욕을 준다. 인생이란 너무 약하고 자칫하면 동요되기 쉬운 사물이다. 내가 좋지 못한 일로 얼굴을 돌린 뒤부터

사실 첫 충격에 지면, 다시는 저항하지 못한다.

세네카

아무리 하찮은 일을 가지고 그랬다 하여도 이런 유의 불쾌감을 자극한다. 이 감정이 제 힘으로 커가며, 저절로 이 재료 저 재료를 이끌어 쌓아올려 북돋워서 발악을 하게 된다.

한 방울 한 방울 떨어지는 물이 바위를 뚫는다.

루크레티우스

이런 심상한 물방울들이 나를 좀먹는다. 보통 겪는 괴로움은 결코 가벼운 것이 아니다. 이런 것은 계속적이며 고쳐볼 방도가 없다. 특히 이런 일이 계속적으로 끊이지 않고 집안 식구들에게서 생기면 말이다.

내가 멀리서 내 집 일을 전체적으로 살펴보면, 내 기억력이 정확하지 못한 탓인지 모르지만, 오늘날까지 내가 따져보는 계산과 이

치 이상으로 모든 일이 사뭇 잘되어왔다. 나는 가진 재산 이상의 소득을 얻은 듯하다. 그러나 일의 속을 들여다보며 이 모든 자질구레한 일들이 되어가는 꼴을 보면,

그때 우리 심령은 온갖 걱정으로 찢기며,

베르길리우스

온갖 일들이 후회와 근심거리가 된다. 이 전체를 모두 집어치우기는 아주 쉽다. 근심 없이 일을 처리하기란 대단히 어렵다. 보이는 것이 모두 일거리며, 자기 마음을 온통 빼앗아 가니, 참 딱한 사정이다. 그리고 남의 집 쾌락을 누리는 편이 더 유쾌하고 거기서 더 소박한 취미를 얻는 것 같다. 디오게네스는 어느 포도주가 가장 맛이 좋더냐고 누가 물어보니까, 나처럼 "남의 집 것"이라고 대답했다.

내 부친은 몽테뉴의 성(城)을 축조해가기를 좋아했다. 그는 거기서 출생했다. 이 모든 집안일을 처리해가는 데서 나는 부친의 본을 받고, 그의 규칙에 따르기를 좋아한다. 그리고 가능하다면 내 후계자들도 그렇게 시키고 싶다. 내가 그를 위해서 더 잘할 수 있다면 해보고 싶다. 나는 그의 의지가 아직도 나에 의해서 행사되는 것을 영광으로 생각한다. 이후라도 이렇게 훌륭한 부친의 인생 모습을 내 손으로 실천해나가지 못하는 일이 없기를 빈다. 내가 이 성벽 어느 쪽을 완공시키고, 건축이 잘못된 어느 방을 개조하는 일이 생기는 경우에는, 내 마음의 만족보다는 정말 그의 의사를 더 존중해서 한

일이다. 그리고 그가 자기 집을 잘 꾸며보려고 시작했다가 남겨놓은 일을 완성하지 못하고 있는 못난 나를 책망한다. 더욱이 나는 그의 혈통의 최후를 마감하는 위치에서 여기 마지막으로 손질할 처지에 있으니 말이다.

왜냐하면 나 개인의 취미로는, 사람들이 그렇게 재미있다고 말하는 집을 짓는 재미도, 사냥도, 정원 가꾸기도, 은퇴 생활의 다른 취미들도 실생활에 적합하지 못하지만, 특히 이 점에서 더욱 나 자신이 원망스럽다. 나는 인생을 쉽고 편하게 살아갈 생각만 하고 있으니, 이런 생각을 강력하고 박식하게 가지려고 마음을 쓰지 않는다. 이런 생각들은 유익하고 유쾌하기만 하면 진실하고 건전한 것이다.

내가 살림살이에 능숙하지 못하다고 하는 말을 듣고, 그것은 농사를 경멸하는 말이며, 내가 높은 학문에 마음을 쓰느라고 농기구나, 농사 짓는 때와 순서, 포도주 만드는 법, 접목하는 법을 배우거나, 내가 먹고 사는 채소와 과실의 이름과 형태, 훈육의 조리법 등을 배우는 데 소홀하다고 내 귀에 대고 속삭이는 자들이 있다면, 사람 죽일 노릇이다. 어리석은 수작이다. 영광이라기보다는 차라리 천치의 짓이다. 나는 훌륭한 논리학자가 되기보다는 훌륭한 방패수(防牌手)가 되고 싶다.

어째서 더 유용한 일에 종사하려 하지 않나?
부드러운 갈대나 버들가지로 광주리라도 짜지 않는가?

베르길리우스

우리는 우리 없이도 잘되어가는 일반적인 일이나 우주의 원인과 진척에 관해서 생각하느라고 골머리를 앓으며, 인간이라는 문제보다도 더 밀접한 문제인 우리의 사실과 미셸*의 일은 뒤로 미룬다. 그런데 나는 대개 스스로에 더 잘 구애되며, 다른 데보다는 여기에 재미를 붙이고 싶다.

여기서 내 노년을 보내리!
해륙의 여행과 군대 생활에 피로하여,
여기서 휴식을 찾으리!

호라티우스

나는 이 일을 끝마칠지 모르겠다. 나는 부친이 상속 재산 대신에 노령에도 집안 살림에 열중하던 취미를 내게 물려주었더라면 한다. 그는 자기의 욕망을 재산을 돌보는 방향으로 이끌어서 자기가 가진 것에 만족함으로써 행복했다. 내가 한 번 그와 같은 취미를 가져볼 수만 있다면, 정치 철학이 내 직무의 비속함과 천박함을 아무리 비난한다 하여도 좋다.

내 생각으로는 가장 영광스런 직분은 나라를 위해 봉사하며 많은 사람들에게 유용하게 일하는 것이다,

---

* 몽테뉴 자신의 이름이다.

우리는 가까운 사람들과 함께 즐거움을 나누어 가짐으로써만,
천재와 용덕과 모든 탁월성의 성과를 가장 잘 누릴 수 있다.

키케로

나로서는 그런 생각은 포기한다. 일부는 나의 양심 때문이고(왜
냐하면 이런 직책에 수반되는 무거운 책임을 생각해보면, 나는 그런 일에
기여할 힘이 별로 없음을 알게 된다. 그래서 모든 정치 사상의 대가인 플라
톤은 역시 그런 일에 손을 대지 않았다), 일부는 나의 비겁성 때문이다.
나는 세상일에 열심히 대들지 않고 세상을 즐기며, 단지 나에게나
남에게나 짐이 되지 않게 그만하면 용서받을 수 있을 만한 인생을
살아가는 데 만족한다.

누구에게 일을 맡길 사람이 있었던들, 나같이 무르게 집안일을
제삼자에게 보살펴달라고 맡겨둘 자는 없을 것이다. 지금 이 시간
내 소원 중 하나는 내 노년기를 편안하게 먹여주고 재워줄 수 있는
사위를 얻어서, 내 재산의 관리와 사용에 관한 권한을 전적으로 맡
기고, 내가 하는 식으로 재산을 관리하고, 내가 여기서 얻는 것을 대
신 갖게 하되, 다만 그가 진실로 감사와 애정의 마음으로 일을 보아
주었으면 하는 생각이다. 그런데 무어라고? 우리는 지금 자기 친자
식의 충실성도 알 수 없는 세상에 살고 있다.

여행할 때 내 돈 지갑을 간수하는 자는, 내게서 아무런 검사도 받
지 않고 그것을 관리한다. 설사 내가 돈을 계산해본다 해도 그는 나
를 속일지도 모른다. 그러나 그가 마귀나 아닌 바에야 그를 전적으

로 신임하여 이렇게 그로 하여금 일을 잘 보아주지 않을 수 없게끔
만든다.

> 많은 사람들은 기만당할 공포심 때문에 그들을 기만하도록 가르
> 쳤고, 그들의 불신 때문에 배신 행위를 정당화시켰다.
>
> 세네카

내가 내 집 사람들에 대해서 가장 많이 쓰는 도난 방지책은 눈을
감아두고 지내는 일이다. 나는 눈으로 보기 전에는 나쁜 짓이 있다
고 생각하지 않으며, 젊은 사람들에게 더 신뢰가 간다. 그들은 아직
나쁜 짓에 덜 물들었다고 보기 때문이다. 나는 저녁마다 3에퀴, 5에
퀴, 7에퀴가 낭비되었다는 말을 귀가 따갑게 듣기보다는 두 달 후에
가서 4백 에퀴가 낭비되었다는 말을 듣는 편이 차라리 낫다. 그래서
이런 의미에서 내가 다른 사람들보다 도둑을 더 맞은 것이 아니다.
내가 일부러 알지 않고 지내려는 것은 사실이다.

나는 금전상의 문제에 관해서는 일부러 불확실하게 해두며, 어쩌
면 그런 일이 있을 수 있었다고 미심쩍어할 수 있는 것에 만족한다.
하인들에게는 성실치 못하거나 부주의할 수 있는 여유를 남겨둘 필
요가 있다. 대체로 보아서 그냥 살아갈 수 있을 만큼 재산이 남아 있
다면, 과분한 운수로 얻은 이런 재산은 조금은 되어가는 대로 놓아
두어야 한다. 이삭 줍는 자들의 몫도 남겨야 한다.

결국 나는 하인들이 끼치는 손해도 대수롭게 여기지 않지만 그들

이 그렇게 충실하다고 보지도 않는다. 오오, 자기 돈을 만지작거리며 달아보며 헤아려보며 연구하다니, 참으로 천하고 더러운 짓이다. 이쪽에서 탐욕이 스며든다.

내가 재산을 관리한 지 18년이 지났건만 내가 한 일로서 나의 토지 소유권이건 주요한 사무건 잘 알아보라고 자신을 설복하지 못했다. 그것은 내가 허망한 세속적인 일들을 철학적으로 경멸해왔다는 것이 아니다. 내 취미가 그렇게 고결한 것이 아니고, 적으나마 이런 일은 그 값어치대로 평가한다.

그러나 내가 게으르게 일처리를 소홀히 하는 것은 용서할 수 없는 것이다. 많은 사람들이 돈벌이 때문에 하듯이 내 일처리에 노예가 되며, 이런 흥정에 얽매여서 계약서를 읽어가기보다는, 서류의 먼지를 털어가기보다는, 차라리 무슨 짓을 못 할 것인가? 내게는 걱정이나 수고보다 더 힘드는 일이 없고, 흐리멍텅하고 무기력하게 살아가는 것밖에 더 바랄 거리가 없다.

나는 무슨 의무라든가 종속 관계에 얽매이지 않을 수 있다면, 남의 재산으로 살아가기에 알맞은 인물로 보인다. 그러므로 더 자세히 살펴보면, 내 성미나 팔자로 보아서 내 사무나 하인들이나 집 사람들 때문에 속썩인다는 것이 더 더럽고 귀찮고 괴로운 것인지도 모른다.

노예성은 자기 의지의 주인이 되지 못하는 비굴하고 허약한 정신의 굴종이다.

키케로

나는 내 집에서 잘되어가지 않는 모든 일에 책임을 진다. 주인들로서, 나와 같은 중류층의 사람들 말이지만, 그리고 그렇게 할 수 있다면 더 행복하겠지만, 책임 대부분을 자기가 맡지 않을 정도로 보조자를 믿고 지내는 사람은 드물다. 그러므로 나를 찾아오는 손님들 대접이 어딘지 부실한 것은 어찌할 도리가 없다(어쩌다 손님을 붙들어둘 수 있다면, 우리 집 요리가 훌륭해서가 아니라 어느 못난 친구들의 수작처럼 내가 애교를 부리기 때문이다). 그래서 내게 사람들이 찾아오거나 친구들 모임을 갖는 데 느끼는 재미의 대부분을 잃어버린다.

한 신사가 자기 집에서 가장 못난 꼴을 보이는 것은 집안일 처리에 분주해서 이 하인의 귀에 소곤거리고, 저 하인에게 눈을 흘기고 하는 수작이다. 집안일 처리는 눈에 뜨이지 않게 진행시키며 모든 일이 평상시와 다름없이 보이게 해야 한다. 그리고 손님들에게 자기가 대접하는 것이 어떻다느니 하면서, 미안해하거나 자랑하거나 하는 말들은 못난 짓이다. 나는 풍성한 대접보다도 질서와 정결을 존중한다. 그리고 내 집에서는 꼭 필요한 것만 내놓지, 볼품은 그리 생각지 않는다. 하인이 남의 집에서 싸운다거나 접시를 하나 엎지르면 손님은 웃기만 하면 된다. 손님이 잠자는 동안 주인은 요리장과 내일 손님 대접할 일을 의논하는 것이다.

나는 이런 일에 대해서 내 식으로 말한다. 그러나 어떤 사람들에게는 질서 정연하게 일을 보살펴서 안온하게 살림을 키워나가는 것이 얼마나 달콤한 재미인가를 인정하지 않는 바도 아니며, 나 자신의 과오와 결함을 여기에 결부시키고 싶지도 않으며, 사람들에게 각자 아무런 비행 없이 자기 자신의 일을 올바르게 처리해나가는 것보다 너 행복스런 일은 없다고 한 플라톤의 말을 반박하려는 것도 아니다.

— 제3권 9장 〈허영에 대하여〉 중에서

허상에 대하여

나는 글을 쓸 때 원래의 제목에서 좀 벗어나곤 한다. 이것은 부주의에서라기보다는 차라리 방종한 탓이다. 내 공상은 줄이어 나온다. 그러나 때로는 멀리서 떠올라서 서로 쳐다보며 곁눈질을 한다.

플라톤의 〈대화편〉 중 어느 장을 훑어보았더니, 반은 다채로운 환상인데, 전편은 사랑에 관해서고, 그 뒤는 수사학에 관해서 채워져 있다. 그들은 아무렇게나 문체를 변화시키는 것을 꺼리지 않으며, 이렇게 바람결에 흘러가며, 또는 그렇게 보여주는 데 말할 수 없는 우아함이 있다.

내 글의 장(章) 제목은 반드시 그 내용을 가리키지는 않는다. 이런 제목은 안드리, 외뉘크 또는 실라, 키케로, 토르카투스같이 단지 한 장을 따로 지적하는 이름밖에 아무것도 아니다. 나는 팔짝팔짝

뛰노는 시적인 자세를 좋아한다. 그것은 플라톤의 말같이 가벼이 날아드는 신령 같은 예술이다.

플루타르코스의 어느 작품에 보면, 그는 제목을 잊어버리고, 그의 논법은 다른 이야기에 눌려서 어쩌다가 나온다. 그가 소크라테스의 다이모니온에 관해 말하는 태도를 보라. 오오, 그렇게도 유쾌하게 말꽁무니를 빼는 수작이나 묘한 변화는 얼마나 아름다운가! 특히 아무렇게나 우연히 나와 능청떠는 것 같은 시구(詩句)는 더욱 묘하다.

부주의한 독자는 내 제목을 놓치고 만다. 내 잘못이 아니다. 아무리 내 글이 압축되었다 해도, 언제나 한구석에 늘 제목에 관계된 말이 몇 마디씩은 있을 것이다. 나는 천방지축으로 부산스럽게 화제를 뒤바꾼다. 내 문체와 정신은 똑같이 헤맨다. 너무 어리석지 않으려면, 좀 미친 수작도 섞어야만 한다는 말이 우리 스승들의 교훈에 있으며 더욱이 그들이 행한 예가 그것을 가르친다.

재료는 스스로 드러난다고 하는 말을 나는 들었다. 재료는 약하고 잘 알아듣지 못하는 귀에 들려주려고 연결하는 말과 꿰매는 말로 얽어놓지 않아도, 나 자신을 해설해주지 않아도, 어디서 변하고 어디서 맺으며 어디서 시작하고 어디서 다시 나오는가를 충분히 보여준다. 졸면서 읽거나 건성으로 읽어주는 것보다는 아예 읽어주지 않는 편을 더 좋아하지 않을 자 누구일까?

겸사겸사 유용할 수 있는 것보다 더 유용한 것은 없다.

세네카

책을 드는 것이 배우는 것이며, 책을 보는 것이 고찰하는 것이며, 책을 훑어보는 것이 그 뜻을 파악하는 것이라면, 내가 말하듯이 나 자신을 이렇게 무식하게 만들어내는 것은 잘못이다.

내 글의 무게로 독자의 주의를 끌 재간이 없는 만큼 뒤범벅된 글 때문에 주의를 끄는 것이라면 "언짢을 것도 없다." "그건 그렇지만, 그는 이런 글을 재미있게 읽었다고 다음에는 후회할 것이다." 설령 그렇다 해도, 역시 독자는 늘 흥겨워했을 것이다. 그리고 읽어서 이 해되는 것은 경멸하되, 내가 하는 말이 무엇인지 잘 모르겠으니까 그 때문에 나를 더 존경하고 싶어지는 기분파들도 있다. 그들은 잘 모르겠으니까, 내 글이 의미심장하다고 결론짓는다. 사실 이런 난 해성을 나는 대단히 싫어한다. 그리고 그것을 피할 재간이 있으면 피할 것이다. 아리스토텔레스는 어느 경우에는 어려운 문투로 뽐내 기를 자랑삼는다. 몹쓸 생각이다.

내가 처음에 하던 것처럼 장을 너무 짧게 잘랐더니, 독자들의 주 의력이 생기기도 전에 그것을 끊고 이렇게 하찮은 글에 멈춰서 명 상하기를 경멸하는 것같이 보였기 때문에, 이번에는 일정한 명제를 두고 여유 있게 시간을 가지고 읽어주기를 바라며, 좀 더 길게 쓰기 시작했다. 이런 일에는 단 한 시간의 여가도 할애해주려고 하지 않 는 자에게는 아무것도 주고 싶은 생각이 나지 않는다. 그리고 사람 을 위해서라며 엉뚱한 짓만 한다면, 그를 위해서 아무것도 해주지 않는 것이다. 더욱이 나는 어떤 일에 대해서 반밖에 말하지 않고 뒤 죽박죽으로 말하고, 앞뒤가 맞지 않게 말해야 하는 특수한 의무를

지고 있다.

나는 흥을 깨는 이유를 싫어하고, 인생을 혼란시키는 터무니없는 기도와 교묘한 사상이라는 것에 무슨 진리가 있다 해도, 그런 것은 값비싸고 불편한 진리임을 말해두려던 참이다. 그 반대로 허영된 말이나 어리석은 말이라도 내게 재미를 준다면, 이런 말을 하기를 일삼으며 그런 것을 너무 억제할 것 없이 내 타고난 성정에 따라서 하고 싶은 대로 나타나게 한다.

— 제3권 9장 〈허영에 대하여〉 중에서

죽음에 대하여

태어난 고향이 아닌 다른 고장에서 죽을까 봐 두려워한다거나, 집안사람들에게서 떨어져서는 편히 죽지 못하리라고 생각한다면, 나는 거의 프랑스 밖을 나가보지 못할 것이다. 내 교구(敎區) 밖만 나가도 겁이 더럭더럭 날 것이다. 죽음이 언제나 내 목덜미와 허리를 잡고 있는 것을 느낀다. 그러나 나는 인품이 다르다. 죽음은 어디서든지 내게는 마찬가지다.

그렇지만 죽을 자리를 택할 수 있다면, 우리 집을 나가서 집안사람들과는 멀리 떨어진 곳에서, 침대 위보다는 말 위에서 죽고 싶다. 친한 사람들과 고별하기란 위안이 되기보다는 가슴이 터질 일이다. 나는 우리의 범절이 요구하는 이 의무를 달게 잊어버리련다. 왜냐하면 우정의 봉사 중에서 이것만이 불쾌하기 때문이다. 그래서 이

렇게 위대한 영원의 고별을 말하는 것도 기꺼이 잊으련다. 죽음의
자리에 이렇게 참석해주는 것이 어떤 좋은 점이 있다고 하더라도,
거기에는 불편한 점이 수없이 더 많다.

나는 이런 패거리에 둘러싸여서 가련하게 죽어가는 사람을 여
럿 보았다. 이런 군중이 그들을 질식시킨다. 사람이 편안하게 죽어
가게 두는 것은 의무에 대한 배반이며, 애정이 부족해서 잘 보살펴
주지 않은 증거라는 것이다. 하나가 죽는 자의 눈을 괴롭히면, 하나
는 귀를 괴롭히고, 또 하나는 입을 괴롭힌다. 그의 감각이건 팔다리
건 흔들지 않고 편히 놔두는 것이 없다. 친구가 우는 소리를 들으면,
측은해서 가슴이 조이고, 어쩌다가 탈을 쓰고 거짓으로 우는 소리
를 들으면 울화가 터진다. 상냥하고 연약한 마음씨를 가진 자는 이
런 때 더 심하게 느낀다. 이렇게 위독한 경우에는 바로 가려운 곳을
긁어주듯 그의 심정에 맞추어주는 상냥한 손길이 필요하다. 그렇지
않으면 전혀 손을 대지 말 일이다.

우리가 세상에 나올 때에 조산부(助産婦)*가 필요하다면, 우리를
이 세상에서 내보낼 때에는 더욱 조사부(助死夫)가 필요하다. 이러
한 경우에 보살핌을 받으려면, 이런 직업인으로 친절한 자를 상당
히 비싼 값을 들여 불러야 할 것이다.

나는 스스로 힘을 돋우며, 아무것도 죽음을 돕지도 동요시키지도

---

* sage-femme, 그대로 직역하면 '현명한 여자'라는 의미다. 몽테뉴는 sage homme(현명한
  남자)라는 말을 만들어 조사부(助死夫)라는 의미로 쓴다

못하는 저 경멸조의 정력을 가질 정도에는 이르지 못했다. 나는 한층 더 아래다. 무서워서가 아니라, 기술적으로 이 통로(죽음)를 몰래 슬쩍 빠져나가려는 것이다. 이 행동으로 굳은 지조를 보이거나 증명하려는 것이 아니다. 누구를 위해서 하는 걸까? 나는 내 개인적인 은퇴 생활에 알맞은 정온한 죽음을 얻는 것으로 만족한다.

로마의 미신에는 죽어가며 말 한마디 남기지 않든가, 눈을 감겨줄 친척 하나 없이 죽는 것을 큰 불행으로 여겼지만, 나는 그 반대로 남을 위로해주기는커녕 나 자신을 위로하기도 힘겹다. 딴 사정으로 새로운 생각을 끌어올 것 없이 내 머릿속의 생각만으로도 힘에 넘치며, 남의 일을 빌리지 않아도 내 일처리만으로도 벅차다.

이 부문(죽음)은 사회의 역할에 속하는 것이 아니고, 한 인물에 관한 일이다. 살아서는 친지들과 함께 웃으며 지내다가 죽을 때는 알지 못하는 사람들 속에 가서 죽어가자. 돈만 치르면 소원대로 머리를 돌려주고 발을 문질러주고, 청하지 않으면 귀찮게 굴지도 않고 아무 상관 않으며 그대 멋대로 혼자 생각하건 팔자를 한탄하건 내버려둘 사람은 얼마든지 구할 수 있다.

— 제3권 9장 〈허영에 대하여〉 중에서

작품 해설

중세 기독교 문화의 개화는 인류 역사상 드문 기적을 성취한 반면에 정신에 치중하는 사고방식은 다시 정신을 압박하여 인간 정신을 웅고시켰고, 기독교 문화 난숙기(爛熟期)의 팽창한 생명력과 사고방식의 협착성 사이 모순에 어느 외부적인 기연이 있으면 일촉즉발의 기운이 조성되곤 했다. 그것이 이미 15세기 이탈리아에 찬란하게 꽃핀 문예 부흥 사조로서 프랑스에 유입되어서 다시 프랑스의 문예 부흥을 일으키게 되었다.

정신적으로 보면 신앙의 독단론적 사고방식에 대한 자유 심사(自由審査)의 대항에서 일어난 사상의 혼란이며, 사회적으로 보면 가톨릭 신앙의 검토에서 얻은 결론인 새 신앙 형식, 즉 신교도의 대두에서 일어난 무자비한 내란이었다. 프랑스 역사에서 가장 혹심한 혼란기인 16세기가 현대의 문이 열린 가장 꽃다운 시대였다는 것은 모순과 같은 기적이다. 그러나 중세 기독교 문화로 내적 역량이 풍부해진 인간성에 문예 부흥이 선물해준 자유에 대한 의욕이 그 실력을 현대적으로 키워주었다고 해석하고 싶다.

종교 전쟁은 주로 북부 독일에서 맹위를 떨쳤다. 이미 왕권이 확립되어 국력이 강해진 프랑스에서는 국제적인 전쟁까지는 겪지 않았으나, 그래도 남부 지방은 칼뱅 교도의 근거지였기 때문에 신흥 세력을 무찌르려는 기성 세력의 노력 아래 대소규모 내란이 연이어 일어나는 무질서한 상태였다.

미셸 에켐 드 몽테뉴는 1533년 이렇게 소란스러운 남부 지방 페리고르의 몽테뉴성(城)에서 출생했다. 그는 작품 속에서 귀족을 칭찬하지는 않고, 오히려 농민들의 순박성을 본받아야 한다고 권장하면서 자기는 오랜 대를 이은 귀족의 아들같이 말하지만, 사실 그의 조상은 장사로 부를 쌓아 1477년에 증조부 라몽 에켐이 몽테뉴성을 사들였고, 그의 조부 대에도 보르도에서 염건어상을 경영했다. 그리고 족보에 따르면 그의 조모는 툴루즈 출생으로 스페인계 유대인의 피를 받았다고 한다.

이 시대 프랑스의 소란상은 다음의 대비약을 위한 진통을 의미하는 것 같다. 미셸의 부친 피에르 에켐이 자기 아들을 교육시키는 데 보인 사상과 실천을 통해서도 짐작할 수 있다. 아직 중세를 벗어난 지 얼마 안 되었는데도 그의 부친은 현대 사상보다도 오히려 더 앞선 감이 있는 이념을 품고 있었다. 즉 젖먹이 미셸을 성안에서 귀엽게 키우지 않고 농가의 여자를 유모로 구해놓고 농민의 집에서 그 자녀와 같이 살며 똑같은 음식을 먹이고 대우하며 키우게 했다.

그리하여 몽테뉴는 농민을 그와 동류(同類)로 보게 되었다고 하니, 바로 문예 부흥의 중심 사상인 인간애의 실천이라고 보고 싶다. 그러다가 아직 말도 똑똑히 못하는 어린 몽테뉴를 프랑스어를 전혀 모르는 독일인 학자에게 맡겨서 순수한 라틴어로 말을 배우게 하여, 학교에 가서 애를 쓰고 공부하는 수고 없이 라틴어에 능숙하게 만들어놓았다. 그리스어는 이 방법을 쓰지 않았기 때문에 결국 능통하지 못하고 말았다.

현대의 가장 진보된 교육도 이보다 더할 수 없는 일이니, 중세 주입식 교육법을 벗어던지고, 각자가 독자적인 창의로 새 방법을 연구 실천했던 것이다. 그리고 라틴어는 몽테뉴에게 교양의 기초를 닦아주었다.

그가 보르도의 콜레주 드 기엔에 입학했을 때에는 당시 학문의 기초였던 라틴어 지식이 오히려 교사보다도 다 나은 편이었으니 배웠다기보다는 퇴보한 셈이었다고 하며, 그 후에 툴루즈에서 법학을 배웠다고 여겨진다.

1554년에는 페리괴 보조재판소의 고문관이 되고, 이 기관이 보르도로 옮겨간 후 거기서 라 보에시와 유명한 우정을 맺었다. 그리고 1565년에 프랑수아즈 드 라 샤세뉴와 결혼했으나 자기 말로 충만한 《수상록》에는 부인과 자녀에 관한 이야기가 나오지 않는다. 그가 너무나 서적과 친하게 지낸 결과 가정생활에 대한 관심이 희박했던 탓이리라.

1568년에 부친상을 당하고 영토를 상속받은 다음 해에는 부친의 명령으로 번역한 카탈루냐 신학자 레이몽 스봉(Raymond Sebon; Ramon Sibiuda)의《자연신학》을 출판했다. 그는 이 작품에서 사상적으로 많은 영향을 받았으며, 〈레이몽 스봉의 변해(辨解)〉는 그의《수상록》의 핵심을 이룬다. 그러나 이 신학자의 학설 소개라기보다는 자기의 철학 사상을 부연하는 기회로 삼는다.

또한 고문관의 직권을 보르도 상역 재판소에 매각하고 파리에 나가서 작고한 친우 라 보에시의 작품을 인쇄하고 출판하는 일을 감독했다. 그것은《일인자에 대항하여》라는 고대 그리스 로마의 민주 사상이 침투된 작품으로서, 당시 관헌의 간섭을 두려워하며 대단히 조심스럽게 진행했다.

그 당시는 종교 개혁 운동의 소용돌이가 맹위를 떨치던 시대였으므로 정치 문제는 지식인들의 중대한 관심거리였으나, 몽테뉴는 사회적 영예에 야심이 전혀 없었으며, 자기 독서 취미에만 몰두했고, 난세 속에서 일신의 안전을 강구하기에만 급급한 느낌이 있다. 그러나 라 보에시의 작품을 출판하는 데 책임을 느낀 것은 이 방면에 전혀 관심이 없는 게 아님을 말한다. 몽테뉴는 〈레이몽 스봉의 변해〉에서 자기 종교관을 해설하는데, 기독교 신앙에서 물러난 것은 아니었다(16세기는 아직 반신앙적인 사상은 나올 단계가 아니었으며, 신앙의 방법이 일반 관심의 초점이었다). 그의 교양은 주로 기독교 시대를 벗어난 고대 로마와 그리스의 작품에서 얻은 것이었는데, 우리 나라에서 전에는 오로지 한문 문화에 의존하다가 개화 이후 한문을 거의 무시하고 유럽과 미국에서 수입한 신문화에 의존한 것과 같은 역할을 문예 부흥 시대에는 그리스 로마의 고대 사상이 맡고 있었다.

중세 기독교 문화와 고대 문화는 완전한 이질 문화였다. 문예 부흥은 이질적인 두 문화의 융합에서 발랄한 생명력을 얻었으니, 기독교 신앙이 인간 생명을 전적으로 지배하던 1천여 년 동안 사원 등의 도서관에 사장된 채로 있던 고대 전적(典籍)이 다시 광명을 보아서 인간 지성을 일깨워준 것은 진실로 특이한 현상이었다. 이 시대에는 고대 전적을 읽는 것이 새 유행이었고 고대 사상을 이해하는 것이 새로운 사상이었다.

몽테뉴의 부친은 새 사상의 실천에 성공한 사람이었다. 많은 학자들과 권위자들에게 아동 교육에 관해서 문의한 다음 얻은 결론은 아이들에게 최소한의 강제를 과하고 스스로 공부하고 싶어지도록 환경을 만들어주는 것이었다.

그리하여 세심한 보호 속에서 제대로 자란 몽테뉴는 재미로서 독서를 취미로 삼았고 흥미의 대상에 인간성의 탐구를 두었다. 그것도 객관적인 인간 관찰이 아니라 가장 가까운 자기 자신을 도마 위에 올려놓고 흥이 나는 대로 자아를 찢어발겨 나가며, 도대체 인간은 무엇이며 나는 무엇이냐고 물어보았다.

그리고 자아를 파악하려고 철학 서적을 탐독했으나 그렇다고 자기의 철학을 세워서 남에게 내어주기 위함은 아니었다. 그는 자기 자신을 세우기에 힘이 겨워서 남을 생각할 오만을 가질 여유가 없었다.

몽테뉴는 1580년에 《수상록》의 제1판을 보르도에서 간행하고, 그해에 일부를 앙리 3세에게 증정했다. 그러고는 담석증을 치료하려고 플롱비에르, 바덴 등의 온천장에 갔다가 다시 여행의 길을 따라서 뮌헨, 티롤을 거쳐 이탈리아로 들어가서 베로나, 파도바, 베네치아, 페라라, 볼로냐, 피렌체, 시에나 등지를 방문한 다음, 로마에 가서 겨울을 났다. 토스카나의 루카 온천장에 가 있을 무렵인 1581년 9월에 그가 보르도 시장으로 선출되었다는 통보를 받고 17개월 만인 1581년 10월에 몽테뉴로 돌아왔다.

그가 학구파이면서도 사무 처리와 통솔에도 능력 있는 인물이었다는 사실은 1583년에 보르도 시장 재선을 보아도 짐작할 수 있고, 그가 얼마나 이 지방에서 인기가 높았는가를 알 수 있다. 1582년에 《수상록》에 첨삭을 가하여 제2판을 냈는데, 여기에는 고대 작가의 인용문이 더 많이 삽입되었다. 1584년에는 나중에 앙리 4세가 된 나바르 왕이 그의 성에 와서 이틀 동안 머물고 갔다.

보르도 시장 임기가 만료되어가는 1585년 6월에는 페스트가 그 지방에 창궐했다. 그때 몽테뉴는 병을 피하여 가족을 데리고 각지를 전전하다가 돌아오는 중이었고 차기 보르도 시장 선거에는 참석하지 않았다.

그의 이기주의적 태도는 비난을 받을 만도 하지만 그는 소신껏 죽음을 경멸하며 국가에 봉사하기 위해서는 기꺼이 생명을 던져야 한다고 주장하는 한편 무용(無用)의 격식을 경멸했으니, 페스트가 돌던 때 그가 보르도를 떠난 것은 후자의 뜻으로 해석해야 할 것이다. 당시에 횡행하던 신구교 투쟁을 구실 삼는 무리의 침략에도 몽테뉴는 무저항주의와 아량으로 끝내 난을 면할 수 있었다.

1586년부터는《수상록》제3권 집필로 보냈는데, 여기서는 종래와 같이 짧은 편으로 가르지 않고 전부를 비교적 길게 13편으로 적어 나가며 독자들의 주의력을 효과적으로 끌어볼 방책을 강구했다. 역시 그의 인생의 목표는 오로지 가치 있는 작품 하나를 남겨두는 데 있었다.

1588년에는 제3권을 첨가한《수상록》제5판을 간행하려고 파리로 나갔다가 당시 일어난 소규모 내란의 반란군 측에 붙잡혀 잠시 바스티유에 감금되기도 했다. 그러고 보면 그에게 인간 사상은 어느 것도 확실한 것이 못 되니 불확실한 원칙 아래 이뤄지는 개혁은 불필요하다고 보며, 따라서 종교는 늘 가톨릭, 정권은 늘 합법적인 왕권만을 지지했다. 이때에 그는 문예 비평가로 문학사에 이름이 남은 마리 드 구르네와 알게 되어 양녀의 결연을 맺고 자주 내왕했다.

그리고 대학자 에티엔느 파스키에와 친교를 맺은 것도 이 시절이다. 그는 1590년에 외동딸 엘레오노르를 결혼시켜 1591년에 외손주를 보았고, 1592년에 독실한 신자로서 일생을 마쳤다. 그리고 1594년에는 피에르 드 브라크와 마리 드 구르네가《수상록》의 제6판을 간행했는데, 이 판에는 몽테뉴가 제5판 간행 후 적어넣은 수많은 첨가 원고가 삽입되었으며 이 원고는 지금도 보르도 도서관에 보관되어 있다.

몽테뉴는 나이가 들어가며 사상의 변화를 겪었다. 각기 다른 각 행의 첨가 부분에는 이 변천의 자취가 보인다. 그는 처음에는 피로니즘의 완전한 회의주의를 존중하고 받들었으며, 그 완전한 표현으로 "크 세쥬?(Que sais-je, 나는 무엇을 아는가)"라는 표어를 내세웠다. 그는 회의주의자의 "나는 아무것도 모른다"는 말까지도 모른다는 사실은 긍정한 것이므로 부족하다고 생각했고 자기는 안다느니 모른다느니 할 자격조차도 없으며, 인간의 지식에는 아무런 확실성이 없다고 강조하고자 했다. 그러나 아무것도 모른다고 하며 사람은 살아간다. 여기서 그는 불확실한 인생에 타협하며 다분히 쾌락주의적으로 절도를 지켜서 살아가는 방향을 잡아간다.

몽테뉴에 따르면 사람들의 의견은 아무 점에도 합치되지 않으며, 서로가 제멋대로 생각한다. 정치, 법률, 도덕, 종교, 형이상학 할 것 없이 각 시대에 걸쳐서 서로가 남의 의견을 뒤집어놓는다. 속인들은 서로가 분열하고 학자들은 서로가 비난하며 헐뜯는다. 아무리 부드러운 이성이라도 어떤 항구적인 진리를 찾아볼 길이 없으며, 항상 요동하여 잡다하게 움직이는 본능을 가지고는 인생의 보편적인 형식을 세워볼 수가 없다.

모든 조직이나 실천상은 한 혼돈에 지나지 않으며, 인간은 자기의 영혼이나 신체나 우주나 신이 무엇인지 알아보려 해도 알 수 없는 처지에 놓여 있다. 그리하여 레이몽 스봉의 장에서는 인간의 모든 무지와 과오와 지조 없는 행동과 모순상을 보여주며, 모든 것을 보편적이며 절대적인 의문에 붙인다는 결론에 도달한다.

그러나 그의 약간 현학(衒學)에 흐르는 의문의 태도는 그가 진실로 회의학파에 속하는지 자세히 살펴볼 필요가 있다. 그가 의문에 붙인 것은 소위 실재에 관한 사상이다. 회의파가 아닌 사람들도 알기 불가능한 사항이라고 하여 제쳐둔 문제다. 몽테뉴의 회의는 형이상학적인 대상에 관한 선험적인 회의다.

그러나 그는 이 회의를 유용(流用)해서 현실의 문제를 관찰해나가는데, 그것은 인생 해석에 한 독단론을 세워서 그 근거 위에 모든 일을 설명하려는 일반 사람들의 태도를 전복시키려는 의도로 보인다. 그러니 우리의 본능에 나타나는 여러 가지 현상과 형식이 모두가 아무런 확고한 근거가 없고 인생의 모든 것이 상대적이라는 점을 강조하며, 사람들이 자기 주장을 고집하여 서로 알력 투쟁하는 태도를 반성시키려고 하는 것이다.

먼저 그의 주의를 끈 것은 그 시대의 관심사인 신앙의 문제다. 전지전능하고 절대무한의 지상선(至上善)인 신의 존재는 모든 것이 상대적이며 방대한 우주 속의 먼지에 불과한 인간의 이해력으로는 도저히 파악될 수 없는 사항인데도, 인간이 신앙에 관한 새 해석을 내리며, 가장 잔혹한 일도 피하지 않고, 서로 싸우는 태도를 은근히 비난한다. 그러나 그는 여기서 서로가 흥분하여 이성을 잃은 태도를 진정시키려는 중간파의 유화적 태도를 취하려는 것이 아니다.

인간은 허약한 존재며 궁극의 지성으로 판단할 때에 인간사의 어느 일에도 수긍할 점이 보이지 않는 만큼, 우선 자기 생명의 안전을 위해서 어느 편에도 적극적으로 가담하지 않지만, 모든 것이 알 수 없는 처지라면 지금 있는 현상을 그대로 승인해야만 하며, 평지에 파란을 일으키는 측에 반대한다는 것이다. 무엇을 더 잘 안다고 떠들고 나서느냐는 식이다. 그러므로 그는 직접 신교(新敎)를 두드리는 태도를 피하면서 가톨릭을 옹호해간다.

광신적 열광이 그에게는 못마땅한 것이다. 그렇다고 그가 가톨릭의 교리를 승인한 것도 아니다. 아마도 신교도들의 광적 태도에도 심한 것이 많고, 사회에 소란을 일으키는 광신도들에 대한 탄압에는 참고 보기 어려운 잔혹한 처사가 많았겠지만, 그는 자신에게 불리한 압력을 몰고 올 행동은 조심하여 취급하기를 피했다. 그리고 조상에게서 물려받은 습관으로서의 신앙을 무조건 그대로 받아들였다. 다만 절대자로서의 신의 존재는 확신했으므로, 그는 인간사 모든 것이 상대적이며 불확실한 바에야 불완전한 존재로서의 인간과 불확실성의 뒤에 이 모든 것을 생성케 하는 절대적인 존재, 확실한 존재, 완전한 존재자는 있어야 한다고 본 것이다.

그러나 이러한 신은 인간의 제한된 이성과 합리적인 사고방식으로는 추측할 수 없는, 시간과 공간을 넘는 존재다. 예를 들면 둘에 둘을 보태어 다섯이 되게 할 수는 없다. 신은 한 번 존재한 사실을 존재하지 않은 것으로 만들 수는 없다. 그러므로 신은 전지전능이 아니라는 식의 사고방식은 신에게는 통용되지 않으며, 신은 다만 추측이 가능할 따름이고, 인간의 파악을 초월하는 존재라고 본다.

회의주의자로서의 몽테뉴는 인간이 불완전자이므로 완전자로 귀의(歸依)할 필요를 느낄 따름이다. 여기서 그는 지(知)의 불가신성(不可信性)을 말하며, 박학한 자는 도리어 무식한 농민의 순박성을 배워야 한다고 말한다. 지식은 영혼의 소관이다. 그런데 영혼은 육체와 완전히 분리된 존재인가 하는 문제에 관해서는 고대 작가들의 잡다한 해석을 나열할 뿐 자기의 결론은 내놓지 않았으나, 사후에 영혼이 남는다는 신념을 보인 곳은 하나도 없으며, 인생은 살아 있는 동안이 전부라고 생각하는 것으로 보인다.

그리고 영혼은 육체 전부에 배어 있으며, 육체의 죽음과 함께 영혼도 사라진다는 해석에 공감하는 것 같다. 영혼의 작용인 지식은 감성을 통해서밖에 얻을 길이 없는데, 이 감성이 전혀 믿을 수 없는 것이므로 확실한 지식이란 성립될 수 없다는 것이다. 아침에 집에서 싸우고 나간 재판관은 소송 사건을 불공평하게 처리할 것이고, 우리 자신도 병들었을 때와 건강할 때에 전혀 입맛이 달라지며, 건강 상태라는 것의 표준이 서지 않는 이상 그 감성을 토대로 한 이성의 판단에는 믿을 만한 값어치가 없다는 것이다.

그러나 설명하지 않으면서 인간의 본성을 믿으며 본성을 따라서 처신하고 행함이 가장 옳다고 보는 점은 라블레의 사상과 통하며, 루소의 "자연으로 돌아가라"는 부르짖음에 맥이 닿은 것으로 보인다. 이 본성은 하나님께 받은 천성이므로 설명할 필요가 없으며 그 때문에 천성을 그대로 간직하는 무식한 농민은 학자의 스승이 되어야 한다는 것이다.

그러면 그 지성으로서 인간이 할 수 있는 길은 아무쪼록 편하게 살아갈 길을 찾는 데 있다. 몽테뉴의 사상은 특히 스토아 철학의 금욕주의와 에피쿠로스의 쾌락주의에 많은 영향을 받았다. 이 두 학파는 목표가 정반대면서 실천에서 접근하고 있음이 특색이다. 따라서 이 수상록에는 스토아학파인 세네카와 에피쿠로스학파인 루크레티우스의 말이 가장 많이 나오는 것이다.

금욕이라면 중세기 기독교의 고행 사상과도 관계가 있을 것 같으나, 몽테뉴는 인간이 창조주에게서 받은 모든 본능은 먼저 옳은 것이라고 받아들이며, 본능이 주는 쾌락을 피하는 것은 어리석은 짓이라고 본다. 다만 쾌락은 탐하면 반드시 고통이 따르므로 이성은 판단력을 행사해서 모든 일을 적당히 절제하여 중용의 길을 잡기를 권한다. 인간은 이성으로 진리를 파악할 수 없다는 회의주의를 좇으면서 이 이성의 역할은 그 불확실한 지식으로 모든 것을 불확실하게 판단하므로 먼저 허심탄회하게 무능력자로서 자신을 인식하며 겸손한 심정으로 모든 일을 조심스럽게 해야 한다.

그러나 조심이 지나치면 본성에 반(反)하는 과오에 빠지므로 여기서 그는 쾌락주의적인 방향을 잡는다. 물론 단순히 자기가 생각해본 바를 적는데, 추호도 사람에게 설교하려는 어투는 하나도 없다. 그런데 그 반면에 우리는 여기서 몽테뉴의 윤리적 태도를 엿볼 수 있다. 그는 은연중에 도덕 군자식의 사고방식에 반발한다. 그래서 풍부한 윤리적인 명상 속에서 거리낌없이 외설적인 재료를 취급하며 그것이 세상의 범절에 어긋나는 일이기 때문에 더 노골적으로 표현하지 못하는 것을 섭섭하게 여기는 것 같은 인상을 준다.

어떻든 몽테뉴는 자신의 판단력뿐 아니라 남의 의견도 그대로 믿지 않으므로, 인생의 길을 찾는 방법은 자기 스스로 강구할 수밖에 없었다. 이 점에서 그는 스토아학파와 에피쿠로스학파의 사상을 절충한 방향을 취하며 굳이 쾌락을 추구하지는 말고, 가능한 한 본능을 억제하지 않기를 바라며, 대신 인생의 불행은 고통에서 온다고 보고 이 고통을 면할 방법을 찾는 데 가장 머리를 쓴다.

여기서 그는 고통의 본질을 정확하게 파악하여 스토아학파와 같이 사람은 정신력으로 육체적 고통을 억제할 수 있다는 사상을 거부한다. 아무리 현자라도 심한 복통을 참아낼 자는 없음을 솔직히 인정하며, 심한 고통을 받는 경우 고함을 지르고 울부짖으면 고통을 덜 느끼는 수가 있으니, 그런 때는 울부짖고 신음하고 하는 편이 낫다고 말한다. 그러나 한편 정신력은 몽테뉴가 구태여 가꾼 것은 아니지만 고대인들이 씩씩하고 태연자약하게 죽음을 맞은 예를 들어서 찬양하고 있음은 역시 스토아 사상의 부분적인 승인을 의미한다. 이 면에서 그는 인간의 품위를 강조하며, 모든 의타적인 정신을 노예적인 태도라고 배격한다.

고대 자유 인간 사상을 물려받은 데서 오는 태도일 터이니, 그는 상대적인 인간 진리를 그대로 받아들이는 입장에서 전통을 존중하나, 의미 없는 인생을 그냥 소란을 일으키지 않고 넘겨보내자는 방편에 지나지 않으며, 국왕에게 충성을 바치겠다는 한편, 국왕이건 고관 대작이건 사회생활의 피상적인 가면을 벗어던지면, 너나 나나 모두 마찬가지라고 말하며 평등 사상을 토로한다.

그러니 그의 사상은 인류의 원대한 이상 같은 것으로는 발전하지 않고, 무엇보다도 현재 생존하는 나라는 인간의 안전책이 문제가 된다. 모든 지식이 확실하지 않은 터에 미래에까지 생각이 미치게 한다는 기도는 어리석은 일이다. 그런데 고통이라는 것을 분석해서 그는 이상한 요소를 발견했다. 인간은 현실보다는 상상력 속에 더 많이 산다. 고통이라는 것도 그 실제보다는 상상력 때문에 과장되어 사람은 불필요한 공포 속에 전율하기 때문에 고통이 더 심해진다. 불가피한 고통은 피하건 무서워하건 소용없다. 당할 일은 그대로 당하면 그만이다.

몽테뉴는 담석증을 앓아서 오래 고생했다. 그런데 이 경험에서 기묘한 결론을 얻는다. 사람은 모든 일에 적응하는 소질을 가지고 있기 때문에 고통에도 어느덧 길들어 심상하고 말고 따라서 고통은 무서워할 거리가 못 된다는 것이다. 그런데 가장 큰 고통은 죽음이라고 사람들은 상상한다. 죽음은 수상록 중에 가장 많이 취급된 제재다. 사람은 죽음을 피하지 못한다.

그것은 빠르건 늦건 반드시 온다. 조금 더 오래 살건 짧게 살건 죽어야 할 인생이라는 것은 대수롭지 않은 것이다. 그러면 죽음은 조금도 두려워할 거리가 못 되지 않는가. 아마도 사람들은 죽어가는 고비의 무서운 고통을 상상하며 두려워하는 것 같다. 그런데 몽테뉴는 죽음을 거의 경험해보았다. 그는 말에서 떨어져 죽을 고비를 넘겼다. 죽을 고비에서 그는 무의식 상태로 있는 동안 고통은커녕 무감각의 행복감 속에 잠겼고, 오히려 다시 살아나려고 의식을 회복했을 때에 격심한 고통을 느꼈다.

그러면 죽음의 고통이란 단순한 상상에 불과하고 진짜 죽어갈 때에는 고통도 느끼지 않으므로 죽음 자체는 아무것도 두려워할 거리가 못 된다. 그는 구태여 죽음을 찾는 경우는 언급하지 않는다. 그러나 기왕 살아갈 바에는 불필요한 고통을 제거하려고라도 죽음을 두려워하지 말아야겠다며 죽음을 두려워하지 않은 인물들의 숭고한 생애를 그는 몇 번이고 찬미했다.

사실 사람이 죽음을 두려워하지 않을 때에 얼마나 아름다운 일을 할 수 있을 것인가. 죽음을 두려워함이 사람을 얼마나 비굴하게 만드는가. 몽테뉴는 고인의 말을 인용하여 철학하는 것은 죽음을 배우는 것이라고 했다.

옮긴이

미셸 드 몽테뉴 연보

1533년   2월 28일, 프랑스 남부 페리고르 지방의 몽테뉴성(현재 생
미셸 드 몽테뉴 마을)에서 태어났다. 그의 가문은 매우 부
유했는데, 증조부가 훈제 생선과 포도주를 파는 무역상
으로 일하며 재산을 모았고 1477년에 영지를 사서 몽테뉴
의 영주가 되었다.

1539년   보르도의 명문 기숙학교인 콜레주 드 기엔에 들어갔다.
이곳에서 당시 가장 뛰어난 라틴어 학자였던 조지 뷰캐넌
의 지도를 받았다.

1546년   13세가 되기 전에 콜레주 드 기엔의 모든 교과 과정을 마
쳤다.

1548년   이 무렵 대학에 입학하여 법학을 공부했다. 1546년부터

1557년까지 확실한 정보가 없어서 어느 학교인지는 알려지지 않았는데, 학자들은 툴루즈대학교나 파리대학교로 추측할 뿐 확실하지 않다.

1557년 보르도 고등법원 법관으로 임명되었다.

1561년 샤를 9세의 궁정 신하로 일하기 시작해 1563년까지 일했다.

1562년 제1차 위그노 전쟁 중 노르망디의 루앙 포위전에서 샤를 9세를 보필하며 함께했다. 이후 프랑스 귀족의 최고 영예인 생 미셸 훈장을 받았다.

1565년 부유한 상인의 딸인 프랑수아즈 드 라 샤세뉴와 결혼했다. 두 사람은 여섯 명의 딸을 두었지만 둘째 엘레오노르만 빼고 모두 유아기에 사망했다. 이에 대해 몽테뉴는 "내 아이들은 모두 젖먹이 때 죽었다. 하지만 이 불행을 모면한 외동딸 엘레오노르는 여섯 살이 넘도록 벌을 받지 않고 살았다"라고 적었다.

1568년 아버지가 돌아가신 후 뒤를 이어 몽테뉴의 영주가 되었다.

1570년 법관 생활을 은퇴하고 가문의 영지인 몽테뉴성으로 돌아갔다. 이 무렵 말에서 떨어져 부상을 입었고 회복하는 데 긴 시간이 걸렸다. 이때의 경험은 죽음에 대해 생각하게 하는 등 큰 영향을 미쳤다.

1571년 공적인 생활에서 모두 물러났다. 몽테뉴성의 탑 건물을 서재로 꾸미고 1,500여 권을 정리해 넣었다. 이곳에 은거하면서 《수상록》을 집필했다.

1578년 담석증으로 힘들어하다가, 치료를 위해 1580년부터 1581년까지 프랑스, 독일, 오스트리아, 스위스, 이탈리아 등을 여행했다.

1580년 《수상록》을 출판했다.

1581년 이탈리아 루카에 있는 동안 보르도 시장에 선출되었다는 소식에 돌아와 시장으로 일했다.

1582년 《수상록》을 수정, 증보하여 2판을 출판했다. 이곳에는 고대 작가의 인용문이 더 많이 들어 있다.

1583년 보르도 시장에 재선되었고, 1585년까지 시장으로 재임하면서 가톨릭과 개신교의 중재자 역할을 했다.

1585년 보르도 시장 임기가 끝날 무렵에 보르도에 페스트가 퍼져 몽테뉴성을 떠나야 했다.

1588년 《수상록》의 증보와 수정을 진행하며 계속 집필하여 《수상록》 신판을 출판했다.

1589년 프랑스 앙리 3세가 암살당하자, 종교 개혁의 대의에 혐오감을 느꼈지만 유혈 사태를 종식하기 위해 타협안을 추진했다. 훗날 앙리 4세가 되는 나바르의 앙리를 지지했다.

1592년 몽테뉴성에서 59세의 나이로 숨을 거두었다.

옮긴이 **손우성**

일본 법정대학 문학부를 졸업했다. 아테네 프랑세에서 프랑스어를 수학하고 성균관대학교, 서울대학교 교수 및 한불문화협회 회장을 역임했다. 저서로는《비정통사상》,《의욕의 장원》,《프랑스말 교본》이 있고 역서로는《춘희》,《제자》,《존재와 무》외 다수가 있다.

몽테뉴 수상록

1판 1쇄 발행 1984년 9월 15일
3판 1쇄 발행 2025년 1월 15일

지은이 미셸 드 몽테뉴 | 옮긴이 손우성
펴낸곳 (주)문예출판사 | 펴낸이 전준배
출판등록 2004. 02. 11. 제 2013-000357호 (1966. 12. 2. 제 1-134호)
주소 04001 서울시 마포구 월드컵북로 21
전화 02-393-5681 | 팩스 02-393-5685
홈페이지 www.moonye.com | 블로그 blog.naver.com/imoonye
페이스북 www.facebook.com/moonyepublishing | 이메일 info@moonye.com

ISBN 978-89-310-2431-9 04800
ISBN 978-89-310-2365-7 (세트)

• 잘못 만든 책은 구입하신 서점에서 바꿔드립니다.

✿문예출판사® 상표등록 제 40-0833187호, 제 41-0200044호

■ 문예세계문학선

★ 서울대, 연세대, 고려대 필독 권장 도서   ▲ 미국대학위원회 추천 도서
● 《타임》 선정 현대 100대 영문 소설   ▽ 《뉴스위크》 선정 세계 100대 명저

(뒷면 계속)